SIXTY-EIGHT PUBLISHERS CORPORATION
Box 695, Postal Station "A"
Toronto, Ont. M5W 1G2
CANADA

Jan Hanč

SEŠITY

Jan Hanč
SEŠITY

Vydalo nakladatelství Sixty-Eight Publishers, Corp. jako svou 126. publikaci

Cena $9.75

Obálku s použitím obrazu Františka Šimáka navrhla Barbora Munzarová
Grafická úprava Věra Držmíšková
Kresba v záhlaví Ivan Steiger

Printed in Canada

Hanč, Jan, 1916-1963.
Sešity

ISBN 0-88781-121-3

1. Czechoslovakia - Intellectual life. 2. Czechoslovakia - Social conditions. 3. Czechoslovakia - Politics and government. I. Title.

DB2218.H36 943.7'042 C83-098136-5

SEŠITY

Jan Hanč (30.5. 1916 - 19.7. 1963)

"Literaturu nelze vyhubit. V katakombách se jí sice nejlépe nedaří, je to však nutný trénink vytrvalosti a houževnatosti. Ať to zní sebenesmyslněji, možná že to prospěje literatuře víc než dlouhá konjunktura. Přinejmenším od ní odpadnou všichni, kteří ji nenosí v hrudi jako jediný důvod své existence."

U díla takového druhu a takového osudu, jako je Hančovo, nabízí se jako málokde jinde sentimentální zamyšlení nad dílem outsidera, nad nešťastným námětem "zapomenutého básníka" pro klidné nedělní fejetony. Hančův osud, to, co se jeho bývalým druhům mohlo jevit nanejvýš jako pozoruhodné, leč zcela nepochopitelné podivínství, jako tvrdošíjnost ve věcech, na nichž ve vážném "moderním" životě málo záleží, jeho důsledné setrvávání v privátnosti, jeho nemoc, úzké sepětí díla s nejosobitější historií, to už je příliš svůdným momentem pro sentimentální zvěcnění.

Všechny tyto zdánlivé outsiderské nevýhody mění se však ve výhodu tím, že se stávají předmětem spisovatelství, a tím, kromě jiného - jaksi mimochodem a v tichosti vytvářejí českou alternativu "literatury vně syžetu" posledních let. Vnější okolnosti Hančova psaní posílily soustředění na podstatu tvorby jako na základní předmět záznamu ještě víc, než u tohoto druhu tvorby bývá běžné. Píše o svém spisovatelském osudu, vědom si směru, z kterého nesmí spustit zřetel ("Ztroskotal-li Čapek na Dílu skladatele Foltýna, tedy proto, že chtěl zobrazit cizí, jinou ubohost, nežli svou vlastní.", napsal v jednom ze sešitů). Vrhá tím nové světlo na své literární okolí (přestože se ho vnějšně nezúčastňuje), i na způsob, jakým je nutno jeho dílo i toto okolí posuzovat, "měřit". Předně je tu nutné oprostit se od posuzování podařenosti či nepodařenosti jednotlivých sekvencí. Naléhavost každého záznamu, byť se zdál sebenepatrnější, brání se takovému oddělenému posuzování, základní plán, "naléhavost a morálnost", které jediné podle Hančovy formulace nemůže postrádat literární výtvor, osvětlují i nejmenší z částic. Ani výběr z takového díla se příliš nedaří, ač by se zdálo, že není nic snazšího; to je velice výmluvné a praktické pozorování. Každý výběr zrazuje, návaznost jednotlivých částí právě proto, že nahodile vzniklá, je velice subtilní a téměř nerekonstruovatelná. Musíme tu tedy opustit taková prizmata, jako je "zdar" či "nezdar", umělecké mistrovství, hierarchie děl v rámci jedné autorské osobnosti apod., a všimnout si podrobněji kategorie vážnosti.

Kdo zná podrobněji deníkové knihy Jakuba Demla, uvědomí si celou řadu podobností nejen s deníkovými záznamy, ale i s dalšími knihami, především se Zapomenutým světlem. Podobnost je především v extrémnosti, v práci s kontrastem, v střídání žánrů, poloh, v poznání nedostatečnosti, nepravdivosti syžetových konstrukcí. Je v exaltaci, v zaujetí sebou, v upřímném přiznání nostalgie nad lidským údělem, v sebereflexi outsidera, který vytvořil dílo jako málo osobně utěšující, nicméně neopakovatelnou náhražku za soulad s okolím, za soulad, který je snad dán méně pronikavým a méně nekompromisním tuctovějším šťastlivcům, za soulad, jehož nedostatek je jedním z trvalých a nutkavě se vracejících motivů v Hančově díle.

Podobnost je dále v jedné z nejpodstatnějších známek moderní literatury, v tvárné polyfónnosti, střídání vysokého a nízkého, v překvapivých a přímo střihových přechodech mezi exaltovaně vysloveným závratným poznáním a náhlým "pádem" do plebejského závěru i výraziva, v časté zjevné radosti z barvitého líčení i fabulace.

Nemusím snad připomínat, že jsou tu podstatné rozdíly. A to nejen v autorském typu a tradici, ale i ve zcela vnějších determinujících okolnostech, které pomáhají vyhranit nebo potlačit původní příznačné motivy. Bylo-li pro Jakuba Demla jedním ze stimulů tvorby to, že žil ve stálém nutkavém napětí s literárním okolím, že mu své knihy nepřímo i přímo adresoval, byla, jak není třeba dovozovat, pro Hanče situace zcela jiná. Nedělat nedůstojné nesmysly znamenalo nepublikovat, tak jasné a univerzální to snad bylo málokdy jinde. Typ napětí vůči literárnímu okolí se tak mění ve ztrátu styčných bodů vůbec. To však nevylučuje stálou reflexi tohoto stavu ani svéráznou persifláž výraziva i celkové literární kultury oficiálního písemnictví, kontinuita tu nabývá této zvláštní sublimované podoby. Je především jedním z podnětů základního uvědomění vlastních mezí i vlastního literárního významu. Kromě toho se - zvěcněna - stává velmi důležitým stylizačním prostředkem. Ať už jde o lapidární kritický komentář k soudobé produkci nebo využití výraziva literárních žánrů, které jsou v kursu, především hagiografických článků o hrdinech práce. I dobový slovník poslouží často jako svérázný podnět k dalšímu využití, takovému, o jakém se tvůrcům sloganů jistě ani nesnilo.

Závažná obdoba (příznačná nejen pro srovnání s Demlem, ale i s Vasilijem Rozanovem či Léonem Bloyem) je konečně v často na první pohled zbytečně důkladném a těžkopádném popisu reálií při rozpomínání. Je to pedantská přesnost při rozpomínání na věci zdánlivě zcela nevýznamné a marginální. Její cíl je zcela jiný než regionální nebo autobiografický, jak by se zdálo čiře formálnímu pohledu. Jejím pravým původcem je snaha o přesnost pojmenování, nutný předpoklad konkrétnosti, přesnosti vidění. K němu patří vážnost každého momentu, sebenepatrnějšího detailu, neboť: kdo předem ví, který z nich bude klíčem k osvětlení, předpokladem k novému odhalení věcí? Tak se často první podnět, momentální nápad změní pod tlakem chvíle v závažnou výpověď, charakteristiku lidského údělu. Odtud je pro tyto autory příznačná stálá ambivalence, stálá možnost sklonu, narůstání od konkrétního k symbolickému významu textu. Častá je tak u Hanče taková výstavba záznamu, kdy od bezprostředního podnětu k jeho vzniku - denní příhody, novinové zprávy apod. - přechází k přesnému vybavování vzpomínek a konkrétních souvislostí, které podnět vyvolal, a odtud k závažné formulaci některé z životních otázek.

Závažná je výzva Hančova díla ve věci denní zkušenosti s literární produkcí. Výmluvně ukazuje na irelevantnost tzv. literární úrovně, literární "laťky", t.zn. dovednosti, technické kultivace. Dá se stručně formulovat asi takto: Umět psát neznamená dát něco lépe nebo hůř dohromady, ale umět nesejít z cesty za každým profánním hlasem. Znamená to tedy především být schopen tuto cestu tušit. Znamená to, paradoxně vzato, neumět vlastně mnoho věcí, obávat se profánní dovednosti, vědět, že umím-li napsat zručnou variaci, je většinou dobré to raději ani nezkoušet.

Březen 1970 *Jan Lopatka*

UDÁLOSTI

JDU VEČER

Jdu večer jdu cizím městem
dlaně mám široce rozevřené
dýchám dech akátů
klaním se portálům cizích domů
soumrak jde se mnou cizím městem
nanáší na nebe zelený tón
oči tmavějí srdce se zastaví
za pultem v automatu
jdu večer jdu cizím městem
usedám v směnárně citů
abych pil proudící život
slyšel hrát šraml Weberovo Vyznání
soumrak jde se mnou cizím městem
klobouk a kravatu rovná si hrbáček
před zlatým zrcadlem v automatu
a voják objímá široké děvče už v pase
jdu večer jdu cizím městem
hedvábné květy na bulvárech
sny nikdy nekončící
násobí cizotu zavřených dveří

KNEZ MIHAILOVA

Z prudkého světla bulváru
z bulváru přepychového jako koupelna milionáře
z přesycení které si žádá znova
a znova nahé milenky
spadl jsem přímo
z nároží kde končilo večerní korzo
v místa kde smlouvají cenu vyspání
do tmy ulice nesoucí totéž jméno
a kterou zde stačí ozářit jediná svíce
do ulice která je žena
napůl světice
a napůl prostitutka

HLEDAČI NĚHY

I

Za soumraku rozsvítili lucerny v ulicích
a na nábřeží nadzdvihl kdosi větev padající k řece
"Ach prosím Tě nenuť mne, vždyť víš, že můžeme být
jenom přátelé!"
Padala, bortila se stěna, celá stěna prosících
z vinárny ozýval se řev. Mami mami, kup mi marcipán
na řece, opět na řece, která padla do soumraku
slyšet bylo náraz vesel
Někdo říkal: Měls ho srazit hákem Lazara
Matka konejšila dítě: Kuš smrade nenažraná
v Národním hráli Hubičku. Drožka bloudila jako
slepec ulicí
koleje vedly na periférii a zpět
Svítilna blikající špatným knotem
Hele Tonka vola, ten se eště modlí růženec!
Kdosi řval, jak by neměl opravdu co jíst:

Shlédněte poslední zázrak světový výstavy
a po železném mostě rachotil vlak Buffalo-Billa
Otíral jste štětce o kazajku
barva špinící uvnitř špinila i zevně
za vodou hrál flašinet kolotoči
pod mostním obloukem snil tulák o Jadranu
taky tam koupali psy
někdo vystřelil, nemaje cíl
Pamatuješ ještě let osmdesátých
na osmou je vyprodáno, neumíte číst?
Copak je svatého Jana, že čekám na rachejtle
Kdo v této letní noci na křižovatce nebyl sám
kdo hladil prs milence, třebaže víno jen pil
žil, kdo v této letní noci byl sám a čekal úsvit
nemaje k chůzi už sil, čekal se mnou na rachejtle

II

Hledači něhy. Na nábřežích a v parcích, kavárnách
především ve ztichlých pokojích
k starému obrázku, který Vám v mládí osudem
visel nad postelí
hledáte protějšek, pohlazení
Jste nepraktičtí, ovšem
za modrých večerů z jara
lítáte na křídlech racků, vím, ach vím
a často si zajdete ze zoufalství na skleničku
doma se při lampě dáváte do vyšívání
ač Vašich vzorků svět nikdy nespatřil
a ráno se probouzíte vyčerpáni
nepraktičtí, ke všemu neschopní
hledači něhy, Vaše měkké ruce
chtějí dát pohlazení. Hladíte jimi
drsné tváře, hladíte jimi
zdi města oprýskané

nikdo Vám nerozumí
snad verše zemřelých básníků
-či nezemře básník, když napsal svůj verš?
mlčící mlčí jako Vy, zaprodanci
skrývají svou tvář jak druzí hřích a Vy svoji něhu
žijete dlouhé dny protože osamělí
bez ženy bez dětí bez rodičů
žijete pro krátké vteřiny karnevalů
ve svých nudně záhadných srdcích
hledači něhy, každý den zaopatření
píši s Vámi rok.....

III

Beznaděj chladných jarních večerů tolik slibujících
jak neznámá žena na periférii měst
by mne netísnila jako tísní Vás
a jako Vámi mlátí o domovní práh
dlouhé procházky bez konce periférií měst
za podvečerů svátečních dnů
drtící srdce melancholické zoufalství opuštěného plotu
nakresleného siluetou v dálce by mne nedrtily
zamyšlená pole pole za domem definitivně už posledním
která dlouho po soumraku jeví se Vám
jako vykopaná hrouda rodinného hrobu
čekající nedočkavě Vaši návštěvu by mne nelekala
ta Vaše proč ty Vaše věčné melodie v moll neslyšel bych
smál bych se jako bosé dítě
jen kdybych nevěděl že nutno i dnes usnout
a že po jediném snu
příliš krásném kdoví či děsném snad
neotevře oči jeden z Vás

UDÁLOSTI

Jako vichřice v nejkrásnější dny
letěly přese mne události
zatím co ke kmenu jsem se zděšeně tiskl
poněvadž hrdinství ve mně není
když bratři v rozhalených košilích
s pažema roztaženýma na poli v bouři stáli
a říkali jim: Silní chlapci!
s oním ohněm v očích
který věnujeme mužům kteří smrtí pohrdají
a kteří jmenují se také Muži událostí
já vždycky byl jen kámen v prachu cesty
který nikdo nepozdvihne
kterým nemetají který přehlížejí
a přece jsem byl také účastníkem událostí
jako divák se kterým se nepočítá
šel jsem minutami svých let
neočekáván nemilován ani nenáviděn
asi nedopatřením ve století událostí
inkognito žijící
nikoliv
neodevzdal jsem svůj hlas mužům událostí

9 DOPOLEDNE

V devět dopoledne leží ještě salát na ošatkách
a východ slunce zřít je dosud teple
ve zracích dobře vyspaných žen
Sladká rána v ulicích velikých měst!

V devět dopoledne leží ještě salát na ošatkách
v devět ještě nepadá únava a tíha
v devět se ještě žertuje a pekař píská
ba, v devět ráno se na smrt nemyslívá

V devět dopoledne leží ještě salát na ošatkách
býváme dětmi hrajícími si na písku
paletou čistých barev a hudbou jasných tónů
šťastnými mravenci v ulicích velkých měst

V devět dopoledne leží ještě salát na ošatkách
v těch devět zázračných! Po padání zas znovuzrození
se stoupajícím sluncem. Po chvíli překročí
reklamu Chlorodontu na zdi protějšího domu

k naplnění

OKOLO APOLINÁŘE

Když je člověk už opravdu na dně
stoupá strmou Kateřinskou k svatému Apolináři
tak jako v něm i v přírodě nastalo tání
potůčky kalného pláče
stékají hojně po hrubém dláždění
na které dupe
ozvěna vlastních kroků jíž naslouchá
nahražuje mu všechno co nemá
i domov i milenku i radost i práci
na zbořené zdi kolem kostela
hubené ženě v šedivém plášti
znehybnělé v kameném zármutku před mnoha sty léty
sleduje roztrhané uličníky
nakonec usedne se sirotky a tichými blázny
s kopce na Albertově hledí zamyšlen v Nuselské údolí
nad nímž se veřejně milují na nebeském loži
městský kouř se vzdušnou mlhou jara

ČTYŘICETTŘI

Už samotný konec noci
okamžik před tím
než lidé vstávají k vlaku
do kalného podzimního svítání
mne si oči vysoký viadukt na Žižkově
na Poděbradské smutně se leskne dlažba
kouřem a sazemi olízané domy
opouštíme železné pavlače
strakaté peřiny v oknech
je neděle
nikdy jsem nejezdil na výlet
s dvěma pány od gestapa po boku
neúčastně hledícími
v necitelnou tvář nadcházejícího dne.
Bestimmungsort: Berlin
těžko být člověkem 1943

OPERA

Mrzutý den odešel bez pozdravu
nad městem začíná hra světelných celofánů

Dnes večer André Burdino

Pobledlý šestnáctiletý Don José
svírá kovové zábradlí chudoby galerie
ponořen v ztemnělou nádheru operní tůně
kde v smaragdovém víru cikánského tance
z přeludů rodí se Carmen

Prvá opona zármutku touhy

a v pasáži se svitkem říjnové noci
bije skleněné srdce baru Carioca

CONTINENTAL

Na sametech modrých fauteuilů
v soumraku prosincových ložnic
mizí arzenál drobných kloboučků
kolena v hedvábných punčochách
a labutí křídla čeká smrt
v ještě a ještě více složitém ano
na prachových poduškách

VERŠ RICHARDA WEINERA

V lhostejném žití, mezi lhostejnými lidmi připadám si člověkem, který je odsouzen k zalknutí. Zalknu se však sám sebou - a to už je vůbec nepochopitelný pocit pro každého, kdo navykl odevzdané rezignaci s radostmi bezbolestnými. Naše přátelství, ta Sahara touhy s gejzíry zoufalé radosti! Utrpení často zatemňuje můj rozum. Sváteční šat důstojnosti nehodí se však pro ty, kdož poznali bezcennost frašky, poznamenáni rozžhaveným železem tragédie, tragédie nikoliv chvilkové a efektně vzrušující s brzkým zapomenutím, ale dlouhé, trvalé a agonijní. Očekávám každým momentem bytí, očekáváním bez radosti, poněvadž netěší se už napít ten, kdo umírá žízní. Kterak, kterak by mohl člověk pochopit? Přehodili kdesi výhybku na cestu, kterou se lidé neubírají. Je možno věřit zármutku po hlasu nostalgického kolovrátku, který rozumná socializace a třídní spravedlnost konečně vyhnala z městských dvorků, oněch příšerných, dlouho doznívajících prostorů umírání, ohraničených nespočetnými okny kuchyní, záchodů a světlíků?

Táhnout se všedními dny s představami chvil zcela výjimečných jest vzpourou, obdobnou neřestné touze vězně, aby spatřil víc než špinavé světlo cely, kterou zasluhuje. Tyto chvíle jsou zbytečností a jejich tragika spočívá v tom, že si člověk uvědomuje blížící smrt bez možnosti uvolnění pout, kterými byl jat. Nesmiřitelní jsou nesnesitelní a smířliví bezbřeze nudní; jaká to úžasná vyhlídka pro lidskou duši!

SVÍTÁNÍ V HOLEŠOVICÍCH

Vteřina za svítání - metr za metrem ztrácí svoji délku
ptal jsem se ranních mlh
sebevrahovy myšlénky
antén na rovných střechách holešovických činžáků
prostého dechu rána, špinavých červánků:
Bude krásný smutný den
vše padá do svítajícího prostoru
zatímco světla dál bolestně přibývá
Mé procitající srdce je čekárna
zastávky v Černožlabech nad Vetovlí
se zčernalou erární zdí
a zežloutlým plakátem jízdního řádu
kol jejíchž oken pisklavě krouží
neviditelní zděšení ptáci
Říkáš vždy: Život se žije, můj drahý, nesní
a odcházíš ode mne na zkoušku Uličky odvahy
nebo do parních lázní. Nechápu nutností
věčně odcházíš věčně zůstávám
a hledím do svítání jež nikdy nepřestává

KARLÍN

Poprašek sazí na okenní římse. Chrápe. A pak jde počítat. Kterak, kterak může, máma? Mejt nádobí. Propast čtyř pater. Bžunk. Slepé rameno Vltavy. Kalná nahnědlá voda s modrým proudem továrních splašků. Sousedka posunovacího nádraží. Karlín. Manina. Hospoda u města Hamburku. Žitné kafe. Profesor Klemr. Chladná učitelská bestie. Dostat se Ti na kobylku. Jestlipak se učíš, flákači? Máma se na Tebe dře, holomku. Béře to vážně. Brabec mete saze římsy. Cizota. Černá roura plechového sporáku, vražená do břicha vysokých kamen. Zelené kachlíky se sněženkami. Dvacet linoleových vzorků. Svatyně. Bouchl dveřmi. 1 hodina 45 minut. Vždycky přesně. Umře na vteřinu. Ráno sklenici vlažné vody, vstane v 7,05. Deset minut na záchodě. Bude z Tebe hovno. Máma je vinna. Pondělí, středa, pátek, úterý, čtvrtek, sobota. Pořád. Neděle, to je kapitola pro sebe.

Domovnice má tři syny a okna do chodby. Karlínské krysy. Karlínské galeje. Karlínští mloci. Břehy močálu, prolezlého vlaky. Svírá to oči ze všech stran. Milenci na hromadě mouru. Políbení vlhké tmy viaduktu. Angina pectoris z hudby posunovaných železničních vozů. Sípot páry. Ve dne, v noci, na přelomech. Zčernalé dásně. Nebýt plakátů, nebylo by jara. Dře se. Lépe je pojít nežli se zlobit, že žiju. Přemlouvá nenasytnou zeď, aby jí změkly oči. Aby slunce. Aby se vydechlo. Na Poříčí je to už lepší. Obchody, jejichž výklady nejsou hysterií. Světla, která nesvítí jen černé obludě, která přijíždí ve 20,03 od Podmokel. Jako když si hrají děti. To se to jde. Luxus pro oči. Namoklá dlažba. Taneční parket. Vegetárka. Lázně, sportovní potřeby s nápisem: Přijeďte do Arosy! Hedvábné punčochy a zelená vejčitá mýdla, vonící skrze sklo. Kupy čokoládových bonbónů. Kufry z tuleně. Pás s niklovou přezkou.

Obchod s gramofony. Nikdo pod regály. Omšelé podobizny slavných pěvců. Salónní gramofon prodavače: E lucevan le stelle. Zelený frak Cavaradossiho. V přítmí úsměšek Šaljapinův. Hluk míjející devatenáctky: začátek ouvertury. V pasáži tají sněhové stopy s červeným chrchlem holičovy reklamy. Vyšla žena. Nohy, kvůli kterým padla Trója. Stehna z alabastru. Je to strašné, chlípnost. Hřeje to jako bačkory s beránkem. K čemu pružné pilníčky na manikýru? Souloží se skutečně jenom zepředu? Bludiště knihkupectví. Do konce světa škoda vzít pero do ruky. Tlak v měchýři. Do dvaceti kubíků to není nebezpečné. Paralytikové nosí trubičku s bandaskou. Niagara chcanek. Možno elegantně, s kachlíky a reprodukovanou hudbou, nebo za zvlhlou železobetonovou zdí. Naftalínová cukrátka. Mojoucta. 823 třicetihaléřů denně. Za rok 360 x 823 třicetihaléřů: "Přijmeme jemnou dámu k diskrétní obsluze." Zn. "Životní existence" 3007 adm. t.l.

DOPIS

Popřít život a vysvětlovat, co vím, co víš. Ty věříš, to znamená: Jakobín, kdysi, jak jsou zdvořilí... často jsi nepřicházela, byla jsi samá premiéra, a přesto, v půl osmé, však víš, další a další repríza. Mně píšeš a já čtu: Lazebník, který se bude věčně vyprodávat, tištěn jedenkrát v nemnoha exemplářích. Sbírám poslední síly a jsem příliš unaven, abych vysvětloval. Nemám smyslu pro výšky, protože trpím závratěmi. Můj každý pohled lomí se za roh a představuje mi současně vše z nezakrytého boku. Nemám síly radovat se. To není rvát se. Bylo jich mnoho. Má snaha uvadne, struna nezná odolnosti dřeva. Mně možno nejvýše naslouchat, hraji-li. Terasy, nikdy jsem nevinil ty měsíce.

NE

Dnes ne a zítra opět ne
nebylo není mé
usmíření zacelení vydechnutí
nebylo nebude ne
dnes ne a zítra opět ne

SVÁTEK

Včera dřevěné klády
dnes hledíme na oltáře
o včerejším klekání
nebylo zde živé duše
teď ožil sešlý samet

Máš opálené nohy
svoje vzácná gesta
život vlnící smích

Hledím na faráře
tlustého v směšné čapce
na sádrový symbol panny
a myslím na Tebe
Slavíme Boží Tělo

ŠKOLNÍ MILENCI

V posledním vlídném odpoledni
nesledován opouštím vyrudlé hranice Podbaby města
míjím aleje vysokých topolů s dosud svěžími listy
jdu po břehu klidně plynoucí řeky
a potkávám ostýchavé školní milence
kterým slov netřeba jako mně
jen trochu zármutku na sklonku takového dne

kdy mezi vesnicemi
na dosah i na obzoru leží nekonečná představa štěstí

Při dlouhém pouťovém stmívání
měnícím nepozorovatelně den v tesknou melodii
není místa pro přemlouvání

Vědomí dočasnosti modré podzimní něhy
ve které mizí osamělý dům nad řekou
dominující po celý den krajině zářivou žlutí
přenáší radostně bijící srdce do čtyř stěn
s dveřmi na klíč a otevřenými okny
za nimiž večer chvěje se tisíci vzdálenými světly měst
jako jiskřící oči školních milenců
opojené poprvé hazardním projevem citu

MRÁZ

Duše mi šeptá divná slova:
To je přirozené
kdo nevesluje nesmí jet
mluvit žít rušit zábavu
šťastně žijících nádherných těl

Zmatena strachem chvatně odcházíš
můj nejdražší člověče můj

Tebe nemám člověka nemám
milovat! Do trhavého spánku
zasiju sto obludných veršů
až procitnu opět uvidím
hladová káňata špinavý sníh

DVA

Ulice je zcela tichá
vzadu, vzadu svítí náměstí
zde lékárna spí
tam ve ztichlém voze dříme taxíkář
a to je noc
a to je jedenáctá
v jejímž tichu uléhají dva
vždy dva a dva a dva
na veřej vrat dva se tisknou
duši, tělo tiší dva
člověk vyje: dva a dva!
lidská slova nevypoví
co je pro jednoho pojem dva

EPIŠTOLA NIKOMU

Dlouhé epištoly. Komu?
Těm, kteří zcela zahrabáni do svých bědných strastí
tonou v neustálém strachu
že se jim ucpe vodovod
spadne střecha z chajdy
či dojde sádlo v hrnci?

Nebo těm, jejichž život - samý skok a rej
skáče přes balvany
padá se smíchem do hlubin
a hlavně: neustále kvapí pryč a pryč?

Psát krejcarovou symfonii
pro niž nikdy nebude posluchačů?

Psát historii jezerního dna
kde slizká mechovina zoufalou něhou živoucí rostliny
objímá kámen - kus hrozné utržené skály?

Popisovat úděsnou skutečnost podivného prostoru
jehož jsoucnost je mimo nás iluzorní?

Psát o životě mloků, krabů, o žravosti ryb
o hudbě ropuch a o koncertech rozezleného větru
zpívajícího hlubinám melodie děsu?

Duše vně obdivují se jen kulisám a fantaziím

K naší skutečnosti
ve které bytí hnije touhou a touha bytím
říkají:
Ale jděte, něco takového! Jak se obléknete na jaro?

ZÁVRAŤ ČERVENÉ BLUDIČKY NAD PETŘÍNEM

Tak se to pořád tenčí, vyhlídky na život s oubytěma. Včera nemůžeš samou radostí usnout - dnes Tě nudí. Než se Ti v hlavě vylíhne dopis, tři vlasy zešediví - a než jej odešleš... přátelé se s Tebou nepobaví: hledíš na ně v ustrnutí - to jste Vy? Vy bedny s povidlama? Znají Tě, jen když Tě potřebují, když je jim ouzko nebo když se nudí. Říkám neustále slečně Schulzové: Řekněte, že pan Bernard není doma! Co se tak blbě díváš? To s Mílou, to je radost si někam vyjít, ženský z něho nespustí ty svoje nestydatý voči a anglický sako, vono Ti mu tolik sluší, že ho nikdy do svý smrti nevopustím!

V tramvaji nad zkroucenou tváří s opičími rysy, v které nezkrášlí ani spravedlivé volby, četl jsem manisfest: Lidé, Vy notoricky bezstarostní lidé, což jste dodnes nepřihlédli k posledním cenám rakví? V modravé břečce večera vyšlehly černé plameny svatovítské katedrály. To listy větřily číši. Jean Gabin - ten co konečně se oženil s Marlenou Dietrich, zabíjel právě při čtyřsté dvacáté třetí reprize

"Den začíná" znovu svůdce svého děvčete - senilního artistu s cvičenými pejsky.

Při zelené invazi jara na sklonku všedního dne nikdo nedbal smutku opuštěných hledišť letenských stadiónů. Poloprázdný vídeňský rychlík na třetím perónu očekával znamení k odjezdu a entuziastův hlas sípal toho času: Nemám odvahy čekati každého dne do třetí do půlnoci, a proto už nerozmnožím řídké řady svých nemocných veršů! V levé ucho šeptaly mu pyšné milenky: Opustivše předpokoj ringového rozhodčího, při odchodu, nesmíte se již pouštět do rozhovorů. František, vrchní, vytáhl roletu a rozsvítil modrá písmena: Extrém. Za otlučenou tabulí s nápisem Kvalitní vína se rozehrál klavír.

ZAMLČENÉ CHVÍLE

Rozepsané dopisy, zkamenělé tóny v telefonických rozhovorech, vlastní dům bývá vyhnanstvím. Sta lidí očekává. Srdce četbou nezískává a city mlčky se rodí, rodnou řečí se nedomluvíš, zrcátka na obvodu měst chvějí se a třpytí. Když vypadneš z řady, která jde, řada se nezastaví. Každou chvíli někdo padne a z tisíců oken nad dvojtunelem křičí papouščí hlas: Zvedni, zvedni! Dvě neviditelné děvky chechtají se za okny otevíranými ven. Kdo stará se o důvody? Letní svátky. Už se nejezdí z města, příroda tísní víc než opuštěný maják. Za zaprášeným oknem stárne láhev sektu, zelená sklínka a slámka. Ve víně je štěstí! Prý nespí jen neřádi. Rozumní lidé ovládli svět. Svět těch, kteří nevypadli z řady. Hráze postavili: Lidský smích a strach. Srdce zbabělců i srdce hrdinů jsou stejně zimomřivá. V zarmoucených odpolednech stařena vodí po Vyšehradské žlutou dceru na procházku věčně stejnou. Muž ženě, žena muži cosi marně vypravuje. Hedvábné blůzy! Žije se zoufale, líbá i zapomíná.

NEDĚLE AVE

Po projetí posledního vlaku s výletníky
pražce potmě tiše říkají neděli Ave

předměstská světla sklánějí nad řekou slepičí tváře
a z Modřan to páchne už namočeným prádlem
dřinou jež započne před úsvitem

Strachem z modrého pondělku
a marným očekáváním chvějí se hlasy nevyslyšených

život uniká prázdné refýži pětky na konečné
když bláznivá znavenost přitáhla k městu
a chanson triste nedělní půlnoci je již nedaleko

SMÍCHOV

S uhelným prachem na ústech
nesmělí milenci přicházejí

tato místa ticha spí neustále

obyvatelům při večeři
v pokojích srdcí mrholí
mlčky se ozývají morbidní historie

událostmi zde nazývají
jen svatby pohřby penze

životem vadnutí suchých kytek
na secesních rámech
nad střízlivou lhostejností peřin

ústupové cesty na Knížecí
jsou už zcela ošlapány

To už opět? sípá ráno
když vrací se a zvrací

UDÁLOSTI II

Narodil jsem se
aniž jsem hlasoval pro

Už se připozdívá
dlouhé osamocené chvíle
vždy se mi připozdívalo
už dávno
dávno krok zazněl v ulici
krok zmlkl v dlouhé mlčení
potom
pojednou
zdi domova nebyly pevné
otužování očima
vzlykal jsem marně
připozdívalo se
říkali marný vzdor
znovu se ozval
v ulici krok
a jiný cupitavý a jiný
který jen slabě šelestil
jako dech ze zničených plic
odnikud nikam
marný krok
už bylo strašně pozdě

*

Z kterého konce začít? Moje dovednost je nepatrná, času i vědomostí mám málo a nejistota je nesmírná. Myslím osobní i všeobecnou nejistotu. Kromě toho, lehko se unavím. Četbou i psaním, myšlením i pozorováním, láskou i nenávistí. Ke všemu nevěřím ani účelnosti toho, co píši. Proti jakémukoliv životu, i tomu nejbanálnějšímu, je moje zapisování směšnou snahou jezevčíka, aby podechcal pyramidu. Zkušenosti, kterých se budu dovolávat, nejsou, nebyly a nebudou nikomu platné, protože nejsou platné ani mně samotnému. Již nikdo kromě mne nebude postaven v tom a v tom čase za stejných okolností před tytéž problémy, před nimiž jsem se ocitl já. Již ze začátku jasně cítím, že zabřednu do filosofování, které mne provází celý život od útlého mládí a které mne neustále vrací k pocitu, že jsem kusem papíru, válejícím se na ulici, do něhož chvíli pere slunce a chvíli déšť, nežli ho nakonec uchopí ztvrdlá ruka metařova, aby ho odvezla na smetiště. Jsou ovšem chvíle, kterých žel bohu jest stále méně a méně, kdy propadám dojmu, že jsem bullou sicilskou a že moje papírová závažnost je nesmírná. Utěšuju se domněnkou, že tomu podobně je i s ostatními lidmi, ačkoliv o nich mohu se vyjadřovat s ještě menší jistotou nežli o sobě. Nikdy nevím, jak to s nimi a se mnou ve skutečnosti je. Jsou-li oni právi mne, nebo já jich. Jsme totiž neustále v křížku a při těchto rvačkách je těžko s jistotou tvrdit, kdo je dole a kdo nahoře, poněvadž v následující chvíli mění se situace. Nechápu většinou lidi a oni nechápou mne. Nejpodivnějším mi však připadá, že musím připustit naprosté nepochopení sama sebe. Nejsem natolik hloupý, abych se domníval vědět něco, co nevím, nejsem natolik chytrý, abych z tohoto poznatku dovedl cokoliv vytěžit. Bylo by rovněž nadsázkou tvrzení, že je mi lhostejná cesta k smrti. Jsou dny, kdy na mne toto uvědomění dosedá s nesmírnou tíhou bezmocnosti vůči tomuto samozřejmému životnímu faktu. Nemyslím na smrt ovšem bez přestání. Dokonce velmi často na všechno zapomínám a podobám se hráči šachu, který pro šestnáct dřevěných pimprlátek na čtyřiašedesáti políčkách z voskovaného plátna úplně zapomene na složitou mašinérii životní existence. Jakmile však vstanu od šachovnice a život na mne zaútočí se svojí mlčenlivou výzvou, abych přestal se zapomněním a pokračoval v boji, bývá ve mně malá chvějící se duše, bezradná a bojácná před nevyzpytatelností neurčitého počtu příštích dnů. Vyhýbám se hovořit o konkrétním životě i o dočasné a měnlivé problematice denních událostí. Obávám se utonutí v bažinách. Pamatuji se dosud na nesmírný strach z některých učitelů, jejichž zlomyslnost byla pro mne doslovným peklem. Co zbylo z toho ze všeho? Nejasný pocit závratí a hnusu, nic víc a nic méně, ačkoliv je mi jasné, že to tehdy nebylo naprosto tak jednoduché a trvalo to mnoho školních let. Co je mi platná námitka, že člověk nesmí být tolik citlivý? To je jako nemocnému říci, že nesmí být taková padavka. Kde konečně stojí psáno, jaký má a nemá člověk být, aby netrpěl lidskou společností, nehledě vůbec k tomu, může-li být někým jiným, nežli je, i kdyby chtěl? Celá věc je komplikována vědomím, že je přibližně stejný počet lidí, kterým působím utrpení já, jako těch, kteří ho způsobují mně, i když se pochopitelně nejedná o tytéž osoby. A přesto, že jsem si vědom tohoto neradostného faktu, nemohu učiniti nic podstatného, alespoň pokud se mne samotného týče, abych zabránil utrpení, které pochází kvůli mně. Jsem na tom nejinak než moji učitelé, kteří mně kdysi působili peklo během mé školní docházky. Nebyl jsem jejich jediným žákem a život je nepochybně pořádně kopal z jiné strany. Kdo ví, jak to bylo s jejich duší, kterou jsem nutně považoval za nelítostnou, kdo ví, jakými boji a utrpeními prošla, nežli se střetla s mojí duší, kterou třeba ani nebyla s to vzíti pořádně na vědomí. Dělám snad sám něco jiného?

*

Pravidelnost není rytmem mé duše
nikdy nebudu budíkem
lhostejným k času
nikdy nebudu tím
koho si kdokoliv přeje
jenom sebou samotným
kterého si nepřeje nikdo
a do smrti budu se marně
pokoušet domluvit se

*

Kouř nádraží pronikl parkem / houkalo / v ulici se mnoho nezměnilo / na svahu stála zelinářská bouda / nad boudou protestantský kostel / a z trafiky voněl tabák / přebrané večerníky a obrázkové časopisy z minulého týdne / nepořádně se obědvalo / ze začazené školy vypustili houf dětí který zařinčel a rozplynul se / květnový den v kuchyni se to nepozná ani na truchlivém schodišti kde ubývá skoupého světla / v ovzduší vládne chloroform / dvě patra nerozbuší srdce ale stát před cizími dveřmi / začali tak poplivaní / od svítání do stmívání obědvají / činžovní barabizny úporně přemýšlí / slunce jen někdy a krátce / zakvílí zvonek na kroucení / žlutá schránka na dopisy psané inkoustovou tužkou / bába co ssi přeje-te kapka jedu drží pevně jako chobotnice nelaskavá slova / neviditelné fronty oken naslouchají / chloroform truchlivé schody / vlastně má pravdu tak stojí proti sobě zatím / co vagóny na smíchovském a panna po generálce volají o pomoc / ujeto tisíce nocí nic generace nic věčně hamižní olizuje si prsty / Rakušáci a rachiti vídeňské úřednické sebevědomí / milostpaní nad čelem čmáře bílou křídou ne ne nepřijde / z pozadí sykot kydaného zelí / nastoupila dovolenou / mastná vizitka na špinavých dveřích ředitele / na rozmlácení pošetilosti se mu nedostává sil / kdysi trapně nevolno / že se nestydí takovej budižkničemu / z týhle čarodějnice špinavý trenškot mohla princezna furt nic nóbl mužský / přecpaná předsíňka / nepoklizená svraštělé punčochy na šouravých nohou / chloroformový vzdech někdo stoupal po schodech / a proto skoncovali / padnout na práh / nepochopila / nebylo už co říci / nezvlídněla / neusmál se / hledal laskavého anděla / čekala nejmíň doktora / potkal toho který stoupal byl cizí tváři v domě a trvalo to dlouho nedůvěřivou vteřinu / několikrát otočil pravidelně schodiště a klesal neustále zatímco druhý namáhavě stoupal / náhodné setkání s povozem uhlí těch se také nikdo neptá / ještě nic neskončilo / košaté koruny prudce rozkvetlých stromů přecpaly úzkou ulici s uhelným povozem poledne trvalo už celých patnáct minut syté zeleni slušelo že bylo pod mrakem / optimismus dopoledne prchal však zděšeně podle fronty starých činžovních domů.

*

Ničeho jsme se nedopátrali
postávali jsme na spodním nábřeží
a civěli na odjezd parníku
jako bychom měli v hlavě

co je kouři parníku do leknínu?
stokrát nic umořilo osla

sami s padesáti stoly
pili jsme sodovku
v zahradní restauraci
každých pět minut projela elektrika

*

Prší
budík řve do ticha pondělního rána
v temném koutku nádražního vestibulu
staví se do řady
dosud zcela neprocitnuvší cestující
aby si koupili dělnické jízdenky
krátké nepohodlné vagony jsou zanedbané
a až do odjezdu plní se neustále lidmi
starostmi a prací otupělých tváří
za špinavým oknem stojí průvodčí
v kaftanu z modré chlupaté látky
vedle zaprášeného rámu
s nostalgickou svatební fotografií fy Langhans
málokteré boty jsou vyčištěny
a málokteré nejsou prastaré
těžké ruce se zadřenou špínou a zhrublými nehty
visí bezvládně podél těl
která usínají s otevřenými ústy
sotva usedla na odřenou lavici
s tenkou soustruhovanou nožkou
někdo jednotvárně mluví
a druhý mu znaveně odpovídá
potom začíná známá hra
s boucháním vagónových dvířek
a s rozžvýkaným slovem hotovo
krátké zaškubnutí a ranní vlak
dává se úderem jedenácté minuty
po páté hodině na svoji pouť
zastavuje u každé meze

a znovu se rozjíždí s krátkým škubnutím
trvá mu to dobrou půlhodinu
než se vymotá z Prahy
která se teprve probouzí
a další hodinu než zastaví
u černého chřtánu výtopny v Kralupech
z vagónů mizí dělníci a
přistupují venkované
přečtené pondělníky se válejí
po sedadlech i po podlaze
průvodčí bloudí poloprázdnými vagóny
a mlátí dveřmi na opuštěných nástupištích
venkovských zastávek
ztracených v nedohledných rovinách polí
prší

*

Je-li poezie zbytečná
je zbytečný i život
bohužel zdá se často
že tomu tak je
jsou chvíle
kdy člověk myslí
že se už nevybabrá
mozek vypovídá službu příliš zkomplikovanému
i příliš zjednodušenému bytí
člověk se rozkládá
anebo plesniví
jsou chvíle
kdy nic nepřipustím
někdy je i máslo fest
žijeme z předpokladů
důvod komické tragedie
jsou lidé

*kteří i spánek považují za samozřejmost
nedovedu si představit nic hloupějšího
než Nera když spí
zítra zaslechnu lidský hlas
jehož barva změní mé nazírání spíš
než sto tisíc pádných důvodů
Bože
možná že nikdy nezaslechnu tento hlas
kdybych byl člověkem zásad
byl by dnes ze mne fotbalový rozhodčí
unylost je náhoda
vražda také
vzhledem k tomu
že je vyloučeno abych zde byl věčně
a nestojím o to
vybrat si vlastnoručně den svého skonu
nemohu se nikdy příliš naparovat
za největšího blba považuje filatelista
lupenkáře a naopak
miluji zrzavé
protože je jich málo
Julius Caesar se nemohl jmenovat
Alois Kadrnožka
někdy si připadám
jako plný nočník*

*

*Kdo by se nezalekl
vylézá-li z hnízda na zahradu
kdo by se nezalekl
vylézá-li ze zahrady atd?
ficka do kuchyně se přijímá vždy
za výhodných podmínek
čekáš Adonise*

a přijde Quasimodo
zemřeš včas?
/z papuánského mudrosloví/
jsou huby co slovo
to potrat
návštěva přichází ve tři po obědě
válka o páté za svítání
spánek je ponížením bdění
procitnutí je ponížením snění
no a

*

Nezbývá nežli milovat slavíka i vránu
oba stejně nehodné svojí sudby

*

Život nejsou jen nádherné
nebo strašlivé události
ale také bezpočet hluchých dnů
kaše
kterou plujeme k smrti
a je bláhové snažit se
obarvit ji jakoukoliv barvou

Je stejně odporná a narůžovělá
jako každá jiná

*

Těch několik let uběhlo jako voda ale Bože to je strašné jak hrbíte se a Vaše oči které jsem tak milovala jsou unavené vypadáte jako byste na nic nemyslil anebo ano Vy přemýšlíte příliš mnoho vždycky jste byl takový ke své škodě ovšem chichi kde jsou ty doby když jsme spolu chodívali a nemohl jste pro mne vůbec spát už Vás to asi přešlo viďte vždycky jsem říkala že to nepotrvá nevěrníku ale je to tak náhoda že jsme se tak z čista jasna sešli víte že jsem znovu provdána? tuhle jsem si prohlížela ten obraz od Vás a to jsem ještě nevěděla že Vás dneska potkám myslíte si asi ženská negramotná to víte žena kdepak umění neřekla jsem Vám ještě že bydlíme nyní v Paříži? často jsem Vám chtěla napsat strašně dlouhý dopis byla jsem tak dlouho samotná potom jsem si ale řekla bude líp, když na mne zapomene hle už mi to jede jedenáctka a ani není nabitá buďte hodně zdráv až povím mamince koho jsem viděla

*

Není mi do úsměvu
pod košatými stromy

do parku smím vstoupit?
nehýřím právě odvahou

horečka líně si prohlíží
zsinalé tváře zasvěcenců

a s bláznivou ulicí
šeptá si o zmařené šanci

mrtvice mlčky hledá své sousto
chlapeček čůrá na chodníku

*

Jsou diváci, kteří nikdy nepochopí, proč je přivedli do divadla, pro které každá hra je utrpením a kteří ví jediné, že už nikdy je živí neopustí. Tito nedobrovolní diváci hádají se tak zuřivě, kde budou sedět, kde budou stát, perou se pro barvu kulis a opon, o všechno se hrdlují v bufetech, u šaten i na záchodech, na galeriích i v ložích, před kulisami i za nimi. Každou chvíli celé divadlo hoří, každou chvíli dochází ke krveprolití mezi sedícími a stojícími, ke vzpouře sboristů, k biletářské revoluci nebo k dirigentskému puči při hermeticky uzavřených prostorách. Hasím, dělám jásající publikum a nejednou jsem nucen hrát roli vraha, abych skutečným vrahům nebyl podezřelý. V krátkých přestávkách jsem vyslýchán. Moji soudcové nemohou nikdy pochopit, proč dosud jsem na živu, když pro jejich vítězství tolik jich padlo. V našem divadle zůstat na živu jest nanejvýš podezřelé, když za mizerné místo k stání platí se tuctem křivých přísah a poslední sedadlo stojí tucet prokázaných vražd.

*

Vylidněné Corso
stín Belliniho kolonády
mísa risota
vyschlý Tiber
liftboy
slívy
Albergo della Stazione
moře zelených aut
jahody
vybledlá rumělka střech
neapolský flašinet
pomeranče
krvavá barabizna Kolosea
třešně
stříbrný letoun
ticho vatikánských zahrad
břinkot vidliček
cypřiše Caracallových lázní
broskve

sametový plakát
smích
fontana cinquecenta
siesta
cestovní kancelář
střepy mramoru
bronzová socha na Kapitolu
pouliční směnárna
okno
poledne
Piazza Collonna
magnólie

*

Bylo mi uloženo, abych k vám promluvil. Jsem si vědom, že jest velmi nesnadné zhostit se tohoto úkolu. Nevěřím příliš ani sobě ani vám, a prosím vás proto, abyste moji řeč považovali spíše za monolog, který jste nuceni vyslechnout, jako jsem byl já donucen jej vyslovit. Kdyby někdo z vás alespoň chvíli uvažoval nikoliv o tom, co povím, ale o důvodech, které mne k tomu vedly, považoval bych to za vyznamenání a poctu, které jsem ani neočekával. Dotknu se během řeči několika problémů naší spolupráce a našich vztahů, ale nepokládejte moje slova za definitivní. Změnil jsem již dobrovolně většinu svých dřívějších názorů, které se mně zdály být samozřejmé a neměnitelné, a očekávám proto, že ani tyto dnešní nebudou míti dlouhého trvání, což bych se určitě domníval, kdybych byl ještě o stupeň hloupější, nežli de fakto jsem. Chtěl bych hovořit o všem, ale problémů je více, nežli by snesla vaše trpělivost, a promluvím proto pouze o některých, přičemž se pokusím nebýti ani neslaně ani nemastně objektivní, ani bezhlavě subjektivní, pokud je to vůbec v mých silách.

Domnívám se, že otázka, jak se vzájemně snášet a snést, závisí především nejen na snaze, ale vysloveně na touze snést se, stejně jako bez ní jest dorozumění zhola vyloučeno. Ačkoliv tato touha jest podstatným faktorem dorozumění, není zdaleka jediným. Jest snadné dorozumět se s lidmi, které milujeme nebo se kterými sympatizujeme, horší je to s těmi, kteří jsou nám lhostejní nebo s těmi, kteří v nás vzbuzují odpor, a z toho vyplývá nepříjemná otázka, je-li v naší moci někoho milovat.

Pro možnost podobných otázek nerad hovořím; nevím, zdali je možno milovat většinu spolupracovníků, k tomu by bylo zapotřebí nesmírné pokory a prostoty, jakých snad žádný z nás není schopen. Uvažuji-li o tom, z čeho vzniká nenávist mezi námi, nalézám celou řadu důvodů, z nichž uvádím alespoň následující:

Otázka příjmu a postavení
Způsob jednání s lidmi
Otázka charakteru
Otázka pracovního výkonu
Všechny nezaviněné vady lidské

První bod jest nesmírně naléhavý a ošemetný. K spravedlnosti v tomto bodu bylo by zapotřebí božského oka a boží autority. Nejvíce nenávisti a mrzutosti každého pracovního souručenství bývá v tomto bodu. Tato obtížná otázka jako by byla zakleta a vznášela se nad ní tajemná písmena Tabu. Kdybychom měli tolik času, aby se každý z nás mohl svobodně vyjádřit, dospěli bychom k slušné pyramidě mínění, názorů, důvodů a přání, které uvésti do souladu bylo by nad lidské síly. Nutno oceňovat vzdělání, nadání, specielní schopnosti, rychlost, vytrvalost, věrnost, svědomitost, praxi, poctivost, obětavost, nebéřeme-li vůbec v úvahu protekci, proti které se sice jistě brojí od stvoření světa, ale která přesto, protože jest nerozlučně spjata s otázkou lidského charakteru, nezadržitelně bují v lidské společnosti jako nerozluštitelná součást lidského prokletí. V pyramidě názorů na tuto složitou otázku příjmů a postavení nalezli bychom vedle skutečných problémů celou řadu hlouposti, naivnosti, neznalosti, zášti a nespravedlnosti nás samotných. Jsme natolik zabedněni v tomto ohledu, že nejsme s to oddělovat nespravedlnost chápanou vůči nám od nespravedlnosti páchané námi vůči ostatním. Biblické úsloví o mrvě v oku bližního není zdaleka pouhou duchaplností, nýbrž denní naléhavou obžalobou každého z nás, a měli-li bychom se osobně vůbec něčím zabývat, abychom si učinili život alespoň trochu snesitelným, pak by to s hlediska společenského byla nejnaléhavější otázka každého dne, ačkoliv je to otázka u nás všech neustále nejposlednější. Přemýšlíme pohříchu mnohem spíše o střihu nebo vzorku nových šatů, o tom, co bychom pojedli nebo popili, jak bychom se vyšvihli a uplatnili, jak bychom se pobavili a rozptýlili, anebo co bychom viděli nebo přečetli, nežli o svém vztahu k ostatním lidem, který nebudujeme na osobní poctivosti a skromnosti, ale který denně improvizujeme, pokládajíce se za mudrce, ačkoliv se jedná o vyslovené chytráctví, daří-li se nám jakž takž proplouvat bez větších malérů a obtíží. Při velkých hospodářských a třídních změnách za poslední války a po ní navykli jsme si všichni v důsledku neobvyklé fluktuace oběživa a majetku, dále následkem osobní nejistoty a rozbitím ustálených názorů o společenském pořádku na nároky, k jejichž uspokojení není ani rozumného, ani hmotného podkladu. Stali jsme se chtivými a bezohlednými a nespravedlivými a je bezpodmínečně nutno, nechceme-li propadnout úplnému duševnímu zmatku, abychom věnovali více zájmu otázkám neosobním a odvraceli se od naprostého propadání časnosti. Zeptáte se mne možná ihned, činím-li tak sám a jaké praktické důsledky plynou z toho zamyšlení ve vztahu k Vám, kteří jste mými spolupracovníky. V prvé řadě snažím se nikomu z Vás, kteří jste výše postaveni a lépe placeni nežli já, nezávidět ani jeho příjem, ani jeho postavení. Pokud se týče Vás, kteří jste v nižším postavení mne a hůřeji placeni, Vámi se zabývám mnohem více než prve jmenovanými. Cítím se před Vámi vinen a povinen skládat Vám účty ze svého jednání. Přesto, že četní máte citelné nedostatky a že pokládám za nepříliš těžké vyniknout mezi Vámi, zdá se mi, že to není podstatným důvodem, aby se Vám vedlo hůř nežli mně. Narodil-li jsem se skutečně o něco schopnější Vás, je to vis major, věc, kterou jste nezavinili, a má-li lidský život a lidský duch nějakou cenu, pak je to v prvé řadě možnost napravovat nespravedlnosti a křivdy přírody a osudu, a je-li něco hříchem, tedy využívání těchto rozdílů k osobnímu prospěchu a k prohlubování nezaviněného příkopu mezi lidmi. Moje svědomí bylo by klidné, kdyby moje vedoucí postavení vyplývalo z Vaší svobodné vůle a Vašeho svobodného usnesení, za druhé kdyby moje vedoucí postavení bylo čestné při stejném příjmu s Vámi, to jest kdyby naše hmotné postavení bylo stejné. Ačkoliv moje postavení není příliš vysoké ani můj plat zvláště veliký, domnívám se přesto, že je větší, nežli by byl při absolutní spravedlnosti, a pokládám jej tudíž za nemravný a cítím se před Vámi vinen. Nenávidím z celé duše lahůdkářskou teorii o schopnosti. Není krásnějšího lidského pocitu nežli dávat a pomáhat a není hroznějšího nežli hromadit a nepřihlížet k bídě ani spravedlnosti, ale pouze k zisku v jakékoliv formě. Neklamme se, i příjmy z povolání jsou ziskem a to nikoliv tak samozřejmým, jak by se mnozí domnívali. Mnozí moji přátelé se tragicky mýlí v otázce spravedlivé odměny za svoji práci, považujíce příkladně za spravedlivou osobní odměnu takový obnos, který by je zbavoval hmotných starostí. To je bohužel názor široký jako tahací harmonika, který nelze obhájit. Skoro každý člověk na světě kdyby mohl, spotřeboval by tolik, co renesanční vládce, nebo feudální kníže. Problém nevězí v tom, že by moji přátelé vydělávali skutečně neúměrně mnoho, spíše naopak, ale v tom, že kdyby vydělávali, jak si to ostatně přejí, považovali by to za spravedlnost, ačkoliv je jim dobře známo ne-li z konkrétních číslic, tedy z celkového pocitu, že je na světě mnohem více bídy nežli hmotné bezstarostnosti, neřku-li nadbytku. Nevidím stále důvodu, proč by neměli umělec, generál, listonoš, zedník, lékař, kožešník, prodavač, strojvůdce a ministr spravedlnosti vydělávat stejně. Namítne se mi, že by poklesla lidská soutěživost a lidstvo stalo by se lhostejným k jakémukoliv zlepšení a pokroku. Jest sice bezesporné, že všeobecně je vidina osobního prospěchu jednou z hlavních příčin lidské snaživosti, ale je stejně bezesporné, že jest současně největším semeništěm veškeré lidské bídy, zloby, závisti, nenávisti a jednou z nepřekonatelných překážek lidského dorozumění. Všechny politické systémy nutně ztroskotaly a ztroskotávají ignorováním skutečnosti, že bez velkého entuziasmu ve věci hmotné spravedlnosti a bez nového, vznešenějšího a obětavějšího vztahu člověka nebude míru mezi lidmi.

Neméně složitá a obtížná jest otázka o způsobu jednání s lidmi. Biblické úsloví praví jednoduše: Co nechceš, aby ti jiní činili, nečiň ty jim! Nedá se v podstatě říci nic lepšího, ale potíž vězí v tom, že na to jednak neustále všichni zapomínáme, za druhé, že je takřka vyloučeno jednati se všemi lidmi stejně. Jinak jednáme s rodiči, jinak se sourozenci, jinak s milenkou, jinak se ženou, jinak s příbuznými, jinak s dětmi, jinak s přáteli, jinak s nepřáteli, jinak s neznámými a jinak se známými. Jednání je nám z části vrozeno, částečně je ovlivněno okolím, ve kterém žijeme, a je zajisté nesmírně obtížné nalézti platformu, na které by se mohlo k oboustranné spokojenosti setkat jednání vojákovo a básníkovo, vědcovo a topičovo, matčino a staré panny. Je to jeden z problémů, nad nímž se zatočí hlava, zkoumáme-li blíže jeho složitost. Ač bez něho nemůže býti správného jednání, jest zajisté velmi těžké porovnání člověka chronicky nemocného a člověka kypícího přílišným zdravým, člověka zavaleného starostmi a člověka bezstarostného, lakomého a marnotratného, krásného a ošklivého, příliš vysoko postaveného a příliš nízko postaveného, chytrého a natvrdlého, vzdělaného a nevzdělaného, unaveného a odpočinutého. Člověk by si takřka zoufal, pomyslí-li na všechny tyto komplikace, a přitom jednání naprosto nečeká, jednáme s lidmi neustále, takřka na každém kroku, a trpíme tímto jednáním a způsobujeme sami svým jednáním utrpení, které bývá velmi často příčinou zoufalosti.

Dále přistupuje otázka charakteru. Soudíme, že ten a onen je takového a takového charakteru. Sami o sobě nesoudíme vůbec a pakliže ano, tedy výhradně v kladném smyslu. Nepoznal jsem dosud člověka, který by si byl vědom, že je bezcharakterní. Obraťme se však znovu k sobě samým. Jsem přesvědčen, že žádný z nás není ryzího charakteru, to znamená, že mezi námi není spravedlivého člověka. Vycházíme-li z tohoto názoru, neznamená to, že bychom se měli spokojit s touto neblahou skutečností a nečinit vše, co je v našich silách, abychom nejsme-li spravedliví, nesnažili se jimi stát. Osobní lhostejnost k spravedlnosti jest absolutním hříchem vůči životu a činí z něho pravé peklo. A býti spravedlivým jest opět pouze za cenu usilovného přemýšlení a neustálého hodnocení veškerých našich skutků a činů, přemýšlením o životě a situaci obklopujících nás lidí a neustálým bojem proti vlastní bezohlednosti, zaslepenosti a křivdám, duševní silou pramenící z celého srdce k odstranění osobních špatností, ku kterým jsme došli.

Otázka pracovního výkonu. Další oceán problémů našeho života, na kterém se neustále zmítá kocábka našeho bytí. Existuje dvojí práce: jednak ona námezdná část, za druhé ona osobní část, která se týká nás samotných. Obě pokládám za nevyhnutelnou součást lidského života, a ten, kdo by se domníval, že druhé není třeba, mýlil by se stejně jako ten, který by popíral nutnost prvé, nebo dokonce obou současně. K prvé části: Člověk musí pracovat, protože by jinak pošel hlady a zmrzl zimou. Představíme-li si na okamžik, že jsme na světě sami, nebo že je nás jen několik málo, dojdeme snadno k závěru, že musíme podniknout jisté kroky, které se nazývají prací, abychom se udrželi naživu. Existují sice možná země, kde padají člověku banány do úst a zapíjí se pramenitou vodou, že tam neexistují naše zimy, ale je faktem, že na většině zeměkoule tomu tak není a že je zapotřebí tvrdého boje s přírodou, aby vydala potřebné statky k zajištění holé existence. Vrátíme-li se k složité mašinérii moderního života s komplikovanou dělbou práce, docházíme k závěru, že je naší povinností odvésti do společné pokladny práce jistý výkon, který by nás ospravedlňoval opatřiti si nutné statky, které bychom si kdysi dávno byli bývali nuceni opatřit prací přímou k udržení naší existence. Jest nesporné, že je velmi lákavé nepracovat a nechat se živit, ale to je tak evidentní nespravedlnost, že je zbytečné se jí zabývat. Nyní je otázka, kolik má člověk pracovat. Pracovní doba jest sice ve většině civilizovaných zemí stanovena zákonem, ale je stejně nepopíratelné, že člověk, tvor podléhající duševním náladám, nepracuje stejně jako stroj. Je také fakt, že nesmírně mnoho lidí jednak markýruje práci a ve skutečnosti zahálí, za druhé, že existují lidé, o kterých lze tvrdit, že provádějí pracovní inflaci, to jest, že pracují z velmi různých důvodů neúměrně mnoho, z čehož obojího vznikají nemalé konflikty společenské, nenávist mezi lidmi a neustálé spory, ztrpčující život těm i oněm. Pokud se týče druhé části, osobní práce, jest to otázka, která se leckomu může zdát nesmyslnou. Buď bude tvrdit, že je nepotřebná, nebo že ji nelze nazvat prací. Pracovat, co nejdále to dotáhnout, dobře se mít a dobře se pobavit. I když uvážíme, že práce je mnoho, i starostí, a že touha po dobrém bydlu a pobavení je nerozlučnou součástí lidského života, nelze ignorovat skutečnost, že člověku je nutně zapotřebí velmi mnoho práce na sobě samotném, aby se stal člověkem ve vznešenějším slova smyslu a aby mohl přispět k lepšímu životu všeho lidstva.

Zbývá promluvit o nezaviněných vadách lidských, to jest vrozených nedostatcích jednotlivců, které mají rovněž nemalý vliv na naše vzájemné vztahy a které bývají přečasto velikou překážkou k našemu dorozumění. Nelze je ani všechny vypočíst. Je to zamlklost, zádumčivost, přílišná hovornost, špičatý nos, šilhavé oko, veliké uši, prskání, sloní nohy, plešatost, akurátnost, nepořádnost, chtivost, lhostejnost, štěkavost, trudivost, nepříjemný smích, vlhké ruce, zápach z úst, pot, pomalá chápavost nebo vrozená zapomětlivost či vůdcovský komplex. Proti různým formám těchto nedostatků, z nichž některé nechávají okolí lhostejným, jiné jej rozrušují, bráníme se přerůzným způsobem, z nichž nikoliv každý možno při bedlivějším zkoumání považovat za oprávněný. Jde však jen o jediné. Uvědomovat si toto jednání, vystavovat je neustále analýze a bojovat proti vlastní nespravedlnosti, kdekoliv na ni narazíme.

*

Ztroskotávám
co zbývá je poezií
co drtí a svírá
čemu se svět hlučně směje
a místo odpovědi
už opět se stmívá

*

Když jsme pokoření změnili grimasu
bouchly dveře v černé věži
vyšla zora
a Mihailovic' oslepl navždy
modlili jsme se
sestra odklízela trosky v IV. kvartu
ošumělý mrakodrap Albania hlučel lidmi
bělehradské chodníky sálaly horkem rozvalin
a večer ženy nocí
a muži hněvem
všechno to není ani zdaleka takové
jako ve snění o lepším zítřku
nebo v socialistických brožurách
prach ani slzy se neutírají
s darebákem se nikdo nedohovoří
zádumčivost rovin nikdo nevyhojí
noviny jsou plné zpráv
kde se jaká slavnost
podvod strojí
plyšové růže
vždy s úsměvem!
hovoří s Tebou
k ďasu
jako s oslí kůží
a Ty buď lží
anebo se dej zavřít

smrt fašismu - svoboda národu
Gogolův Revizor hlídaný partyzány
osvobozený lid se hrbí
před slídivými zraky maršálových fízlů
a nedospělá mládež v hitlerovském stylu hrozí
noci jsou plné zpěvu o boji a šestistupů
odkud se to rojí?
chodí dokola
jako v Carmen pikadéři
zítra se na celém světě slaví první máj
přijede vyholený maršál v Mercedesu
plném automatů
a hudba spustí tuš

*

Říkal
kdo šetří má za tři
a zatím už měl dávno za dvacet
říkal
od toho má člověk rozum
aby se vyhnul
a odpoledne ho přejel motocykl

*

Vyvolal mne ke stupínku
na jaře k polednímu

nikdy mne to nebavilo

brousil si na mně vtip
z nedělních příloh
pan profesor

a třída napůl dívčí
upřímně se smála

ďas vem smích

uhnípaný notes na katedře
Panáčku však tě naučíme

utéci není kam
a tak se dívám

křivý stromek na špinavém dvorku

třída se smíchem třese

táhne k polednímu

*

Prázdný dvůr
měsíc objímá kasematy
běda očím
běda srdci
znovu se ptám
odkud Vás tolik chudých
o tohle všechno
dosud jsem nezavadil
jatky smrdí
ani bych nevěřil
že už tím dávno
nenačichly luxusní pocity
pražské barabizny
Bože to jsou kvartýry
zebe mě v makovici
zebe mě v srdci
to nelze mlčky přejít
na nic není peněz
na nic není času
zármutkem ustrnulý
u jatek v noci

stojím na nábřeží
a přes Štvanici
pustinu v každém čase
do Karlína hledím vyjevený

*

Vzteklé a hladové
na malém kousku místa
koušou se do ocasů
jsou
dokud kocouru nevběhnou do náručí
ať mohou či nemohou dál
jsou
na malém kousku místa
vzteklé a hladové
ať mohou či ne
jsou

*

V Kodaňské 20
každý pátek
mokré schody
klečící ženě
žalují na život
žalují na sny

*

Holé keře
dole pod strání
kvílí siréna projíždějícího vlaku
je zima
brzy bude sedm
cožpak se to sluší
zbůhdarma bloudit večer

po žižkovském kopci?
z křovin vystoupil člověk
když dole na kostele odbíjela sedmá
vypadal spokojeně
jako když s beder shodí těžký náklad
nezdálo se že by se styděl
vystoupil z křoví
byl hrbatý a nyní chcal
na jedné straně Žižkov
a na druhé karlínské mraveniště
tu a tam hrklo pod nažloutlými obdélníky
na zemi sněžný prach
a jinak ticho
z dálky se loudavě blíží Marion
v krátkém kabátci s odrhovačkou na rtech
marně omdlévám už dvacátý večer nadějí
že se mne zeptá
Kolikpak je ti chlapečku let?

*

Mívám dojem
že jsem studnou moudrosti
a vždy znovu zjišťuji
že je jí necelý půllitr
kalné barvy a odporné chuti

*

Nemocnice v neděli o druhé odpolední
svět pro sebe
ošetřovatelka s bílýma válcovýma nohama
strojí se do parády
jde k rampě u muzea
posrané od holubů
s očekáváním nevyhnutelného naplnění štěstí

nemocnice jí zrůžověla
když opouštěla za těchto okolností
její šedivou bránu
a dýchavičný vrátný na ni přátelsky kýval
ze své lóže

návrat bílých válcových nohou
na ušní nosní a krční kliniku
návrat v nových baťovkách
které trochu tlačí
a jejichž provedení je daleko toho
aby se mohlo nazvat elegantním
návrat šedého kostýmu
který se následkem podřadné látky
příčně mačká na širokém posazení
návrat liduprázdným náměstím

v pozdním nedělním odpoledni
ze schůze která se nevyvedla
ze schůzky která znamená úplné rozbití všeho

žentour nemocniční práce
ve kterém není místa
pro shození těžkého rance touhy
zula si tlačící baťovky
usedla na štokrle a hledí na dvůr
lidské objímání

v nedělním soumraku
rozhlas hlasem rozhodného pána
jedině socialistické uvědomění
přináší pravé blaho a štěstí

s přiblblým provinilým úsměvem lidí
kteří nemají už co vysvětlovat
svléká se těžce ze svátečních svršků
a padá bezvládně na lože

v nenavštěvované části parku
na náměstí zvětralá ruka sochy
nastavuje do tmy kamennou protěž

*

Padá poletuje sníh
okolo kluziště na Střeleckém
je rám z holých stromů a černých větví

padá poletuje sníh

začátek února
slunce celý den nevyšlo
a už se stmívá

padá poletuje sníh

zamrzlým oknem ohřívárny
dívám se na bruslaře
a šedobílý soumrak

padá poletuje sníh

všechno se rozplývá
když rozsvítili nad kluzištěm
bruslaři vykřikli veselé hurá

padá poletuje sníh

už je večer
ticho je úplně bílé
světla na mostě zápasí s mlhou

padá poletuje sníh

béře ji rukou okolo pasu
aby měli rytmus
to je samozřejmé to je strašné

padá poletuje sníh

okolo kluziště na Střeleckém
je rám z holých stromů a černých větví

*

Nerad se hádám o kanalizačním problému v Yokohamě.

*

Konce nedohlédnu o výsledku ani nemluvě dnes jsem měl být na celozávodní schůzi na každé pozvánce je potvrzení účasti odevzdejte u vchodu při odchodu být Vergiliem nesměl bych říci že cítím větší nutnost jít domů psát spát cítím stejnou nutnost bylo by nutno stvořit něco co by nadělalo hluku jako lochneská příšera nevím co ze všeho bude zbude-li něco ticho kolem hlavy a napnutých nervů zítra dostanu vynadáno jako fakan který šel za školu budu se hloupě dívat a mumlat omluvy abych lelkoval čtyři hodiny na schůzi kde budou hodinu číst protokol minulé schůze hádky dvou skupin usilujících dostat se k veslu životopis Brahmsův nesmírně miluji takovou delikátní četbu mezi obchodníky a úředníky od rána do večera z takového podhoubí vyroste leda čekanka a žádná hyacinta historie písaře který se nestačil dívat jiný rozsáhlý svět nakonec nezbývá nežli psát o cirkusu proč dělat ze sebe chudáka jenomže si to příliš dobře uvědomuji a nanávidím komponující kapelníky a nemluvím raději s nikým oběd ve Štěpánské vinárna v suterénu proměněná v poledne v restaurant schodiště a sál vymalovány falešným folklórem aby se hosté cítili jako na Slovači těžký nábytek tmavě mořený stolky v boxech nad přepážkou dřevěná mřížka se zelenočervenými lupeny z voskovaného papíru hnědá polívka z kostky cikánská pečeně s bramborem domácí řezy 45 korun když tak pomyslím že sem chodí večer při kyselém víně řvát Kolíne Kolíne jdu domů vyhnuv se další schůzi na divanu zamlklá matka stůně s močovým měchýřem měla nedorozumění s otcem směšné vystupovat v kuchyni jako sudí tak se vracíme domů z práce nelze rozptýlit mračna nikdo z nás neočekává bůvíco ale schůze omluvy podezírání cikánská pečeně falešné lupeny domácí hádky močový měchýř každé ráno kolem černé tabule dnes přišli pozdě kdo by nepřišel zpozdí se i švarcvaldovky podražení bot stosedmapadesát korun pokraj noci milánský rozhlas vysílá Italku v Alžíru zpěváci nejsou vynikající zítra si vezmu čistou košili a nechám si vyndat kořen shnilého zubu brejloun Truhlářů mne varovně upozorňoval že jsem ještě nebyl na brigádě pranic se nezměnilo všechny změny mohou být leda k horšímu nedovedu si představit nic radostného leda že mne přijmou do strany a udělají ze mne desítkáře nebavící se generaci nebaví ani skučet jako zestárlá kurva matka šije denně devět hodin podvazkové pásy a podprsenky tuhle šila pro jednu dámu z Bohnic takovou takovou houpačku že bych tomu nevěřil nevidět to na vlastní oči mělo to dvojitá ramínka aby to udrželo tu obrovskou váhu jako kdybychom měli všichni zakleté huby každý táhne za jiný provaz nedovedeme zahánět utkvělé představy otec si potrpí na šetrnost co největší a na pořádek co nejvíc podle vlastního vkusu nedávej tomu psovi takový krásný knedlíky dej mu tam chleba pro čubu se u nás vyvářet nebude potrpí si na debaty při kterých ostatní poslouchají jako při kázání připadá si oráčem který rozsévá semena moudrosti obávám se že vyprsknu když se na mne Lojzík smutně podívá a jeho nehybné oči obrácené k stropu řvou nahlas máme praštěnýho fotra matka je buďto příliš dobrého rozmaru nebo příliš plná katastrof chmur starostí a nářků začal jsem o Mnichovu usnul jsem s neradostnými myšlénkami jak je to toporné a bez vtipu nevýstižná a rozbředlá slova říci podstatné a nehovořit o zbytečnostech v životě moře zbytečného pojí se nerozeznatelně s výjimečným k čemu výjimečné chci chci ukázat únavnost života ani strašného ani nádherného ale nepopsatelně monotónního zabýval jsem se šéfy koncernu Fruchtunionu lidmi amorálními mimo dobro a zlo domnívajícími se že píle a úspěch jsou jedinými pozoruhodnými věcmi na světě obdivovali v Hitlerovi jeho pracovní úsilí a úspěchy položil jsem si vzdálenou otázku co žene polárního badatele k cíli spojenému s nesmírným rizikem navykli jsme si posuzovat některé činy nekriticky pochvalně polárního badatele chválíme že se vydal všanc smrti jakou by žádný z nás nechtěl skončit se zdánlivou domněnkou že tak učinil pro nás ale kdyby chtěl skutečně prospět lidstvu nepotřeboval by k tomu Antarktidu nýbrž překonání sama sebe v nejvšednějším okolí věc závažnější a obtížnější nežli tělesné útrapy s vidinou slávy a dějinné nesmrtelnosti místo toho opouští plačící ženu a děti kašle na vesmír jejich duší a jde zmrznout nechav se vyfotografovat v medvědím kožichu pro zítřejší noviny jde bezohledně za svojí představou jako obchodník nikdo neuvažuje o prvních a posledních věcech o lidských vztazích každý by to nejraději jednou provždy odbyl velikým úspěchem anebo rekordem odpoledne mi doručil ušatý příručí pan Knota následující dopis milý pane Naxero čekal jsem že jistě splníte svůj slib ale zapomněl jste opět volám Vás telefonem ale nemožno Vás stihnout píši proto poněvadž bych Vám byl povděčen za vyrovnání zůstatku víte že bych vyhověl jako dosud ale nutně to potřebuji věřím že nyní nezůstane při slibu a vyrovnáte řekněte kdy pozdravuje Vás Knot prohrabával jsem se ve staré korespondenci a pročítal dopisy bývalých přátel mnohé jsou plny naléhavosti dnes už nepochopitelné jiné škrobené a toporné ale všechny připomínají staré zaprášené láhve ve sklepě ačkoliv všichni tito lidé dosud žijí už dávno nemáme si co říci kdykoliv otevřu mapu s těmito listy ku kterým neustále přibývají další a další zmocňuje se mne tesklivá nálada jako když jednou po dlouhém čase přijdu na Vyšehrad všechno za jeho hradbou obrostlou starým břečťanem připadá mi nesmírně pomíjející a zde v úzkých uličkách přecpaných sádrovými anděly a železnými kříži nevím si s věčností rady kdybych trochu posečkal a usedl na náhrobní kámen zarůstající vysokou travou mohl bych počkat na obyvatele Podskalské sedící u okna v nasládlém letním podvečeru osamělé klinkání vyšehradské kaple dívám se se strmých šancí dolů k Vltavě na železniční most po němž se plazí dlouhý nákladʼák ke Smíchovu na pramici převážející poslední návštěvníky z Císařské louky na zčernalé činžáky protějšího břehu a na opuštěnou loděnici a vorový přístav plný rozbitých parníků i kdybych zde stál se ženou kterou miluji nezbavil bych se zármutku který přenáším z jednoho konce na druhý vyjadřuji se jako pomocnice v domácnosti která toho má mnoho na srdci není tak laciné melancholie skutečnost jest bohatší mnohem solidnější trudomyslností jel jsem devítkou v srpnové noci ze Smíchova do Kobylis na Ringhoferově továrně svítila neumělá hvězda z červených žárovek k takovému dni jako je sobota dívá se člověk jako k cíli kterým když prochází cítí palčivou marnost protože nepřišlo nic co lidé očekávají od soboty únava oblečená do svátečních šatů a veliká bezradnost nad nečinností pražské podniky páchnou těžkomyslností svých návštěvníků nejšťastnější okamžik je ten když se zaujmu nějakou pitomostí a zapomenu na složitost životní mašinérie proto asi mládí nazývají nejšťastnějším obdobím života protože je tak pitomé se svými úniky jedním z podstatných důvodů úspěchu nacismu byla skutečnost úniku z bezradnosti nad životem všechno nejlepší pro nás stání na žebříku ve funkci Hauswarta s blaženým očekáváním dne až budu moci postoupit o příčku výš na Blockwarta místo na obyčejném bicyklu jezdit na motocyklu býti Hauswartem nemluvě o Blockwartovi je neskonale příjemnější nežli nebýti ničím a státi nad vlastní senkrůbnou Hauswart je vyzdvižen z prázdnoty má program má úkoly koná povinnost zapomínaje že není jiné povinnosti kromě vlastního svědomí jako by bylo možno v důsledku boje s ostatními potvorami upustit od boje s potvorou vlastní po Tvém těle je mi teskno po Tvé duši i po Tvém hlasu s přízvukem šantánu Tvých kolen kdybych nespatřil nechápal bych štěstí Parisova nemohu se smířit se skutečností že láska leží mimo dosah možnosti co je poezie proti sex-appealu je vděčnější psát o důsledcích nežli o důvodech prvé jsou jasné a možno na nich duchaplně osnovati děj druhé jsou záhadné nutno za nimi do hájemství filosofie posmívající se bláznům kteří by chtěli cestovat neznajíce kompasu vědecké řeči zápisník snese víc nežli společnost možno být otevřeně hloupý sviňský i hladový takový jako člověk ve skutečnosti je bez ohledu na to zdali vychodil měšťanku nebo Karlovu univerzitu pouze ten který mlčí jako hrob může se jevit moudrým běda universitnímu profesorovi nebo ministrovi financí kdyby se pokusil napsat co vědí o životě i sádrové sochy na Olšanech pukly by smíchy od rána do večera sedí u takové knihy s vytrhávacími listy do které opisuje inkoustovou tužkou čísla z faktur bývala pokladní ale po znárodnění se už k prachům nedostala tak opisuje úderem půl páté zavírá krám a vrací se čtrnáctkou do Neklanky kde obývá s pětasedmdesátiletou matkou jednopokojový byt přecpaný předměty jak tomu bývá u starých žen mladí lidé střídající se neustále v kanceláři kde sedí Mařenka už pětadvacet let vidí nevábnou padesátnici s velikým zadkem narudlou pletí a špičatým nosem navlečenou do třech svetrů a nejsilnějšího prádla s vráščitými prsty a nervózním hlasem připomíná jim omlácený kufr s rozlézající se kostrou ačkoliv bývala mladá jako oni plná nejrůžovějších nadějí a snů plná plánů a zájmů události se vyvinuly docela jinak nežli mohla očekávat totiž nevyvinuly se nijak dnes jako před čtvrtstoletím budí je tentýž rozkřápaný budík který si koupila v ASU a přerušuje její sny vstává chvatně s pocitem mírné závrati a opakuje ranní závod s minutami dívá se do spánkem napuchlé tváře a má z toho denně se opakujícího ranního pohledu pramalou radost pije náhražkovou kávu poslouchá lamenta a příkazy ležící matky hovořící s ní tímtéž nařizovacím tónem nesnášejícím odmluvy jako před čtyřiceti léty pouze s tím rozdílem že dnes je tento hlas určen výhradně jí bývaly doby kdy Mařenka očekávala muže který se do ní zamiluje a odvede ji pryč jak o tom četla a jak to běžně viděla okolo sebe nepovažovala se nikdy za hloupější a ošklivější nežli ostatní nemohla předpokládat že tento muž se neobjeví nikdy jsou okolnosti kdy nemohu vzít pero do ruky udýchán životem běda tomu koho po celý život pronásledují víry točí se několik let jako šílená čamrda a potom spadne do kanálu znám slast rychlého a ještě rychlejšího otáčení při kterém je pocit jako kdybych spěl k něčemu velkolepému zatím co se otáčím pouze okolo vlastní osy jako pes lapající si po ocasu a končím srpen obávám se že zlhostejním dřív nežli se naučím mluvit a naopak maličkost jako mít zadnici místo obličeje stěží by se nalezl člověk kterému by to nevadilo ačkoliv mít to tak všichni a nežli definitivně uzavřu srpen curriculum vitae list počmáraný pastelkama milostný dopis pomíjející tělo a velebící duši pomaštěný list od cerbulátu spořitelní list s vkladem ve vázané měně list se kterým byla učiněna velká potřeba list s pornografickou fotografií Otčenáš psaný třesoucí rukou a list oumrtní září začíná jako srpen schůzí na kterou nemohu jít tak nebudu opakovat srpnovou ouverturu mám na mysli podzim když se člověk zblázní do barev a pachu blížící se zimy s představou ráje za znejasnělými koutky ulic náměstí a parků kdy člověk dosud objevuje svět a miluje ho místo aby mu nadával představuji si podzimní den s Národní třídou oživlou z prázdnin se navrátivším obyvatelstvem a okázalými výklady podzimních modelů a s bohatými světly velkoměstské třídy s obrovskými okny kaváren a křiklavými transparenty kin a barů jejichž barvy odrážejí se na zmoklé vozovce mám na mysli podzimní sobotu na konci Národní třídy když pod empírovými lucernami Národního divadla postává hlouček studentů a studentek nedočkavě očekávajících rozsvícení foyer a otevření vestibulu k večernímu představení Carmen v lesku takové podzimní soboty probleskuje bída nezaměstnaných bloudících kolem automatů uzenářů restaurantů a hospod plných večerních hostů nalezne se také v temných koutech nábřeží okolo Mánesa jehož luxusní lokály soustřeďují v těchto večerních chvílích proslulá jména pražského života válčí se v Habeši v Berlíně připravují olympijské hry a v kinu Alfa běží již dvanáctý týden exklusivní premiéra velkofilmu Tři bengálští jezdci bydlí v luxusních vilách a činžácích a kupují výhradně klobouky a vázanky zahraničních značek u Čekana boty od maďarského ševce a košile od Bárty hovoří o socialismu a moderním umění a pijí starou skotskou nebo francouzský cognac v přítomnosti elegantních a duchaplných žen spojujících představu emancipace s luxusním Studebakrem jdu-li dnes kolem ztichlého Mánesa a dívám se na novou tabulku Klub úderníků vždy znovu se ptám kam se poděla tato hlučná a okázalá společnost kralující dvacet let české kultuře prozpěvujíc si nebe na zemi doslovně takto na nirvánu na Olymp na nebe nevěřím když někdo na svět nadává vždycky láteřím nestojím o nekonečno s hvězdami všemi stačí mi pár krásných let někde na zemi když já vám povídám že je nebe na zemi pravdu mám věřte mi za život život dám i když nerad umírám nejsem sám veřte mi pro toho kdo chce žít jen na světě plno krás a z těch krás nebe mít záleží jenom od Vás jen od Vás věřte mi záleží kdy přijde čas kdy pro nás začne nebe na zemi neopsat si tu jalovost tak bych nevěřil vlastním uším měsíc vzorné práce minuta před půl kašel nevysvětlila nic zlepšení připosražený blonďák nikdo se neozval drby ze schůze obviňují-li v sobě lidi je mi zle člověk by ale nesměl mít koule aby někdy neobviňoval spánek četba Máchy četba Saroyana pokus o rozbor marný někdo volal telefonem ale zavěsil dřív nežli jsem zdvihl sluchátko sám jako vždy myšlénka dokola obávám se jejího utrápeného výrazu beznadějná blbárna nežli zavru oči chci napsat to obrovské nic které žiji s vynaložením obrovské námahy a z něhož cokoliv zapisovat je stejně směšné jako bezúčelná námezdní práce kterou vykonávám bude-li vykonaná špatně poplynou z toho pro mne stejně neblahé důsledky jako pro výrostka v polepšovně vykonám-li ji vzorně pochválí mne nebo ani to ne nějaký trouba na kterém mi nezáleží a odevzdá mi ručně malovaný diplom všechno co udělám uloží se do sklepa a vyhodí se v nejkratším čase protože co se seznamy součty výpočty a záznamy dávno snědených tun ovoce a zeleniny celá moje pýcha a celé moje zoufalství kterým denně s tisícem drobných šikan a intrik věnuji daleko převážnou část svého bdění zpívat o tom je věc nadmíru povážlivá když skončí úřední hodiny toužím projít se pohovořit si a zapomenout na monotónní rytmus práce na mrzutosti pracovního prostředí není s kým a není kam není peněz a je nesmírně málo času projdu novou pasáží vonící kolínskou vodou a horkými uzeninami a stojím jako každého dne proti ústřednímu sekretariátu KSČ u Prašné brány jehož okna svítí do podzimního večera a do podzimní noci toužím odejít a už nikdy se nevrátit očekával jsem ji bez vzrušení nebylo žádných snů ani představ ani nedočkavosti očekával jsem ji tak jako očekává poštovní úředník zákazníka potom přišla a posadila se do hlubokého křesla hrál jsem jí Čajkovského hovořil páté přes deváté uvědomuje si současně hloupost všeho co jsem vyslovil a obviňoval jsem vlastní slova z domýšlivosti Čajkovskij šel mimo mne i slečnu sedící v hlubokém křesle vedli jsme totiž hlavně já jsem vedl řeči nepřípadné zbytečné prázdné a jalové přes veškerou snahu anebo právě kvůli této snaze neměl bych vlastně zvát žádné slečny hrát reprízy které mne urážejí i děsí po nichž jsem ještě zdeptanější nežli předtím za poslední peníze totiž za poslední vypůjčené peníze koupil jsem kávu víno a cigarety obligátní pohoštění které patří k hrůzám těchto repríz včetně vytahování šálků a sklínek z příborníku včetně prvního váhavého připíjení nesoucího stopy omšelého svůdnictví hovořím o hudbě vyprávím co jsem viděl opakuji tytéž historky z návštěvy velikých koncertů které jsem stejnými slovy za stejných okolností vyprávěl již mnohokráte a i když moje návštěva je slyší poprvé protože se jedná vždy pouze o jedinou návštěvu slyším je já již po nesčíslněkrát z vlastních úst a hnusí se mi svojí stereotypností a přesto jich z pohodlnosti používám stále znovu není výběru něco se musí mluvit hovořím o umění jako kdyby život mé návštěvnice závisel na jeho problematice vzhledem k tomu že hudební kulisa musí se vyměnit hraji Bohému a obdivuji se árii jak studená je ručka obdivuji se proto aby se i moje návštěvnice obdivovala abych ji přesvědčil že je svědkem něčeho co nikde neuslyší protože tuto árii zpívá Caruso potom přinesu z knihovny reprodukce a moje návštěvnice opustí hluboké křeslo aby si je mohla se mnou prohlédnout na gauči to je další přesně se opakující bod každé takové návštěvy a zatím co Claudia Muzio zpívá Adio del pasato hovořím o malířství a slečna poslouchá nebo tupě hledí do reprodukcí a snaží se občas ze sebe něco vymáčknout jako že to má hloubku nebo jinou takovou volovinu desky jsou stále ve větším a větším nepořádku hrajeme guláš z Butterfly Rusalky barových písniček a gregoriánského chorálu až se pokusím jakoby mimoděk dotknout ústy jejích vlasů což se vždy podaří aniž by bylo prozatím upuštěno od prohlížení reprodukcí které s kvartetem z Rigoletta tvoří kulisu která mi pije krev líbám hladkou kůži jejího krku a to ostatní kniha reprodukcí padá na zem a utíchá hudba v gramofonu nakonec vyprovázím návštěvu k noční tramvaji a vracím se do zakouřeného pokoje plného nepořádku otevírám okno a natahuji budíka a přál bych si spát bez probuzení

*

SEŠIT ČÍSLO JEDNA

Stoletá úzká alej
na kostelíku odzvonili klekání
maličký obchod
v obyčejném okně výloha
voní zde chléb
a čerstvé koláče
všechno je vlídně ospalé
několik silnic
padajících z kopce
i věčně opuštěná
cukrárna - vinárna
kino v sokolském sále
hraje jen dvakrát do týdne
na několika domech
nizoučkých jako ostatní
je nápis "Výroba lyží"
nebo soustružnictví dřeva
všechno zde voní
dřímá
vlídně se usmívá
Několik málo kroků stačí
a chodec vyjde z malinkého města,
daleko obzor se před ním prostírá
všechno je prapodivné tam daleko
tam v dáli
srdce buší srdce vzlyká

Je pak zde věčně osamělý
v altánku plastická mapa Krkonoš
a pod parkem
uprostřed opojně vonících
luk a strání
krčí se horské chalupy
Jednou či dvakrát denně
zahlédne člověk v dálce autobus
vyjíždí zvolna
na všechno jako by bylo
hrozně málo času
Protože je zde tak hrozně málo lidí
naslouchá všemu
pro co nemá jindy sluch
stoletý akát
všech hovoří s rampou u kostelíka
ševcovská dílna s trafikou
též holič je tu v bílém plášti
hodiny na zdi vážně odtloukají
každou vteřinu
spíše je oficíná prázdná
nežli plná zákazníků
zde v horách šlechtí se jen málokdy
každičká pustá událost
má zde svou velkou důležitost
včerejší sprška
dnešní slunný den
výroční trh a
fotbalový zápas dvakrát za rok
když chlapci si řeknou
že ve Vysokém již dlouho nic nebylo
Hrají zde také ochotníci
herců bývá víc než diváků
jednou za rok cvičí hasiči

A ještě o hostincích nutno pohovořit
jsou všechny polopanské
vaří zde obědy pro Pražáky
a místní honorace
a místní mládež
zde občas schází se
Bůhví že zde není třeba
příliš alkoholu
když každý dojem rychle opíjí
poznal jsem sladkost tohoto kraje
v šesti létech
a dodnes jsem se jí nezbavil
Nejde mi o tento kraj
se zlatým ciferníkem
a s tklivým hlasem klekání
jinde je více podivnosti
a nemohu říci
že bych bez něj nebyl s to žít
a přece něco dojemného
čeho se člověk nikdy nezbaví
je v tomto malém městě
Kramáře a Dyka

*

Jsou ještě větší ubožáci, například ti, kteří si myslí, že změní svět, nebo ti, kteří ačkoliv mluví, jsou hluchoněmí, ti, kteří si myslí, že je život o něco oloupil, ti, kteří se domnívají, že něco jsou a znamenají, ti, kteří řežou a necítí bolest druhých, ti, kteří vidí budoucnost ve svých dětech, ti a ještě mnozí jiní, kteří nevěří, že bez vůle Boží se nezkřiví vlas na jejich hlavě, a kteří nevědí, že jejich smích i pláč i život je něco, co se stejně rychle vypařuje jako krůpěj vody.

Slýchám-li o svobodných lidech, nemyslím pouze na provinilce souzené lidskými soudy. Vidím zajatce ctižádosti, pijáky, násilníky, otroky peněz, důstojnosti a pořádku, oběti iluzí, osudu i náhod, nevolníky hledající celý život vězeňskou celu. Celý život se potácím mezi nimi a ještě jsem nepotkal člověka s jasnou hvězdou. Smrdíme všichni bahnem nevolnictví.

*

Seděl jsem u oprýskaného pracovního stolu a pojídal kus ementálského sýra. Bylo vedro k nesnesení, vzduch se přestal pohybovat a závodní výčep byl obložen umouněnci, jejichž polosvlečená těla se leskla potem. Kožešiny pochopitelně nešly - v takovém nesnesitelném horku, nehledě k tomu, že většina dosud nezestátněných kožešníků v důsledku nedávné aféry s bisamy neměla nejmenší chuti k nákupu i k prodeji. Říkal: "Pepík Kobliha je realista. Nechte ho vydělat a udělá Vám všechno, co Vám uvidí na očích! Ale přivést člověka na mizinu a chtít na něm, aby ze sebe dělal blaženýho, no dovolte, to je přece všivárna. To sme holt my, blbí Slovani, a židi se nám smějou. To Němci byli jiní kabrňáci, ti židům pěkně uskřípli tipec!"

V poslední době se začal rapidně hubnout. Upozorňoval ho na to každý, koho potkal, a Pepík Kobliha potkával denně nesčíslně lidí. Jeho nadřízený, Tonda Brabec, věčně ulítaný, vedoucí pomocných dílen, říkal mu na jeho bědování: "Protože seš prase! Sežral bys z lakoty po sobě hovno a pak se divíš, že se hubneš! Žij jak člověk, večer denně dva litry polívky a nelítej bábám pro pětník až do Vysočan a budeš fit." Pepík si ale myslel: "Tomu se to kecá, sám je zazobanej, jeho stará nosí zadarmo žrádlo ze závodní kantiny, co bysme si vyprávěli, vokradou vo to nemocný a potom si můžou kupovat spartaka a radit druhejm. Když jdu paní Němcovej nebo Frejovej pro něco, tak mi dají dycky vod cesty, a pro tohohle škota lítám furt a naprdí mi. Umí si leda votvírat hubu na lidi a radit. Tohle známe! Kdybyste nechali Pepíka Koblihu volně obchodovat, tak by vám to všem ukázal..." Zatímco takto uvažoval a zapíjel ostrou chuť ementálu vlažnou vodou z továrního vodovodu, rozhrál se závodní rozhlas. Protože začali ruskou písní, otočil se Pepík směrem k ampliónu a výraz jeho tváře, napůl zvědavý a napůl pohrdavý, jako by říkal: "Co zas chtěj, šaškouni?"

*

Chodím do Slavoje. Tam je to fajn. Někdy. Máme novou klubovnu, ale už do ní teče. Včera jsem udělal v šestiboji 1036 bodů, ale při dálce jsem si sednul do písku.

*

Velký člověk projevuje svou velikost tím, jak jedná s nepatrnými lidmi.

(*Carlyle*)

*

Nešetřme pochvalou.
Nejprve vzbudit v druhém intenzívní touhu. Kdo to dovede, za tím jde svět, kdo to nedovede, ten jde světem sám.

Jak se stát oblíbeným?
1. Zajímejte se upřímně o lidi!
2. Usmívejte se!
3. Pomněte, že vlastní jméno je člověku nejsladším a nejvýznamnějším zvukem v rodné řeči!
4. Buďte pozornými posluchači. Mějte druhé k tomu,

aby hovořili o sobě!
5. Hovořte o tom, co zajímá druhého!
6. Vzbuďte v druhém upřímně pocit, že je důležitou osobou!

Jak přesvědčit lidi?
1. Vyhrajete jen tenkrát, nepřete-li se.
2. Ukažte, že si vážíte jiného přesvědčení. Nikdy neříkejte nikomu, že se mýlí.
3. Mýlíte-li se, uznejte to rychle a důrazně.
4. Začínejte přátelsky.
5. Přimějte druhého bez prodlení, aby souhlasil.
6. Nechte druhého v domnění, že ta myšlénka je jeho.
7. Nechte druhého vyhovořit.
8. Snažte se upřímně dívat na věci očima druhého.
9. Sympatizujte s přáním a míněním druhého.
10. Dovolávejte se ušlechtilejších pohnutek.
11. Podejte své myšlénky napínavě.
12. Vyzvěte k zápolení.

Jak změnit lidi, aniž je urazíte či pohněváte?
1. Začněte chválou a poctivým uznáním.
2. Upozorněte na chyby nepřímo.
3. Než začnete kritizovat druhého, promluvte o svých chybách.
4. Přikazujte otázkou, nikdy přímo.
5. Šetřte důstojnosti druhého.
6. Pochvalte sebemenší zlepšení, pochvalte každé zlepšení. Buďte poctivě uznalí a neskrblete chválou.
7. Idealizujte lidi.
8. Povzbuzujte! Přesvědčte, že napravit chybu je snadné, že to, co od druhého vyžadujete, může snadno vykonat.
9. Hleďte, aby druhý byl šťasten, může-li učinit, co si přejete.

Jak být v rodinném životě šťastnějším?
1. Jenom nebuďte hašteřiví.
2. Nepokoušejte se předělat svého partnera.
3. Nekritizujte.
4. Buďte opravdu uznalí.
5. Prokazujte drobné pozornosti.
6. Buďte zdvořilí.
7. Přečtěte si dobrou knížku o pohlavní stránce manželství.

Proč ztroskotávají manželství?
1. Pohlavní disharmonie.
2. Různé mínění o tom, jak užít volného času.
3. Peněžní nesnáze.
4. Duševní, tělesné nebo citové abnormálnosti.

*

Není doba na zapisování
Není doba
komu spílat
komu poděkovat?

*

Bloudím Prahou jako Vy
nevím nic z toho
co jsem dříve věděl
čekám na smrt jako Vy
a divím se
že ještě nepřichází

Sedám v parku jako Vy
a říkám si:
Co se soumrakem
když je jitro bez naděje?

Převážím se tramvají jako Vy
sem a tam a zase zpět
myslím si:
Ještě mají lidé dvě nohy a ruce
ale o srdci nic nevím

Ztratil jsem víru v lidi jako Vy
člověk je pro mne ten
kterému se nesmím s ničím svěřit
kterému říkám opak toho
co si myslím
a on se na mne dívá smutně
nebo hloupě
vzdaluje se mi jako v horečce
jako Golem na Letenské pláni

nepodávám ruku jako Vy
abych neucítil stisk kamene
a všechno co bych mohl dát
zbůhdarma ve mně kysne
reziví
jako by bylo něčím vlastizrádným
slovo Pán Bůh místo čert!
Snad je to sen
ten život zdejší
a smrtí procitnu
snad andělé neznají čtyřku
kádrováky
snad jednou mine přelhávání
snad jednou čestné slovo bude víc
než kádrové možnosti
snad jednou přátelé
které jsem ztratil
si vzpomenou

*

Mám přes zákaz touhu vyslovit
že zvuk nástěnných hodin
kdysi chlouby salónu našeho jednopokojového bytu
nasákl dětskou horečkou
ztroskotaným manželstvím
spiritismem
dluhy
nezaměstnaností
německou okupací
impotencí a vším
co nám kdy přišlo do cesty
jako nevítaná návštěva
kterou nelze odbýt
a že kdykoliv odbíjejí celou nebo půl
ačkoliv nyní visí v kuchyni
protože nám sebrali byt
prochází stěnami tohoto kumbálu dech života
smradlavý jako stoka
a usazuje se na rtech zestárlých lidí
neodvážících se pohnout
aby nepřiměli osud k další licitaci
při které s velkým halasem
že pracuje pro budoucnost neviditelného lidstva
ubíjejí se viditelní lidé
nevědomí
proč spatřili světlo světa
v němž pevnina lásky
je utopena v oceánu nenávisti a zloby

*

To je stručná bilance našeho oddílu po stránce výkonnostní, hospodářské i pracovní s výstavbou hřiště.

Výhled do příští sezóny ve své zprávě neuvádím, protože se dnešním dnem loučím s oddílem i s jednotou a budu pravděpodobně nadále činný pouze jako dobrovolný trenér, a to tam, kde mi pro tuto práci poskytnou přiměřené podmínky. Jako odůvodnění dodávám, že v tomto směru cítím své hlavní poslání, a přiznávám se, že vlastní práce a stávající funkce mi bránily vykonávat je tak, jak bych měl a chtěl. Doufám, že lehkoatletický kolektiv ve Střížkovské ulici upouštím ve stavu pokročilejším, nežli jsem jej nalezl, a to jak po závodní, tak i hospodářské stránce. Ve své funkci vedoucího jsem se bezpochyby dopustil mnoha chyb a jsem přesvědčen, že můj nástupce povede oddíl lépe a s větším zdarem, nežli se to podařilo mně. Děkuji všem, kteří jste mne v práci pro rozvoj libeňské atletiky podporovali, a přeji Vám jak jednotlivě, tak i kolektivně mnoho zdaru a úspěchu ve všestranné činnosti v příštím roce.

*

Doufám, že budete se mnou zajedno, začnu-li z kteréhokoliv místa, protože vpadáme všichni do života stejně náhle a neočekávaně a náš příchod není ani dlouho rozmýšlen, ani oznamován hlaholem trub. Jakkoliv to zní směšně, každý z nás nosí v sobě knihu s potrhanými deskami a nepříliš čistými listy, jejíž titul je “Svět a já”. Je to nejrozšířenější, nikdy netištěná kniha, a i když si všichni přejeme, aby byla jednou vytištěna a aby se v ní všichni zhlíželi, nikdo o ni nedbá a každý touží být sám vlastním autorem. Nedávno jsem četl v jedné velmi živé americké knize, že vlastní zácpa zajímá každého stokrát víc nežli deset zemětřesení na Kubě nebo krvavých povstání v Číně. To je sice přirozené, ale z hlediska společnosti pramálo potěšitelné, protože co činí z života peklo nebo očistec, to je právě lidské sobectví, bezohlednost k druhým a snaha mít se co nejlépe za každou cenu.

Vzpomeneme-li si na dávné doby, když jsme chodili do školy, uvědomíme si, že nás v nich učili velké spoustě snad potřebných, ale přece jen podružných věcí, pouze tomu hlavnímu učili nás jen nedostatečně nebo vůbec ne: Jak se stát lepším a vznešenějším člověkem.

Každý z nás má jistě mnoho závažných námitek proti životu.

*

Bylo k páté odpolední. Hledal, kam by se uchýlil se svým štěstím. Podobal se psu, který hledá klidné místo, kam by se uchýlil se svou kostí. Zdálo se mu, že má nekonečně mnoho času, a tento krásný a bohatý čas že je všechen jeho. Nyní, když věděl, že si může cokoliv přát, zdálo se mu všechno, co dosud pokládal za nesnesitelné, postačující a pohrával si s možností, s nekonečnými možnostmi svého nynějšího stavu.

Došel na velké náměstí, kterému trůnil mohutný kostel uprostřed parku, a usedl na jednu z prázdných laviček poblíže školy, ze které vanula sladká opuštěnost prázdnin. Protější frontu domů lemovala hustá kaštanová alej, stojící zde již před třiceti léty, když zde v malém papírnictví

(*nedokončeno*)

*

Všechny cesty jsou poplivané
a i na těch
které teprve spatří světlo světa
lpí už slizký povlak lidských slov

Všechna srdce jsou rozervána
a i těmi
které teprv spatří světlo světa
zmítá již zoufalost a strach

Lavina slov padá bez přestání...
Vydrží déle mluvit nežli já mlčet?

Když mne otec mlátil řemenem, říkal, že ho to bolí více než mne. Ví Bůh, že jsem mu méně zazlíval rány, nežli tuhle pitomou frázi.

*

Román? Ne!
Poezii? Někdy, ale jen tolik, kolik je jí v životě. To je stěží (...) pět procent.
Deník? Občas.
Zpověď? Jen aby nebyla exhibicionismem.
Lež? Asi tolik, co soli a pepře.
Dopisy? Kdyby je lidé nenechávali po šuplatech, kdyby existovalo listovní tajemství!
Literaturu? Pokud možno ne.
Umění? Ano, umění umírat!

*

Snad se lidstvo jednou povznese natolik, že nebude potřebovat knihy, se kterými se handluje jako se švestkami nebo s romadúrem! Přejete si něco uleželejšího? Měli bychom zde sebrané spisy Aloise Jiráska. Nebo toiletní literaturu? Vezměte si spisy Jana Drdy!

*

Proč si nevyprávíme to, co máme až na dně své duše? Protože tenhle kal každému smrdí, zatímco pro nás je voňavkou, protože by se zdálo, že jsme nenormálními blby, kterými také ve skutečnosti jsme. - Kdybyste si vybrali člověka podle Vašeho názoru nejnormálnějšího a mohli si ho prosvítit jako hokyně vajíčko, nechutnala by Vám pravděpodobně večeře. Pravděpodobně ne, jistě! Proč Vám to ale říkat? Buďto to víte sami, a potom je zbytečné Vám to vyprávět, nebo to nevíte a je škoda slov, protože Vám nepomohou ani všichni svatí.

*

Absolvoval jsem nedávno jeden projev a se mnou asi sto tisíc lidí. A dozvěděl jsem se mnoho věcí, které jsem dosud nevěděl, jako že močůvka voní, a mnoho lidí na to: Hurá a sláva!

*

Z mnoha věcí které byly
tak málo je
že přesýpací hodiny
mé - tvoje myšlenky a činy
jak slza v moři hledá se
Snad strach
snad neumění nalézt slova
nám bránily kdys mnohé vyslovit
a tato zkamenělá slova
nám v duši visí jako krápníky
kol kterých turisté
hledající neustále kolem sebe
co není v nich a
bojující s prázdnotou a bezradností
procházejí - diví se
Minuly módy
i ty dnešní minou
o kterých s křečovitou tváří
se tvrdí: Na věky!

co nemine však tuší ti
kteří naslouchají
jak v nich i mimo
zrníčko po zrníčku
padají přesýpací hodiny
Z miliónů lidí
kteří byli tak málo je
že myšlénky a činy
mé - tvoje - jejich
jak slzy v moři hledají
Snad strach
snad neumění nalézt slova
nám bránily kdys mnohé vyslovit
a tato nevyřčená slova
nám dodnes visí v duších
jak težké krápníky
Co není dnes
hledají neustále
Neděs se
Minuly doby
i ty dnešní minou
o kterých s křečovitou tváří tvrdí:
Na věky!
Zrníčko po zrníčku padá
a krátký lidský čas
bezmezně rychle drolí se
Z miliónu lidí kteří byli
tak málo je
že myšlenky a činy
mé - tvoje - jejich
jak slzy v moři se hledají
Snad strach
snad neumění nalézt slova
nám bránily kdys mnohé vyslovit

a tato nevyřčená slova
nám dodnes visí v duších
jak těžké krápníky
Přemnoho z toho mála
co v myšlenkách i skutcích
spatřilo přesto svět
toužíme utopit zas v moři zapomnění
přetrhat pouta minulosti
která nám brání vzlétnout výš
V zšeřelých sklepeních těžce klopýtáme
o vlastní skutky
a marně čekáme na jasný den
Minuly doby
i ty dnešní minou
které se zdají věčností
Zrníčko po zrníčku padá
ať klne člověk
nebo se usmívá
Usměj se!
Bezmezně rychle se drolí lidský čas

*

SEŠIT ČÍSLO DVĚ

Letní jitra; jako kdybychom zde měli být věčně v pohodě nadějného rozednívání s nesmělým náznakem zpěvu ptactva na zahradách. Letní jitra krásná jako poloprázdná prosluněná tramvaj jedoucí parkem, jako jiskřící oči mladé dívky, nadějná jako první schůzka bez vědomí rodičů, jako opojné vítězství života, jako dlouho očekávaný dopis od milé, jako radost z vnoučat, jako mladá orosená tráva, jako olympijské vítězství, jako počátek karnevalu, jako písnička, kterou jsme si zamilovali, jako nečekané políbení, jako zbrusu nová krabice, krabice cínových vojáčků, vonících lakem a novotou, jako neočekávaný dar bez závazku vděčnosti. Jako hymna života, jako variace Schumannových písní, jako kolotoč očekávající dětské návštěvníky, jako nezměrný pocit přátelského citu, jako pochopení beze slov, jako matčino srdce, jako radost pro všechny k neposbírání a zítra opět, zítra opět, zítra opět letní jitro.

*

Není-li nikomu co vyprávět, není-li jiné naděje na pochopení, není-li jiné možnosti otevřít ventil vlastnímu opojení, zármutku, jistotě i zmatenosti, zbývá vždy sešit za dvacet halířů a jakékoliv pisadlo, letmá chvíle k zaznamenání událostí, které pro nikoho nejsou ničím, ale pro duši koupelí, zrcadlem, šálou v studeném vichru, útěchou, rozhřešením. Jedině v sešitku za dvacet haléřů může být člověk skutečným spisovatelem, naprosto svobodným, pravdivým a neústupným, rvoucím se beze studu se životem, koktavostí, nepochopitelnem, bázní i nadějemi. Jedině tehdy může člověk nahlédnout do vlastní duše, položí-li ji vedle sebe na papír a nalezne-li dostatek síly i odvahy nezahalovat ji sám před sebou. Jedině tehdy se může naučit mluvit, ačkoliv to nemá pranic společného s řečnickým uměním, a je jeho pravým opakem. Je mnoho oblastí, od kterých utíká lidská mysl, kterým se úmyslně vyhýbá jako bázlivec temnému lesu. Je třeba se učit od sebe samotného a sbírat odvahu a cvičit mozkové svaly dříve, nežli už k ničemu nebude času. A i ty chvíle nastanou, dříve nebo později, to musí vědět i největší lump. Je nesmírný rozdíl mezi tím, kdo jsem a čím chci být. Tento rozdíl třeba si uvědomit, ačkoliv na něj neustále zapomínáme. Není třeba lézt na severní pól, Mount Everest ani na Měsíc, toužíme-li po dálkách a vzdálenostech. K sobě samým máme mnohem dále a náš čas je zoufale krátký. Nelze se pouze plavit od polévky k polévce, od dovolené k dovolené, od zhlédnutí Veselé vdovy k Braniborům v Čechách, od četby wallacovek ke Kafkovi. To všechno je sice nadmíru lidské, ale neúplné. Je třeba na chvíli shodit s ramen zavšivený pytel starostí, myšlének, nálad i nadějí, strávit čas jejich přebráním, většinu nechat ležet a jít neobtížen dál. Jinak shnijeme zaživa se stále plnějším rancem, se kterým se nejsme s to rozloučit. Bylo by dobré mít k tomu doktorát, lze se však bez něho obejít, nehledě k tomu, že to většinou znamená spíš další závaží do ruksaku, protože co si může dovolit kdosi, nemůže si dovolit doktor ze stavovské cti, která není o nic hloupější a zbytečnější než kterákoliv jiná stavovská čest, kromě vyslovených trulantů, kterých je ovšem drtivá většina. Nebo není snad mnoho lidí domýšlivých proto, že jsou přívrženci klubu, vedoucího ligu? A dokonce i těch z posledních v lize, tu opět proto, že nevstoupili do nižší třídy? A většina žen proto, že mají na sobě nějaký hadr nebo škrpál z Domu módy? A jiní proto, že jsou zasloužilými umělci, vedle těch, kteří vlastní nejvzácnější kaktus v městě?

*

Snad by na čase už bylo
odejít

*

Nejdříve je člověk svěží, ale neví,
potom ví, ale je už unavený

*

Chudý a nešťastný člověk nemá přátel. Lidé neradi naslouchají bědování a hledí na utrpení, ve kterém nemohou a nechtějí pomoci.

Bohatí a šťastní lidé mají mnoho přátel. Každý se k nim hrne, aby na něho dopadl paprsek jejich pohody. Jakmile ale pohasne jejich hvězda, jsou bez přátel jako všichni ostatní.

*

Seděli jsme v kuchyni s matkou a sestrou. Je to staromódní kuchyně s gaučem z obývacího pokoje a bicími nástěnnými hodinami, jejichž temný zvuk a hlasitý tikot mi připomíná dlouhé osamělé chvíle v mládí. Mamince je 67, mně 44, sestře 26 skoro tři generace. Sestra šila na staré Singrovce, matka seděla na nízkém secesním křesílku, potaženém červeným omšelým sametem, já na gauči s nohama na štokrleti. Sestra si šila plážový kabát, matka si stěžovala a já jsem naslouchal. Všechno mi připadalo divné, nepochopitelné. V literatuře se to nazývá rodinné štěstí.

*

Kdyby měl člověk mluvit pouze o věcech, kterým rozumí, bylo by slovo vzácnější diamantu.

*

Obhajoba pistolníků: Kdyby všichni lidé byli jako já, nebyl by člověk nikdy pánem tvorstva.

*

Nikoliv já, ale někdo mocnější, mocnější daleko nad mé představy rozhoduje o smyslu mé existence, délce jejího trvání, o mém štěstí i utrpení. Není géniů ani idiotů bez jeho vůle, ani krásy, ani šerednosti. Mnozí řeknou, že je to náhoda. Jsou ihned se vším hotovi. Není však náhod. Východ slunce není náhodou. Ani východ a západ jepice, jako jsem já. Můj rozum to však není s to pochopit. Jak bych mohl být domýšlivý, když rozumím pouze věcem, na kterých pramálo záleží!

*

Nenávidím knihy, které se čtou pro rozptýlení. Nudí mně k smrti a jejich autory pokládám za darmošlapy.

*

Šel jsem po Žižkově - čtvrti kádrováků. Byla to odedávna čtvrť chudých a hlučných lidí, rodin s mnoha dětmi a s bojovným duchem. Krásného není dodnes na Žižkově nic, spíše pravý opak: ohyzdného. Staré třípatrové činžáky s šedočernou omítkou, úzká okna, tmavé chodby, kočičí dlažba, pavlače a hospody. Připomíná charakterem hornické město, včetně nevlídného chrámu uprostřed čtvrti v novogotickém slohu. Řekl jsem, že je to čtvrť kádrováků. Jsem totiž přesvědčen, že z těchto míst rekrutovala se převážná část těch, kteří s největší rozhodností likvidovali majetek boháčů v minulých letech. - Současně jsem si uvědomil, proč jsem se cítil vždy nesmírně stísněný při procházkách s některou dívkou. Žádná z nich by se nešla procházet po Žižkově, byla by blázen, bloudit nejohyzdnější pražskou čtvrtí a civět na baráky, mající blíž k vězení nebo donucovací pracovně nežli k normálnímu lidskému obydlí. Ke mně však zde hovoří každá ulice, každá výloha, každá tvář, které si nemohu s celou závažností položit nikde jinde nežli zde. Jak je to možné, že někdo nechal vyrůst tak velikou a ohyzdnou čtvrť a vůbec se nestaral o to, co z toho pojde? Byli lidé skutečně takoví blázni, že se domnívali, že si to zdejší lidé nechají líbit? Možná ti první, ale nikoliv jejich děti, nepochopící nikdy, proč by měli žít v takových špeluňkách. Dovedu si živě představit slepou zášť mladé žižkovské generace vůči všemu a všem, kteří si žili lépe a okolo Žižkova chodili s úmyslnou slepotou. Z toho nemohlo nic dobrého pojít. Nechávat tuto čtvrť 25 a více let v takovém stavu znamenalo úmyslně budovat čtvrť lidské třaskaviny, proti které dynamit je dětskou hračkou. Co jiného mohl kdokoliv očekávat nežli bezohlednou pomstu? I když je možné, že hlavní vinu měla vláda a město, nemenší měl každý, kdo Žižkov ignoroval. A pohříchu ho ignoroval kdekdo. Jako kdyby si byli řekli: Zachraň se každý sám a jak můžeš. Nakonec se ostatně stalo právě podle tohoto neblahého a neuváženého hesla. Vždycky jsem slýchal od těch, kteří disponovali penězi, že mají práce nad hlavu. A byla to do jisté míry pravda, jenomže všechna ta práce směřovala výhradně k tomu, vydělat peníze, neustále vydělávat peníze, co nejvíce peněz. Všechno, úplně všechno ostatní jako práci, rozuměj vydělávání peněz. Slepota podnikatelů všeho druhu i politiků všech směrů byla neuvěřitelná. Tradovala se v rodinách, vytrubovala se ve školách, byla pokládána za nepsaný zákon. Jako protiklad vlastní úspěšnosti kladlo se hrozné slovo: neschopnost. V práci se necenil člověk, ale snaživec. Od útlého věku bylo mi z těchto zaslepených snaživců nanic; přestože mnozí z nich byli o desítky starší mne, cítil jsem k nim vždy nesmírné pohrdání, nechápal jsem jejich zabedněnost, když stavěli s nelidskou pílí luxusní budovu na podminovaných základech. Dožil jsem se jejich pádu. Byl to pramálo radostný pohled.

Tím nechci a nemohu říci, že by vše bylo vyřízeno. Spíš naopak, ale toto je nutné si uvědomit, nemá-li člověk propadnout sebeklamu jako mnozí z těch, kteří si přejí, aby se všechno vrátilo do starých kolejí. Jsem pevně přesvědčen, že kterýkoliv kožešník, lahůdkář nebo jiný korytář neuronil by slzu nad člověkem, ale prolil by moře slz nad moly prožranou kůží nebo bečkou zkažených herinků. Tyto lidi nelze při nejlepší vůli litovat, protože vlastní tupost a bezohlednost se obrátila proti nim. Dnes si mohou dát svoji úspěšnost a snaživost za klobouk. Není jim vůbec nic platná. Na jejich hrobě nebude dokonce ani kouzelných slov: Komerční rada nebo majitel realit nebo velkoobchodník nebo továrník. Nic než Josef Kvasnička nebo Václav Skočdopole, ačkoliv měli tolik mimořádných schopností a nepřijít tahleta prokletá doba, bůhví kde by byli!

*

SEŠIT ČÍSLO TŘI

Málem a byl bych napsal datum. Nikoliv, na datu rozhodně nezáleží, leda na konzervě. Přečetl jsem Nezvalovu báseň Z domoviny. Kdyby Pepík Houžvička nepotřeboval k externímu studiu průmyslovky, abych mu o tom napsal nějaký kec, nevzal bych to do ruky. Takto jsem to byl donucen přečíst a budu psát kec o kecu. Nemohu napsat co si o tom myslím a co jediné by mohlo mít jakous takous cenu. Musím napsat to, co nějaký pitomý češtinář zdánlivě plným právem očekává od studujícího, tedy lež a srabařinu.

Nebral bych nikomu iluze. Líbí-li se někomu žvásty znárodněného básníka, nevymlouval bych mu to. Horší je to už s nelíbením. Za to by přisluhovači znárodněné poezie každého nejraději poučili metodami inkvizice, které nejsou s to přijít na jméno. Právě v minulých dnech četl jsem v Odeonu přednášku Vítězslava Nezvala, přednesenou 15. března 1930 ve Sdružení socialistických Učitelů. Cena i velikost této přednášky trvá, přesto že se jejímu smyslu Nezval tak zpronevěřil. Nikdo nepochybuje, že Nezval byl po stránce poetické mezi našimi básníky bez konkurence a nenajde asi v tomto směru hned tak přehlušitele. Mnohem horší to už je s jeho životem. Jsem přesvědčen, že Nezval byl jedním z největších egoistů a že sebelásce obětoval nejen víc, nežli je únosné pro básníka, ale dokonce i pro docela obyčejného člověka. Uspat své svědomí, aby uchránil svůj blahobyt, pohodlíčko a postavení, to se odsuzuje u každého člověka a plným právem. U Básníka rovná se to však morální sebevraždě.

Pro mne Nezval od chvíle, kdy nastoupil tuto pochybnou cestu, byl mrtev, ačkoliv jeho fyzická smrt nastala mnohem později. Jeho báseň Z domoviny chce být vyznáním a zpovědí. Říkám chce, protože není. Aby zpověď a vyznání měly cenu, musí být poctivé a spontánní. Vyznávat se z lásky ke cvrčkům, chrpám a venkovskému chlebu, hrát si na seismograf lidského cítění a myšlení a při tom vědomě registrovat nesprávně, to není vyznání, ale nepoctivost. Nezval o tom dobře věděl, že něco bolestného je v ovzduší, ve své rozměrné básni však dělá, jako by neviděl vůbec nic. Kdyby člověk nebyl přesvědčen, že je lhář, mohl by si myslet že je slepec. Byl příliš dobrým básníkem, aby nevěděl, že krásu poezie dělá především pravda a že nic se hůře nesnáší s poezií nežli lež. Nezávidím mu tisíce, které za tohle blekotání dostal, a tím méně oslavné tirády, které o něm v souvislosti s tímto škvárem napsali prověření kritici. Nevěřím, že do své smrti natolik zblbnul, aby si nebyl vědom bankrotu svého básnického poslání, které prodal za mísu čočovice.

Básník pod penzí - jaký anachronismus! Vyměnit penzi za jazyk!!! A chtít potom básnit bez jazyku!!! Teprve nyní jsem u toho, co jsem o poemě Z domoviny chtěl říct. Nezval, pyšný kníže moderních básníků, spadl na úroveň Klášterského. Kdyby byl padl na hlavu z Kremelské věže, nemohl si ji víc narazit. Básník má pouze dvě možnosti. Buď nalévat čisté víno, anebo mlčeti. Obojí je nesmírně těžké. Třetí možnost, nalévat patoky, zdá se být nejsnadnější, není to však možnost, ale je to zrada a zběhnutí.

Zrada a zběhnutí od čeho? Pro toho, kdo se blbě ptá, není odpovědi!

*

Včera v tramvaji bavila se dvě děvčata:
A: "A co dělá Mirek? Jezdí za tebou každou neděli?"
B: "Jezdí, ale není to už nějak ono!"
A: "Jak to?"
B: "Sama nevím. Když od něho dostanu dopis, mám radost, těším se na něj, a když přijede, jsem jako tvrdý y ..."

A pak že ženy nejsou básníky!

*

Snaží-li se člověk urvat ze života, co se dá, připadá si jako blázen a požívačník. Nesnaží-li se o to, připadá si jako kytka, kterou za chvíli hodí do bugálu. Jedno krásnější než druhé.

*

Cítím propast generací, propast charakterů, propast tříd, propast pohlaví, propast založení, propast temperamentu, propast myšlení, propast samoty, propast existence, propast schopností, propast energie, propast pláče i propast smíchu, propast zdraví, propast vzdělání, propast touhy, propast zoufalství. Narodil jsem se, abych spatřil propasti. Narodil jsem se s pocitem závrati a se závratí zemřu.

*

Dnes už vím, ať s tím nesouhlasí třeba nikdo, že lež je běžnou a pravda nesmírně vzácnou věcí. Zdrcující většina literatury nestojí proto za nic, protože je lživá. Stejně je tomu s lidskými životy.

*

Mám atletickou svěřenku, na které se mi nejvíce líbí její stehna. A pak její úsměv. Všechno ostatní je vedlejší. Mohu s ní mluvit o všem, kromě o tomhle. Je to hrozné pokrytectví. Tak tomu ostatně bylo v celém mém životě.

*

Vidím rád malé děti, jako vidím rád poupata. Je mi jich ale líto, pomyslím-li, jak mnoho bolestí a jak nepatrně radosti je očekává. Pomyslím-li na řev a jek, z kterých budou nešťastně bezradní, stejně jako z příliš velkého ticha, až si začnou klást otázky, na které není odpovědi.

*

Jsou dny, kdy se nezdá zvláštní námahou ujít sto kilometrů, a jsou dny, kdy je třeba vyvinout krajní úsilí zvednout pouhou ruku. Kdo neví, jak je těžké hlasovat pro, když celé nitro křičí proti, neví nic o životě.

*

Nic jiného mi nezbývá než literatura. Neznám jiný duševní projev, který by dokázal přesvědčit mé srdce, že netluče úplně nadarmo. A přitom u nás je literatura již 14 let mrtva. To, co se považuje dnes za literaturu, je natolik literaturou, jako jsou umělé růže skutečnými růžemi. Nic není platné, že souhlasí tvar, barva a že se synteticky podařilo vytvořit i vůni. Nic není platné, že vydrží tisíckrát déle. Literatura je zázrak života, pro který nelze zřídit žádné ministerstvo. Mumifikování literárních nebožtíků čili přehnaná úcta k tradici, ubíjející živé, je stejnou obludností jako nedat dětem jíst a nosit na hrob orchideje.

*

Celá Praha v těchto dnech je oblbena mistrovstvím světa v krasobruslení pro rok 1962. Lidé mi připadají jako myši, když se ozve krysařova píšťala. Stejně jako se nechají odvézt do zimního paláce, nechali by se odvézt do řeky. Kdyby lidé přemýšleli alespoň tolik o problematice života, jako přemýšlejí o trojitých Rittbergrech a piruetách, bylo by snad alespoň občas nalézt někoho, s kým možno mluvit, a nebylo by na světě tak hrozně pusto.

*

15. března. Mělo by být jaro, ale je pořádný mráz. Nevadí. Je to, jako kdyby nemohla přijet má drahá a napsala mi: "Přijedu teprve za týden a hrozně se na Tebe těším!"

*

Prolajdal jsem mnoho času. Kdybych jej byl opravdu využil, mohl jsem být přinejmenším něco jako docent, předseda, ředitel atd. Plody mé práce projevily by se v úctě, které bych požíval, nebo alespoň v lepším oblečení, větším domácím inventáři nebo částkou na vkladní knížce. (Geld macht nicht glücklich, aber es beruhigt!) Místo toho slýchám: Ten to moc daleko nedotáhl! Nevynikám elegancí, v mém zařízení chybějí znaky nezadržitelně stoupající životní a kulturní úrovně a na vkladní knížce mám leda velmi neslušné slovo. Nepříliš radostná inventura takřka již padesátiletého darmošlapa. - Bude-li někdo číst tento sešit, nesmí se nechat mýlit spotřebitelskou cenou 0,76 Kčs na obálce, protože tento sešit bylo možno napsat jedině za cenu zřeknutí se docentury, úcty, svršků, inventáře i peněžní hotovosti. Jeho cena je pro každého blbečka a posrance nedostupná!!!

*

Mrzí-li mne věčný nedostatek peněz, tedy jen kvůli mé matce a kvůli mé milence. Matce bych rád oplatil její lásku, péči a starostlivost něčím lepším nežli svými nevrlými řečmi a milenku bych rád zahrnul nádherou, z které by byla ještě blbější, než je.

*

Jakmile mám půl desítky, zastavím se ve výčepu Na Rokosce na rum. Vedle nálevního pultu čumí na mne vždy stejné oči štamgastů - pivařů, které jako by říkaly: "Kořala!"

*

Prokletí básníci už nejsou v módě. Bodejť by byli. Je to hrozně nepohodlné. Že neexistuje de facto jiný básník nežli prokletý? To by mne tak napadlo, být pak básníkem!

*

Je možné, že mám špatný zrak i sluch, že můj mozek není kvality ani kvantity Newtonovy a že drobátko koktám, když mluvím i píši. *Přesto však* se snažím dívat, naslouchat, přemýšlet a dolovat z toho napůl neartikulované výkřiky nebo zkomolená slova. Dělám to, čeho jsem schopen, a vůli používám jedině k tomu. Naprosto se nestarám o to, je-li už literatura dál nebo předbíhámli příliš. Nemám čas starat se o zbytečnosti.

*

Literaturu nelze vyhubit. V katakombách se jí sice nejlépe nedaří, je to však nutný trénink vytrvalosti a houževnatosti. Ať to zní sebenesmyslněji, možná že to prospěje literatuře víc než dlouhá konjunktura. Přinejmenším od ní odpadnou všichni, kteří ji nenosí v hrudi jako jediný důvod své existence.

*

Je naprostým nesmyslem, stěžuje-li si básník na životní úděl. Každá životní poloha, situace i nálada je pozoruhodná. Jenom zobrazit ji je otázka často nezávislá na nejlepší vůli. Je totiž věcí schopnosti a sil.

*

Ačkoliv slušný člověk to zamítne jako vulgárnost, třeba konstatovat, že nikoliv každé hovno z hlediska srací vědy je pěkné. A přesto sereme dál doufajíce, že se nám podaří zlepšit svou srací formu. Stejně tak je tomu při psaní. Kdo by se bál posměchu ze slovního průjmu nebo zácpy, nesměl by vzít pero do ruky.

*

Co je člověku nejprotivnější, dostane-li dopis napsaný krásným rukopisem? Vědomí, že pisatel se nás jím snažil ohromit (i sama sebe) a že je blb, který neví, že na písmu pendrek záleží. Stejně tak je trapná a politováníhodná žena, která chce ohromit svou krásou, úředník svým postavením, graduovaný člověk titulem, funkcionář funkcí, herec popularitou, hospodyně pořádkem, střádal majetkem a lupenkář betlémem. Napadá mne, že už jsem hrozně dlouho nebyl v zoo nebo v cirkusu. Budu tam muset co nejdřív zajít.

*

Příliš mnoho píši o sobě. Mám ale rád drby, určitě se najednou utrhnu, zapomenu na sebe a začnu psát o jiných. Jsem jako šnek. Vylézám z ulity, stahuji se do ulity a opět vylézám a zase se stahuji. Kašlu na to, co si o tom myslí chrobáci.

*

Žižkovské rčení: Co by pes nebral, když čubka dá!

*

Dialog o filmu
"Holky, včera jsem viděla 'Roháče z Dubé'."
"Di, taková blbost!"
"Jak by to prosím tě mohlo být blbý, dyš je to historický!"

*

Většina lidí se vyhýbá poezii z toho prostého důvodu, že běřou doslova lidové rčení: "Dej si pozor na hubu!" Básníci, skuteční básníci, si na ni pozor nedávají.

*

Předpokládám že si nesedíte na uších
narodili jsme se
aniž jsme hlasovali pro
žvatlali jsme
krmili nás
ačkoliv neměli ani pro sebe
někteří se vyprdnou na děti
a vrazí peníze do starožitností
je prý krásné žít
říkají ti
kteří nesnáší pláč
seru na to co kdo říká
každý blbec vymýšlí životní hesla

dát si partičku
hodit si šlofíka
nacpat si nácka
hodit si hrbem
lidová universita
lid je dobrý
osamostatnit se
stát na vlastních nohou
nic jiného totiž nikomu nezbývá
když už jednou je zde
kašlu na básnická sdružení
na všechny cechy
škoda
že už jsou vynalezena
skoro všechna sprostá slova
nemám si s kým co vyprávět
jsem impotentní
jsem brunet
jsem chrabrý
teď se drž rozumu
teď ho pusť
teď vnímej a teď buď necitelný jako kámen
nestojím o titulní roli
uhýbám kde se dá
kdepak být terčem
i když to Husovi od Šalamouna moc pěkně sluší
jeden se pro zatvrzelost nechá zaživa upéci
a pak přijde sochařský mistr
uplácá ho podle pošťáka který mu byl podoben
a shrábne za to zlaťáky
a školy a venkovani čumí
a nikdo nemá odvahu říct
jděte s tím do prdele mizerové
a potom vystaví kazatelnu

ačkoliv se vůbec nesmí kázat
leda o socijálizmu
(podle pravidel jazyka českého
která vyjdou v březnu roku 3824)
nesmí-li se nic smí se všechno
není třeba zakládat kvůli tomu nový politický směr
pucovat slova nemá smyslu
a nebe bylo kalné
snad se jinde rodí pod slunnějším nebem
asi bylo nutné narodit se právě zde
a zpívat rekviem

*

Být umělcem znamená vidět, slyšet a cítit, co všichni ostatní vidí, slyší a cítí, ale neuvědomují si to. Kromě toho: žasnout nad nesamozřejmostí samozřejmého. Konečně: nějakým způsobem vše ze sebe dostat. Zručnost je efektní, ale není uměním.

*

Pokud jde o lásku, nikdo si nedovede pořádně rozvrhnout tempo. Proti době, kterou trvá průměrné manželství, je maratón mžiknutím oka. A přesto každý začíná sprintem. Za chvíli se může zalknout, pak sedí na patníku a s hrůzou si uvědomuje prašnou silnici, po které bude se mu ubírat s jazykem na vestě a vyschlým hrdlem.

*

Nechápu, proč lidé, kteří nadmíru dobře vědí, jaká podivná nuda je manželství, pláčí dojetím při svatebních obřadech.

*

Jen nepatrně žen nesnaží se užívat života plnými doušky na útraty muže. Kdykoliv vidím v mondénní vinárně pojídat vyšňořenou krasavici biftek à la carte ve společnosti nějakého muže, vždy znovu mne napadne: To šoustání ti přijde draho!

*

Ležel jsem mnoho měsíců v nemocnici, díval se na bíle nalakované stěny, občas jsem požádal o mísu nebo o bažanta, přijímal jsem každou středu, sobotu a neděli návštěvy a bylo to se mnou pořádně nahnutý. Ani jednou mne však nenapadlo, že zemru. Nikoliv z hrdinství, ani z jakéhokoliv osobního udatenství, jako mnohem spíš zřejmě proto, že jsem ještě neměl umřít. Až tomu tak bude, budu to asi vědět.

*

Můj život, to znamená mé myšlení, cítění, konání, liší se natolik od běžné normy, že jsem většinou odsouzen k samotě všude, kde se lidé navzájem zahřívají vlastním teplem.

*

A i kdyby mi nakrásně bylo znovu šestnáct či osmnáct let. Bylo by ještě krásné být méně unavený, ale pokud člověk není s to zastavit čas ve chvíli, kdy je šťasten, bylo by to nakonec stejné mžiknutí, jako to bylo.

*

Abych byl šťasten ve společnosti nějaké ženy, k tomu by bylo zapotřebí závratně mnoho a neuvěřitelně málo. Ale docela určitě skoro nic z toho, co mi většina žen je s to servírovat. Nejsem s to spokojit se tím, s čím béřou za vděk všichni ostatní.

*

Každá žena touží po boháči, fešákovi a samci. Protože se to ale zřídkakdy vyskytuje pohromadě, je ochotna ty prvé dvě vlastnoti v zájmu zachování rodu obětovat. Mohlo by se namítnout, že každý muž touží po bohačce, fešandě a samici. Všechno ostatní atd. je nachdem. Existovali však muži, kterým toto všechno bylo málo. Ženy jsou v tomto směru mnohem skromnější, úplně jim to stačí.

*

Ačkoliv se člověk snaží, nikdy svou snahou nedosáhne toho, co je dáno a s čím víceméně nelze hnout. Celý život snažil jsem se měnit běh věcí podle svých přání a představ, přeléval jsem ale jen moře čajovou lžičkou.

*

Neskutečná schůzka: Prší, ale jen málo, aby Žitná ulice byla hezčí, leskla se střecha kostela u sv. Štěpána a aby byla svěžejší čerstvá zeleň v parku. Sešli jsme se a máme času, kolik chceme. Nároží mají namodralou barvu podvečera. Můžeme jít, kam chceme, jsme však šťastni kdekoliv. Usmívá se a lesknou se jí oči. Jdeme ztichlou Apolinářskou a mluvení ani mlčení nám nečiní nejmenší obtíže. Každá oprýskaná zeď, temný průjezd, stará lucerna i plakátoviště jsou nepopsatelně krásné a zajímavé. Je jaro v nás i kolem nás. Jeden druhému nic nevnucujeme. Jsme skromní a chudí i nároční a bohatí současně. Nic neočekáváme a očekáváme všechno. A večer je stále modřejší. Chvílemi se zastavíme, jako kdybychom nechtěli uvěřit, že je vše skutečnost. Vsunula ruku do mé kapsy a stiskla lehce mou ruku. Mlčeli jsme a dívali se na třpyt světel na vzdálených kopcích nad Smíchovem.

Mohl bych ji políbit, a kdoví, snad to i učiním. Nemohu ji však všedně líbat v tak nevšední chvíli. Dosud jsme se ještě nepolíbili, nelíbali jsme se však už tisíckrát? Naše políbení nesmí v nás vyvolat prázdnotu, ani ponížení, ani nenasytnou lačnost. Nebylo naší zásluhou, že jsme se poznali, co však učiníme z našeho vztahu, je v naší moci. Chceme z něho učinit víc, než vidíme na každém kroku okolo sebe. Bez políbení se neobejdeme, ale pouze s ním?

*

Telefonovat odněkud, kde nám naslouchají nahodilí posluchači, připadá mi obtížnější, nežli se uprostřed největšího provozu vydělat v jízdní dráze na nejživější velkoměstské ulici.

*

Kdo si denně neláme hlavu s tím, proč je na světě, proč se všechno v prach a popel obrací, proč se rodí světci a proč vrazi, proč je taková flundra větrem se klátící, proč život i čas uniká mezi prsty, proč se lidé červenají, proč má noc přízračnou tvář, proč každý hlas je jiný, je tupec a skopčák.

*

Dejme lidem zdánlivě pevný bod, z lenochů stanou se snaživci a určitě se pokusí obrátit zemi vzhůru nohama. Jinak si nelze vysvětlit masová hnutí.

*

Zemřel Václav Bartovský. Dosud to nejsem s to pochopit, ačkoliv už uplynulo třičtvrtě roku. Nepochopím to nikdy. Slýchám-li že neexistuje nepoznatelné, nýbrž jen dosud nepoznané, domnívám se, že všechno můžeme poznat asi tak, jako poznáme, že někdo zemřel. O poznání však přece nejde! Jde o lidskou sirotu. A ta se rozhání zoufalou činností, nebo estrádama.

*

Domluvit se lidskou řečí je velmi těžké. Přisuzujeme slovům význam, který nemají, totiž kouzlo měnit naše touhy a přesvědčení. Kdoví z čeho všeho vznikají, a bývají nadmíru tvrdošíjné. Kolik lidí umírá s přesvědčením, které se nám zdá stejně mylné jako hloupé. A nejinak je tomu s touhou. Touha je pouze v neuskutečněném. Uskutečněním umírá každá a mění se ve zvyk nebo ještě častěji v nudu. Toužení připadá člověku posvátným stavem a také jím je. Nemá nic a je šťasten. Splnění každé touhy je její smrtí. Z Julie stává se pomalu ale jistě stará Weitingrová. Romeo říká: "Musím domů, čeká mne stará!" Julie stěžuje si zase svým družkám: "Ten můj starej blázen by byl nejraději pořád na fotbále!" Žádný básník na světě nespokojí se skutečností, že touze je vyhrazen pouze krátký pubertální a popubertální věk. Básník touží pořád a vyhýbá se protrhnout cílovou pásku své touhy. Čím dříve a snadněji kdo naplní svou touhu, tím spíše odumírá. Básníci nejsou pošetilí, ačkoliv takovými připadají většině rozčarovaných.

*

Jdu-li s krásnou ženou, kterou by každý nejraději sežral očima, připadám si jako pekař s tácem na hlavě, kolem kterého krouží mračno hladových vran. Jdu-li s ošklivou ženou, připadám si zase jako hadrář s těžkým pytlem odpadků a smetí na zádech.

*

Jak je to zvláštní. Údajní znalci a milovníci poezie i literatury spokojí se klidně s nucenou hladovkou, neobjeví-li se na trhu, což jen dokazuje, že ve skutečnosti nejsou znalci ani milovníky. I pro ně platí, že nejde-li nebo nemůže-li jít literatura za nimi, mají jít oni za literaturou. To by ale nesměli být nafoukanými blbci, tyjícími z duševních mozolů skutečných tvůrců.

*

Uspořádat anketu přejí-li si lidé Kmocha nebo Beethovena, ukázalo by se, jak to ve skutečnosti vypadá s nezadržitelně stoupající kulturní úrovní lidu.

No jo, ale Heydrich, milý pane, byl velkým znalcem a ctitelem Mozarta!
Řekl jsem snad, že vzdělanec nemůže být mrcha?

*

Kdo nemá silnou a pevnou vůli, je slaboch. A přesto je mi milión poserů milejších, než Napoleon, Hitler a podobní kumpáni.

*

Přál-li bych si být ještě jednou mladý, tedy jen proto, abych mohl při slohové úloze napsat krasopisně a bez gramatických chyb na téma: "První jarní den": Hovno!

*

Očekává-li člověk dopis, který nepřichází, má po příchodu listonoše a konstatování: Opět nic! zkažený celý zbytek dne. Platí to ovšem pouze o dopisech od druhého pohlaví. Neznám muže, kterému by zkazilo náladu, nedostane-li dopis od přítele. (Leda že by byl homosexuálem.)

*

Každý člověk se potácí mezi lživou nadějí a pravdivou beznadějí. Kdo je zapřisáhlým vyznavačem prvého, je bloud. V druhém případě kandidátem sebevraždy.

*

Když mně bylo patnáct, líbily se mi třicetileté ženy. Dnes v pětačtyřiceti líbi se mi patnáctileté. Pořád něco odsouzeníhodného.

*

Slyším-li mladé mluvit opovržlivě o starých, vždy si vzpomenu na Goetha: Warte, warte nur, bald ruhest du auch!

*

Nevěřím ve výchovu, kromě sebevýchovy, protože když slepý slepého vede, oba spadnou do jámy!

*

Na každém člověku je něco krásného, zajímavého nebo pozoruhodného. Jsme ale bohužel příliš pohodlní, mazaní nebo lhostejní, abychom to objevili.

*

Maminka chodí do Malostranské kavárny. To je takové odpolední útočiště sedmdesátiletých žen, z valné většiny vdov. Devětašedesátiletá, dosud neprovdaná Pepka má před svatbou. Bude si brát dvaasedmdesátiletého vdovce. Nedávno se u stolu svých přítelkyň vytasila s otázkou, může-li muž ve zmíněném věku mít ještě něco se ženskou. Daly se do hurónského smíchu: "Pitomče, to se musíš zeptat jeho!"

*

Člověk se stane spisovatelem chtě nechtě. Kdyby bylo komu psát dopisy. Ale není. Adresát dostane dopis, přečte si jej a v případě, že je to dobrý dopis, to znamená vylisovaný do poslední kapky duše, podotkne, nebo si alespoň pomyslí: "Vida, tak takovéhle je to s ním, s holoubkem!" a cítí se nesmírně povznesen, jako člověk, který se dívá na seroucího, který má trochu zácpu. Co je možné říci tisícům neznámých čtenářů, nelze říci jednomu známému, byť to byl přítel.

*

Nohy. Slušní lidé o tom arci nemluví, ačkoliv proč by se prodávaly pavučinové punčochy do půj stehen? To ženské ukazování lejtek, kolen, ev. části stehen připomíná mi pouťové boudy, kde před zahájením představení ukazuje se zdarma paša se svými odaliskami, aby si publikum udělalo přibližnou představu, oč jde. Stejně tak s pavučinkami. Nejsem puritán, jsem ctitel krásy ženských nohou, málokterý tvar i pohyb čehokoliv líbí se mi jako dokonalé nohy s dokonalou chůzí. A přesto to okázalé ukazování nohou připadá mi divným a scestným.

*

Stačilo by, aby mi řekla: "Ten a ten se mi ukrutně líbí!" a nastane zatmění slunce. Stačilo by, aby položila svou ruku na moji a stiskla ji. V mrazivém dnu rázem rozkvete jaro.

*

Byly doby, kdy jsem se vůbec nedokázal vyjádřit. Potom jsem se naučil vyjadřovat zkratkou a sklidil jsem aplaus. Ale i to mne přešlo. Každý automat, i na výrobu básnických textů, brzy zestárne. Nyní v mých textech stále víc vylézá na povrch koudel jako z ošoupaného ušáku. Nejsem oslem, z kterého padají po zatřesení zlaťáky. Mou ctižádostí není ani bavit, ani okouzlovat čtenáře, ale pomoci mu, aby se udatně podíval na vlastní koudel nebo piliny. Pardón, existují také knížata ducha, kteří jsou vycpáni rozhárem!

*

Jednou v staroboleslavském poutním kostele při "velké" v neděli ráno spatřil jsem moře venkovských šátků, klanějících se, poklekávajících a odříkávajících litanie. Poblíž vchodu stál starší, sebevědomý a kritický muž v kožichu, něco jako sekční šéf ministerstva školství, který se neklaněl, nepoklekával ani nedrmolil litanie, ale stál s hrdě vztyčenou hlavou s pohrdavým výrazem v oku, jen otevřít papulu a říct: "Neuvěřitelná zaostalost!" Řekl jsem si: "Rád bych viděl tvůj výraz, kdyby tě začalo píchat v zadku a lékař ti řekl: Rakovina konečníku. Léčebné metody této choroby nejsou nepoznatelné, nýbrž nepoznané!"

*

Když je člověk dítětem, má pocit životní kompaktnosti. Jedna chvíle zapadá do druhé, jeden dojem do druhého jako hladký chod dobře namazaných ozubených koleček a kol. Ve chvíli, kdy rodiče poprvé řeknou, aby ses hleděl co nejdříve postavit na vlastní nohy, kácí se všechna zdánlivá jistota a připadáš si jako na střeše světa. Neumět si vydělat na chleba, na boty, na zubní kartáček, na povlékačky, na dopravu, na povlaky a milión jiných nutných volovin je katastrofa. Stejně velkou katastrofou je však umět to velmi dobře a celý život zasvětit tomuto posranému umění.

*

Mám doma dvě, tři sta gramofonových desek. Nejsou nejmodernější. Měl jsem jich už tisíc, v té chvíli se však změnila nahrávací a přehrávací technika a současně jsem zchudl, takže se ze mne zaplať Pán Bůh nestal sběratel. Mezi těmi gramofonovými deskami, které mně zůstaly, je několik nepřekonatelných, jako lyrické árie a neapolské písně Tito Schippy, finále z Aidy s Aurelianem Pertillem, šansóny Maurice Chevaliera a Marlény Dietrichové nebo římské symfonie Respighiho. Je pramálo tak dokonalých věcí na světě jako tyto desky. Stejně málo je však uší, které jsou s to si tuto dokonalost uvědomit.

*

V důsledku mých porouchaných střev dali mne do důchodu. Jsem napůl jako na dovolené a napůl jako na penzi. K tomu, abych byl šťastný či bezstarostný, vadí občasné rýpnutí ve střevech, častý průjem, nedostatek peněz a vědomí, že co chvíli přijde lístek, zvoucí mne před nějakou slovutnou komisi, složenou z odborníků i z lidu, která se na mně bude částečně dívat jako na chromajzla a částečně jako na flákače. Kdo to kdy slyšel jít v pětačtyřiceti do penze! Nechtěl byste to, soudruhu, zkusit s nějakým lehčím zaměstnáním?

*

Když jsem pracoval v Pragofructu, dostali jsme korespondenční lístek psaný krasopisným písmem a zeleným inkoustem následujícího znění:

P.T.
Objednávám u Vás k promptnímu dodání na dobírku:
30 kg pomerančůch (balených)
50 kg cybule (egiptské),

1/2 bd citrónů,
60 věnců fíků, vše príma.

S úctou
Václav Matějka
Obchod zbožím smíšeným,
Březové Hory

P. S. Právě jsem zjistil, že mám vše na skladě. Neposýlejte proto nic.

*

Byl jsem na léčení v Karlových Varech. Zařadili mne zřejmě do kategorie přebytečných pacientů, protože mne poctili nástupem na Vše svaté, tedy v době, kdy se v karlovarské úžlabině válejí věčné mlhy a slunce se celé týdny neukáže. Bylo to poprvé a naposledy, co jsem se podílel na výhodách lázeňské péče. Do smrti mne tam už nikdo nedostane. Měl jsem tam trojí pocit najednou. Jako kdybych byl současně v arestu, ve špitále a v polepšovně. Při vstupní lékařské prohlídce narazil jsem na doktorku následující charakteristiky: zrzavá čtyřicátnice s křivým frňákem a lichým pohledem a hlasem jako délesloužící frajtr. Stál jsem před ní bos v jägrovkách s vypoulenými koleny. Vzhledem k mé pleši a rozřezanému břichu na mne moc povznášející pohled nebyl, to přiznám. Když mi nakázala otevřít ústa a zjistila pár zlomených zubů, o které jsem přišel v nemocnici během předchozí sedmiměsíční smrtelné lapálie, začala se rozčilovat, jak jsem zanedbaný a že bych prý zřejmě potřeboval ženskou, která by se o mne starala. Udělal jsem čelem vzad a dal se do oblékání svých chatrných svršků. Začala pokřikovat, že je to porušení lázeňského řádu, odmítnout lékařskou prohlídku, nechal jsem ji kvákat a když jsem byl konečně v saku, řekl jsem jí: "Neráčila jste říct, že jsem hrozně zanedbaný?" "To jsem řekla a to je také úplná pravda!" "Pak mi, soudružko lékařko, dovolte, abych vám v přítomnosti sestry řekl, že vy jste zase hrozně zanedbaná na duchu!" Rozčílila se jako dračice. Za chvíli jsme byli oba u primáře. Byl to nadmíru slušný prošedivělý pán, který mne klidně a s úsměvem vybídl, abych mu laskavě řekl, co se vlastně stalo. Připadl mi jako lékař v blázinci, který přehání vlídnost, aby se blázen nerozrušil. Reprodukoval jsem mu svůj dialog s doktorkou s největší věrností, které jsem byl schopen. Obrátil se pak na ni a řekl jí vyčítavě: "Ale to jste mi paní kolegyně neřekla, že jste ho vlastně urazila vy první!" Sehrála tam tyátr, za který by v kabaretu u Tomáše sklidila potlesk na otevřené scéně. Výsledek byl ten, že se mi musela omluvit a že jsem byl vyňat z její lékařské péče. A jaké z toho plyne poučení? Že nechat si vše líbit, tak vám každý nasere na hlavu.

*

Včera jsem četl nádherný inzerát:
Prodám zánovní pohřební vůz na koňský potah za 2000 Kčs. Zn.: "Dohodneme se!"

*

Dvacet let jsem byl zamilován do jediné ženy. Bylo to dvacet let nádherného utrpení. I to však přešlo. Potkámli ji dnes, připadá mi jako povadlá mořská sasanka, jejíž chapadla pozbyla své účinnosti.

*

Říkala mi nedávno teta, bydlící proti hlavnímu vchodu na Olšany:

"Tuhle jsem potkala jednoho svýho bývalýho šamstra a von pitomec řekl: To jsme Fanynko zestárli!, ale myslel si zřejmě jen: Ty jsi zbabovatěla!"

*

Dějí se tak věci! A v novinách ani muk. Totiž doslova: Muklo se - a ticho. Komise nejmoudřejších tuzemských hlav namáhá si mozkové závity, aby hnula problémem, na který nestačí žádná universita. A v novinách místo výzvy, aby se nebohé komisi pomohlo, švitoří se jen o radostných vánočních nákupech. Což o radost. Té je jako nikdy. Fronty jsou i na syrečky, a kdo sežene slanečka, raduje se víc než babička Karkulky, když jí vyndali z vlkova břicha. U každého krámu zástup, jako kdyby tam dávali zlaté hodinky zdarma. Nejlépe to vystihl žižkovský občan, jdoucí kolem jedné takové lidské šňůry: "Hele, Járo, frontový město Praha!" Člověku je upřímně líto té komise. Její členové sedí, dumají, diskutují, navrhují, zavrhují, lámou si hlavu, přikusují nehty a nemohou se chudáci postavit ani do fronty, aby získali kilo jablek nebo pytlíček františků. A ještě se najdou chuligáni, kteří řeknou: "Prosím vás, jakápak komise. Je přece veřejným tajemstvím, že každá komise dělá atd." Hlupáci, klevetníci! Zřejmě nevědí, o jakou komisi jde. Není přece komise jako komise a tohle je komise, jaká nebyla ještě žádná komise! Kdo kdy slyšel, aby byla postavena komise za účelem zbourání pomníku? Ať potom někdo řekne, že nepřijdeme na nic původního.*

Jednou za války zavál mne vítr do Mnichova. Totiž nebyl to ani tak vítr jako pan Minařík, který mi řekl: "Pane Bohata, vemou si propustku, pojedou do Mnichova ohledně těch zmrzlejch jonatánů. A při tý příležitosti můžou si prohlédnout mnichovský kulturní památky!" Tak jsem jel do Mnichova, vyřídil patálii se zmrzlými košťály a potom mne nějaký Volksgenosse

---

* Jde o problém pomníku J.V. Stalina v Praze na Letné, postaveného .... (text rukopisu dále nečitelný, pozn. vydavatele).

v pumpkách a bílých punčochách vodil po kulturních památkách, to znamená neopomenul mi ukázat žádnou cihlu nebo kámen, kterých se dotkla ctihodná noha kdejakého nacisty, a těch míst tam bylo jako hnoje, anžto Mnichov byl, jak známo, městem hnutí. Všechna muzea byla v důsledku války zavřena kromě muzea války. Celé odpůldne studovali jsme, jakým způsobem mordovali Siegfriedi své nepřátele, a nakonec, uondáni jako z pěší tůry kolem zeměkoule, stanuli jsme v zahradě, kde byly sochy nejslavnějších teutonských válečníků. Zde jsme se zastavili před prázdným soklem. Myslel jsem, že jde o nedorozumění, totiž buď že je nějaký hrdina Wallhally právě v opravě, nebo že udělali omylem sokl navíc a nevědí si s ním momentálně rady. Z toho mne vyvedl opumpkovaný průvodce, který mi vysvětlil, že tento sokl není vůbec žádný obyčejný sokl, ale že je to sokl, připravený pro sochu vítězství, která zde bude postavena ihned po úspěšném skončení této války. Mrkal na mne při tom spiklenecky vodnatelnýma očima, jako kdyby mne zasvěcoval do svého životního tajemství: "Čekáme to každou chvíli!" Chtěl jsem odejít, ale můj průvodce se nemohl odtrhnout od prázdného soklu, jako kdyby se obdivoval nádherným detailům neexistující sochy.

Po téhle události myslel jsem, že nic srandovnějšího ve věci pomníků nemohu již zažít. A ejhle! Teď stojí u nás celá komise graduovaných mužů před sochou velkou jako lodní kufr obra a představují si zase pro změnu, že tu ta socha vůbec není a nikdy nebyla a že místo ní je tu roztomilý palouček a na tom paloučku že kvetou sedmikrásy. Stálo by za to požádat rozhlasovou univerzitu o uspořádání přednášky na téma: "Jak se obdivovat neexistujícím sochám a jak nevidět existující sochy." Taková relace přišla by bezpochyby nesmírně vhod všem bloudům, kteří si myslí, že něco vidí a nevidí nic, zatím co by měli vidět, co nevidí a nevidět co vidí.

Když se na Letné stavělo zmíněné monstrum, našli se úchylkáři tvrdící, že my Češi jsme skromný národ a že máme už tolik soch, že ani nevíme kam s nimi. Například s Franz Josefem nebo s Radeckým. A že když už to mermomocí musí být, aby se postavilo něco hodně střízlivýho. Domnívali se zřejmě, že když otec národa může si sedět nenápadně pod Karlákem, jako kdyby si jen chvilku odskočil na velkou, stačilo by i slavnému jazykovědci v dlouhém kabátě něco podobného, kolem čeho by se chodilo, aniž by si kdo uvědomil, že tam vůbec něco je. Byla však tehdy bohužel utvořena věhlasná komise, které si musí každý všimnout, ať už chce anebo ne.

Praha se svými kopečky je pro takové nápady jako stvořená. Na Vítkově vztyčili Žižku na šemíku. Při pohledu od jatek vypadá sice jako pidimužík na hrochu, ale co se dá dělat. Je to monument a nikde to nemaj! Před válkou zase postavili páteři na Strahově velký kříž, který v noci zářil modrým neónem a nedal vzteky spát žádnému socialistovi. V parlamentě se strhla velká bitka kvůli tomuto eucharistickému emblému, že prý nikdo nemá práva takovým způsobem prznit matičku měst. Kříž musel pryč, nápad však zůstal.

Dnes už je nápadům odzvoněno. Vyhodili je oknem a dveřmi vpochodovaly ideové návrhy. Podle ideového návrhu rozkopali letenskou stráň, aby bujná květena nestínila přimhouřené brvy generalissimovy sochy, a místo obyčejné zeleně obložili celý kopec žulovými kvádry na způsob Tannenbergu. Ať Němčouři puknou vzteky, co umějí vytvořit z kamene dovedné české ruce! Stovky nejzručnějších řemeslníků vrhly se na fešunk za zpěvu budovatelských písní, bylo uzavřeno nespočetně hodnotných socialistických závazků na zkrácení termínu i zlevnění pomníkové výroby, rekordní tempo ani zlevňující závazky nezabránily však tomu, aby bylo možno odhalit pomník před odhalením odhalovaného, ani aby se mohlo bez uzardění prohlásit, že pomník vlastně nestál ani pětku, že byl udělám v mimopracovní době a z odpadového materiálu.

A tak byl pomník jednoho krásného dne za přítomnosti pracujících, vojska, školní mládeže a pěveckého sboru slavnostně odhalen, když šťastný sochař, který jej navrhl, spáchal v předvečer slavnosti ze samé radosti sebevraždu. Tramvajákům, jejichž vozy stavějí pod pomníkem, bylo nařízeno, jakými slovy mají od toho dne vyvolávat pamětihodnou stanici, a teď najednou, tu máš čerte kropáč: Pomník musí pryč! Potíž je v tom, že sundat největší pomník v Evropě není tak jednoduchou věcí, jako kdejakou obyčejnou sochu.

Co jen bylo po republice Masaryků! Večer šli lidé kolem takového pomníku a libovali si: "Hele, tatíček je tady ještě pořád s námi!" Jednou v noci přijel však pojízdný jeřáb a ráno byl tatíček v talónu. Nikdo nevěděl, kam se poděl. A potom také: Jaképak s tím fraky? Jenže sundavat letenský monument za jedinou noc nelze ani nejnovátorštější metodou na bourání pomníků, a kdyby se to mělo dělat, nedej Pán Bůh ve dne, seběhne se celá Praha a reakce bude mít pré.

Vánoce se kvapem blíží. Fronty na vánoční mlsy nezadržitelně roustou a kamenný vojevůdce hledí dál s přimohouřenými brvami z letenské pláně do Pařížské třídy, jako kdyby právě kladl předsedovi bourací komise osudnou otázku: " Soudruzi, proč dnes tak divně těkáte očima?" Možná, že v zdánlivém váhání komise "kam s ním?" je skryt její největší triumf: Dvě

mouchy jednou ranou! Až totiž dosáhnou fronty neudržitelných rozměrů, postačí vyslovit pouličním rozhlasem dvě magická slůvka: "Bouráme Pepíka!" V tu ránu pustí i nejnenažranější bába z ruky fík, který urvala v kilometr dlouhé frontě, a Praha bude svědkem nejmasovějšího běhu v historii tělovýchovy a sportu, anžto každý poletí na Letnou, aby ukořistil z proslulé sochy alespoň střípek, který prý podle předpovědi slepého mládence přinese každému majiteli daleko větší štěstí než šňůra z oběšence.
(Název shora uvedené balady: "O pomnících, slanečcích, eucharistech a jiných věcech.")

*

Když jsme začátkem února seděli v hrozně nevkusné a takřka prázdné obřadní síni plzeňského krematoria a před námi stála malinká rakev s jediným věncem, posázeným několika umělými odporně fialovými květy, když okny padaly do místnosti paprsky naoranžovělého zimního slunce a neviditelné lesní rohy hrály nejistě a falešně "Blíž k tobě bože můj" a když jsem si uvědomil, že jsem si s otcem, jehož bezvládné tělo leželo nyní v černé truhle přede mnou, nevyměnil za celý život pořádné pravdivé slovo od srdce k srdci, když jsem si uvědomil všední a nedělní koleje, po nichž se ubíral náš život, koleje, které se nikdy nesetkaly, když jsem se díval na tlustého evangelického faráře, ztěží vecpaného do malé dřevěné kazatelny, vypadající jako ohrádka v kravíně, a neúčastně poslouchal proslov, jehož monotonnost a frázovitost neměla pranic společného s vírou v Boha, připadalo mi nepochopitelným, proč mne můj otec vlastně přivedl na svět, aniž bych mu to zazlíval, protože jistě nebylo v jeho možnostech si něco podobného vůbec uvědomit. Byla to náhoda, za kterou jsi nemohl, otče, byla to smůla, že jsme se nemohli domluvit. Odpočívej v pokoji a klidu!

*

Ještě mladá a krásná
plná nadějí
beze slov těžko se domluvit
slovy ale tím méně
přijde Vám podivné
že jsem se rozepsal ve verších
a ke všemu krvavou barvou
jinak než krví nelze psát
určitě jsem se ale zbláznil
Vy mně však píšete pokaždé mile
abych předem přijal
mnoho srdečných pozdravů
i stálých vzpomínek od Vás
jste normální
úplně a ve všem všudy
svatbu co nevidět budete mít
samozřejmě s myrtou
fůrou bratranců a tetiček
humorných telegramů
fotograf zachytí všechno na věčné časy
pak přijde hostina zpěv
svatební anekdoty
veselo bude až do rána
kuchyň i záchod v permanenci
přijde to holenku na pěkné peníze
ale holka se vdává jen jednou
z nohaté slečny sportovkyně
se rázem stanete rozvážnou paní
v parádním pokoji s leštěným křídlem
a pohledem na náves

- žádná v obci nebude tak pěkný mít -
zavzpomínáte si na sport
jako na hadrové panenky dětství
v dopisech nadále
každému budete posílat předem
mnoho srdečných pozdravů
i stálých vzpomínek
nikomu nikdy nebudete psát ve verších
nadto krvavým písmem
ani věnovat se dál sportu Vás jistě nenapadne
jako by rozumný člověk
neměl vážnějších starostí dost
ne
Vy se určitě nikdy nezblázníte
jako váš starý přítel
a trenér kdysi

Jan Hanč

*

Prosím P.T. příznivce a ctitele, údajně sympatizující s mými slovními výrony, aby si ušetřili pochvalných či kritických slov, které je houbeles stojí a podpořili mne spíše zakoupením alespoň dvaceti čistých sešitů (ČSN 50 6210, spotřebitelská cena 0,76 Kčs), padesáti psacích per s kuličkou a lahvičky azurového inkoustu. Že by mne někdo poctil čínským Parkerem, abych nemusel po každém druhém slovu znovu namáčet, nebo lahví kubánského rumu, neodvažuji se vůbec pomyslet!

*

SEŠIT ČÍSLO ČTYŘI

Poslední "Kultura" přinesla rozhovor s akademickým malířem Františkem Grossem, který jistě nemálo nadchnul a potěšil přátele umění a pokrokulačné čtenáře. Já mám na tohoto výtečníka následující vzpomínku.

Únor 1948. Mrzne až praští, lidové milice jsou v pohotovosti, komunistická avantgarda tvoří akční výbory ve všech občanských, uměleckých, hospodářských i vzájemně se podporujících korporacích. Také velevážená instituce Boženy Němcové a Jana Nerudy "Umělecká beseda" vytvořila akční výbor, ve kterém zasedl i zmíněný akademický malíř František Gross.

Ještě nekolik dnů předtím rozplýval se nadšením nad "Listy pro umění a filosofii", které vydával náš společný přítel Jindra Chalupecký. V únorových dnech bylo mu však socialistickým zázrakem sejmuto bělmo a prohlásil je, k překvapení a zděšení celého akčního výboru "Umělecké besedy", za doklad anarchismu, nihilismu, oportunismu a podobné hniloby.

V důsledku tohoto obrácení Ferdiše Pištory byla svolána do Urbanky za mostem Legií schůzka Skupiny 42, jejímž byl František Gross členem. Dostavili se Lhoták Kamil, Smetana Jan, Kotalík Jiří, Kolář Jiří, Chalupecký Jindřich a já.

Schůzka měla nádhernou ouverturu. Nejdříve na mostě Legií, když jsem oponoval Chalupeckému a Kolářovi v jejich iluzích o netušeném rozvoji kulturního života u nás po vítězném únoru tvrzením, že daleko větší slovo bude mít vrátný z ÚV než všichni básníci dohromady, rozzuřili se a div mne ze vzteku nehodili do Vltavy.

Když jsme trošku rozmrzli v kavárně, zkameněl Kamil Lhoták z pohledu na mladý pár, který se mihl kolem našeho stolu. Kamil měřil 150 cm a zmíněná dvojice měla po 190! Pokračovali jsme v rušném hovoru okolo únorových událostí, když kolem našeho stolu prošly další dva páry, měřící ke dvoum metrům. Kamil vyskočil, chytil se za hlavu a začal křičet, že má halucinace. Zavolali jsme vrchního, který nám s obvyklou nonchalancí vysvětlil, že mistr Lhoták netrpí halucinací, ale povšiml si náhodou několika párů z "Klubu dlouhých", který zde pořádá pravidelné schůzky každý třetí čtvrtek v měsíci a že stanovy tohoto spolku připouštějí členství od 185 cm nahoru.

Tím byla tato pro Kamila Lhotáka ošemetná mezihra zlikvidována a mohli jsme se soustředit na příchod pozvaného výtečníka Grosse. Přišel samozřejmě poslední, protože tušil, že bude na programu. Po jeho příchodu přednesl Jindra Chalupecký krátkou a zdrcující obžalobu, opírající se o neuvěřitelné shazovačství Franty Grosse v akčním výboru Umělecké besedy. Bylo to krátké a otřesné. Nikdo z nás nepromluvil jediného slova.

Když Jindra domluvil, Franta se cynicky usmál a podotkl: "Ale to se netýká jenom Chalupeckého, stejně tak Kamila Lhotáka, o Hančovi ani nemluvě!" Po těchto slovech obrátil se Lhoták se zoufalým dotazem na svého v té době nejlepšího přítele Jana Smetanu. Jan Smetana se ošil krkem, jako kdyby ho tísnil malý límeček a odvětil: "Počkej, Kamile, to si musíme upřesnit!" V té chvíli bylo jasné, že nejagilnější umělecká skupina, udávající několik let tón všemu našemu básnickému i výtvarnému životu, spěje nezadržitelně, zásluhou několika bezcharakterních jednotlivců, k svému rychlému zániku. - Kamil Lhoták nebyl s to odpovědět ani na prostý útok Grossův, ani na chameleónství Jana Smetany. Jirka Kolář, starý kladenský proletář, vrhl se k židli Grosse s výkřikem: "Hajzle! Roztrhnu ti hubu od ucha k uchu!" Kotalík a Chalupecký řekli opovržlivě: "Šmejde!" a já dodal: "Holomku špinavá!"

Franta Gross povstal, přelétl nás jednoho po druhém baziliščíma očima a pomalu s rozvahou pravil: "Tak si na mne všichni dejte pořádnýho majzla!" Pak se odebral do šatny, vyzdvihl si kabát a umělecký baret a vyšel do únorové noci.

V zmíněném interviewu "Kultury" říká: "Jsem optimista, protože jsem komunista!" S jedním ani s druhým to nebude tak zlé. V první řadě to je bezcharakterní darebák. Tím je a zůstane a řeči ani barvičky ho z toho nikdy nedostanou.

*

Jediným skutečným hrdinstvím v naší době je boj proti frázi. Vzhledem k diktatuře fráze je to boj ilegální.

*

Když jsem ležel ve špitále s trojnásobně rozpáraným břichem a pouhé uprdnutí bylo pro mne větším výkonem, nežli pro Jurije Vlasova dát dva metráky nad hlavu, přistoupil k mému loži při odpolední vizitě doktor Židáček, a ptal se mne kulantní řečí, jak se mi daří. Odvětil jsem mu s duší na dlani:

"Ani nevíte, pane doktore, jak děkuju Pánu Bohu, že jsem tady!"

Zastříhal ušima jako angorský králík a odběhl ke stolku, kde ležely chorobopisy, aby se podíval, oč vlastně jde. Než bys řekl švec, byl zpátky u mé postele a začne jizlivě:

"A ták, to vy jste ten pacient z Vysočan!"

Jeho hlas náhle zpřísněl a ztvrdl.

"A to děkujete Pánu Bohu?! Snad soudružce T-e-i-s-i-g-o-v-é, -ne?!!"

Viděl jsem, že jsem narazil na kovaného a dal jsem se na zmatený ústup:

"No soudružce Teisigové také, ano, samozřejmě!"

"To bych prosil! Jen v tom nehledat, prosím, nic nadpřirozeného. Všechno je v moci nás lidí - soudruhů!"

Zhublí a prožloutlí spolupacienti koukali na mne vyjukaně se svých postelí a sestra Marie za asistentem zdvihala oči ke stropu a křečovitě svírala ústa, aby nevyprskla ve smích ze socialistické lekce, která mi byla právě udělena. Protože proti zdrcujícím argumentům vizitujícího lékaře nemohl jsem nejmenšího namítnout, přelétl mne ještě jednou zrakem, říkajícím: "A ticho, prosím!" načež vítězoslavně opustil náš pokoj.

*

Josef Netrefa právě počítal úspory akce socialistického soutěžení, když se ozval telefon:

"Celozávodní sekretariát KSČ. Soudruhu Netrefo, přijď v deset hodin do zasedací síně k pohovoru!"

V Netrefovi hrklo jako v starých švarcvaldovkách. Co to bude za buzeraci? Zbylých pětačtyřicet minut do deseti hodin dal se do uvažování, proč právě jeho, obyčejného řadového člověka zvou najednou k pohovoru, ale přestože si během přemýšlení okousal všechny beztak již krátké nehty, nepřišel nakonec na nic jiného, nežli s čím začal, totiž s buzerací.

Když se ubíral po továrním dvoře k hlavní budově, potkal dva známé dílovedoucí, Jardu Bohatu od truhlářů a Tondu Škardu od zedníků, kteří měli stejnou cestu. Sotva ho spatřili, rozjasnili se jim tváře a zdaleka na něj volali:

"Pepíku, snad se nejdeš taky zpovídat?"

Během několika dalších kroků mně vysvětlili, proč je volají na sekretariát. Všichni tři odmítli při poslední prověrce vystoupit z církve a nyní mají před zvláštní komisí vysvětlit své počínání.

"Jdeme tam jako tři králové, jenom kadidlo nám schází!" podotkl Škarda, který v důsledku vytrhaných zubů nesmírně šišlal.

Když vstupovali do zasedací síně s neméně okázalým "Čest práci!", nežli se vstoupilo na faru s "Pochválen buď Pán Ježíš Kristus!", očekával je již za předsednickým stolem pod obrazy státníků šestičlenný tribunál, skládající se z předsedy celozávodní organizace a pěti přísedících, z nichž obzvláště upoutávala pozornost stará ježatá jeřábnice v špinavém narůžovělém svetru, jejíž poprsí sahalo až k popelníčkům uprostřed stolu a potom bezpečnostní referent Jankovič, kterému co příroda odepřela na vzrůstu, nahradila ve sveřepém vzezření.

Delikventi usedli pod sádrovým Leninem, natřeným na bronzovo, jehož natažený ukazovák ukazoval na jejich hlavy, jako by říkal: To jsou oni!

Předseda přednesl krátký úvod, ve kterém seznámil pozvané s účelem dnešního pohovoru, přičemž neopomněl podotknout, že je přesvědčen, že jde o pouhé nedorozumění a že pozvaní soudruzi určitě učiní zadost svým stranickým povinnostem. A protože nejblíže po ruce seděl mu Jarda Bohata, obrátil se ihned adresně na něho. Vyzdvihl velikou důvěru, kterou do něho strana vkládá, připomněl jeho funkce v ROH, SČSP, CO a ML, vyzdvihl jeho proletářský původ, vzorné placení členských příspěvků i plnění členských povinností, takže se Jaroušek rděl jako panna nebo voják fotografovaný pod praporem. Pak předseda hbitě přešel k prohnilosti katolické církve, k papežově reakcionářství, k protipokrokovému počínání páterů a dalších zvrhlostem této skvrny na lidské společnosti.

Jarda Bohata je prošedivělý hezoun. Při řeči předsedově usmíval se blaženě, jako kdyby se koukal na svlékající se fešandu, a z jeho rtů co chvíli splynula bezděčně dojatá slova: "Svatá pravda, soudruzi, svatá pravda!" Když to tak chvíli trvalo, bylo zbytečné dál mrhat propagačním protikatolickým materiálem, věc se zdála tuti boty vyhraná! Předseda proto přešel k próze:

"Tak tedy vystoupíš, viď?"

Na tváři Bohaty objevil se z úsměvu strastiplný výraz a děl:

"To, soudruzi, nemohu!"

Na všeobecný údiv předsednického stolu začal líčit svou ubohou starou matku, která chudák sama vychovala osm dětí, celý život dřela holou bídu, je zaostalá a nemá chudák nic jiného než ten kostelíček, a že i když ví, že je to pošetilost, že jí slíbil, dokud bude naživu, že on z církve nevystoupí.

"Vždyť se to vůbec nemusí dozvědět?" zaznělo takřka jednohlasně od předsednického stolu. "Tadyhle to podepiš a tím je vše hotovo. Ostatní už zařídíme!"

"To bych, soudruzi, nikdy neudělal! Buďto jsem komunista a řeknu to svý mámě rovnou do očí, nebo bych musel po sobě plivnout. Ale nežádejte to, soudruzi, na mně. To by byla její smrt a já bych si do konce života vyčítal, že jsem jí zabil!"

Jarda podal včetně závěrečného zaslzení výkon, za který by se určitě nebyl musel stydět ani nebožtík Vojan. Protože bylo jasné, že s Jardou už nehnou, povstala padesátiletá bajadéra od jeřábů a obrátila se s výstižnou, pouhých patnáct minut trvající řečí na druhého delikventa Tondu Škardu. Škardův zjev připomínal Pantátu Bezouška. Také zde, vzhledem k jeho horlivému pokyvování scvrklou hlavou, se zdálo být zprvu všechno na nejlepší cestě k jeho obrácení. Sotva však zmíněná jeřábnice usedla po řeči, která by byla musela obrátit i Churchilla na komunismus, vychrlil se z bezzubých úst Škardy nečekaný vodopád šišlavých slov, kterými užaslému předsednictvu oznamoval, že u něho je to nachlup stejný případ jako u soudruha Bohaty a že ačkoliv jemu je to jako Bohatovi všechno úplně samozřejmé a jasné, nemůže z těchtýž důvodů také vystoupit z církve.

Nastala krátká a trapná pauza. Přerušil ji konečně bezpečnostní Jankovič, který povstal, rozhlédl se sebevědomě sálem, jako kdyby v něm sedělo nejméně tisíc poučení lačných posluchačů, a obrátil se dlouhou, lapidární řečí na posledního z delikventů, jako kdyby si říkal: "Čert vem ty dva prolhaný kašpary, ale ty nám neunikneš!"

Josef Netrefa byl vším jiným nežli hrdinou. Když vstupovali do zasedací síně, byl rozhodnut hájit se přesně tím, co právě před chvílí přednesli Bohata se Škavrdou, nyní však viděl, že jeho hra je prohraná, protože ještě jednou opakovat totéž co oba předcházející bylo prostě vyloučeno. Zatímco nad ním Jankovič hřímal o prohnilosti papežské stolice, připadal si jako oběť v jámě lvové a modlil se v duchu, aby mu Pán Bůh dal vnuknutí, jak uniknout z téhle povážlivé šlamastiky. A Pán Bůh ho neoslyšel.

Když Jankovič konečně skončil svou sáhodlouhou řeč a usedl s vítězoslavným pohledem soudruha, vědomého si své dialektické převahy, Netrefa tichým a skromným hlasem odvětil k překvapení přesvědčovací komise:

"To je všechno pravda, co zde, soudruhu, říkáš, ale mne se to netýká."

Jankovič vylétl ze židle jako čertík z krabice na ocelovém perku a zasípal spíš než promluvil:

"Jak to!?"

"Já přece nejsem katolík, já jsem evangelík!"

"Katolík, evangelík, to je jedno svinstvo!"

To už ale byl Netrefa na koni a nepustil se své veliké příležitosti:

"A co husité? Tři sta let jsme od katolíků trpěli a ty nás cpeš s nimi do jednoho pytle!?"

Celý předsednický stůl považoval za nutné zastat se svého potíraného druha a zahřměl:

"To sem, soudruhu nepleť, to je historie!"

Netrefu nebylo však už možno zadržet. V jeho hlavě začaly se rodit argumenty, na které komise vůbec nebyla připravena.

"Jakápak historie? Tak proč se zrovna teď dostavila znovu Betlémská kaple? A jsme-li takoví lumpové, proč byl zrovna tenhle týden náš senior Hromádka jmenován prosím bojovníkem za mír?"

Poslední slova Jankoviče rozběsnila. Zapomněl úplně na kryt a zařval:

"Snad tomu nevěříš?!! To je jenom pro ty voly na západě!!!"

Jakmile vyřkl tato osudná slova, která nebylo možno vzít zpět, vytřeštil Netrefa oči, zhroutil se na židli a zaúpěl jako osiřelé dítě:

“To je nemožné, to je hrozné, to není možné!!”

Když si dal Jankovič tak osudný vlastní gól, nezbylo předsedovi, než aby ho označil za scestného vulgarizátora strany, a kvapně rozpustil bez dalšího přesvědčování stranický aktiv.

Po chvíli stáli osvobození delikventi v závodním výčepu, a zatímco Bohata s Netrefou lili staropramen do vyschlých hrdel, Škarda se ještě svíjel smíchy:

“Kluči, takovou šrandu už do šmrti nežažiju!”

*

Současní myslitelé i přežvýkavci snaží se nám namluvit, jaký svět je, ačkoliv každému člověku především záleží na tom, jaký se mu jeví. Je zde ovšem trapná snaha, aby se nám všem jevil stejně, nebo aby to přinejmenším tvrdili, což připomíná pohádku o králi Tchoři, který sice věděl, že velice páchne, ale v zájmu jednomyslnosti si přál, aby všichni tvrdili, jak libě voní.

Jednota je pěkná věc, ale máme na ni krátké triko. Lze ji uskutečnit pouze násilím a terorem. Po dobrém si nechá jen nepatrně lidí říct. A proč by si nechali? Necháme si snad říct my?

V hospodě Na kuchyňce namontovali nedávno nový portál - šmolkově modrý. Hostinská se mohla vzteknout. Jsou lidé, kteří nemilují zase rudou barvu, a nenechají si říct, aby ji milovali. Jsou také lidé, kteří si strašně snadno nechají říct. Ukáže se jim posraná barva. Jejich mozky pracují ihned na plné obrátky, nepoškodí-li si, prohlásí-li, že se jim nelíbí. Na ničem jim nezáleží, jen aby si neuškodili.

Česká máma říká: “Do ničeho se nepleť, ať ti nevyrazí oko!” Ve školní vlastivědě jsme se učili, že praotec Čech vstoupil do země mlékem a strdím oplývající. Na mléko jsem si nikdy nepotrpěl a strdí jsem nikdy neokusil, ač bych rád. Jednotu kromě pošumavské, jsem také nikdy nespatřil. Vlastně ano, o všesokolském sletě, když průvod řval nazdar a lidé na chodníku řvali nazdar a Praha byla párky a pivem oplývající.

U sousedů spatřil jsem také dojemnou jednotu, charakterizovanou: Ein Volk - ein Führer. 80 miliónů Němců bylo šťastno, že má jednoho Führera a jeden Führer zase, že má osmdesát miliónů Němců. A přesto se našlo ve světě dost kazisvětů, kteří jim to nepřáli a nepřipustili ještě mnohem lepší jednotu: Eine Welt-ein Führer! Jak pěkně by se to dělalo na první stránce Völkischer Beobachter!

Zasloužilý pracovník v tělesné výchově a sportu Otakar Jandera by si zase přál jednotu v tom, aby každý člověk na světě byl nositelem PPOV.

Básníci se dívají na tisíckrát, miliónkrát objeté a přeorané objekty svých básnických pařenišť a vytvořením státních básnických norem a zlepšením výrobních postupů dosáhli nikdy netušených sklizní básnické zeleniny. Býti básníkem je dnes stejně snadné, jako být zaměstnancem kteréhokoliv jiného národního nebo komunálního podniku. Představte si Rimbauda, potácejícího se v hadrech po pařížských bulvárech, jak pěkně by mu štěknul levný a kvalitní kabátek z národního podniku Sako! Také Božena Němcová, narodit se o sto let později, mohla trávit neděle na Dobříši a mezi týdnem chodit na kafe k Marii Majerové. U nás holenku umělci nemrznou, ani neumírají na úbytě. Přišli na to, že nejdůležitější české přísloví zní: "Koho chleba jíš, toho píseň zpívej!" a mají postaráno. A nejen oni, ale i jejich děti a děti jejich dětí i děti těch dětí. Ahoj!

*

Slyšel jsem tuhle v automatě následující rozhovor: "Četl jste už Události?"

"Abych se vám přiznal, mně je milejší Večerní Praha. V té člověk najde alespoň novinky. Ty Události mi připadají, že nemají vůbec žádnou linii. A potom: Aby se to člověk bál nechat ležet na stole. Představte si, kdyby si to tak přečetli děti! Moje stará říká, že něco tak blbýho a stupidního v životě nečetla. Vždyť tam není ani slovo o poslední linii módy, jídelníček tam ještě nevyšel a na křížovku marně čekáme! Nemají dokonce ani rubriku "Dopisy čtenářů!"

*

99% krásných žen je beznadějně pitomých. Jaká by to byla také spravedlnost, kdyby se krása snoubila s moudrostí!

*

Jel jsem dnes tramvají s překrásnou osmnáctiletou dívkou. Má ruka v kabátě se dotkla jejího stehna. Neodtáhla jej. Poznala elektrizaci, kterou třeba nikdy v životě nepoznala. Hladil jsem jí hřbetem ruky stehno, kdykoliv jela tramvaj do kopce nebo s kopce. Bylo to úžasně krásné a nemravné. Život si nelze vymyslet.

*

Rozdíl mezi údajně slušným člověkem a mnou je jedině v tom, že já řeknu všechno a on prdlajs. Člověk se musí zpovídat. Básnický text je miliónkrát upřímější nežli kostelní zpovědnice i stranická prověrka.

*

Kdysi jsem chodil ke skautům do věže u Jiráskova jezu. Byl tam jediný slušný člověk, nějaký Šimek. Jakmike se řeklo: "Hovno!", začervenal se jako panna a řekl skromně: “Spláchněte vodu!” Pokaždé nás úplně deklasoval. Zanedlouho se ale ukázalo, že je to buzerant.

*

Každý člověk začíná od Adama. V neosobních věcech mohou být zkušenosti a moudrosti jiných užitečné, v osobních je nutno se k poznání probojovat omyly, nejistotami, pochybnostmi, porážkami a Pyrrhovými vítězstvími. Lidé, kteří se i v osobních záležitostech řídí veřejným míněním, cizí moudrostí, či tzv. slušností, nemohou nikdy dosáhnout osobní jistoty, nikdy se nemohou stát osobností.

Osobnost je u nás po kritice kultu osobnosti proskribovaným pojmem. Projevuje-li se vraždami, plným právem. Jenomže je zde malý háček: Negramotný ovčák je mezi ovcemi osobností, na tom nezmění nic žádné usnesení.

Většina lidí nenávidí politiku a mnohdy právem. Je těžké pracovat v senkrůbně a nenačichnout jí. A přesto bez politiky je organizace lidské společnosti nemyslitelná. Aby bylo více spokojenosti, muselo by být všeobecně víc moudrosti, ohleduplnosti, poctivosti a upřímnosti. A to nejen u politiků, ale i v občanstvu vůbec.

Zamyslí-li se člověk nad tím, čeho se dosáhlo různými způsoby politického řízení, má dojem, že se ocitl v pralese nebo v bludišti. při liberálnosti dochází na jedné straně k velkému bohatství a na druhé k velké bídě. V diktatuře k nesvobodě. V prvém případě mají lidé strach o existenci, ve druhé strach o svobodu. Na nic lepšího se prozatím nepřišlo. Buď schopný využívá neschopného, nebo neschopný schopného. Obojí je nesmyslné, ale je tomu tak.

Nejhorší na celé věci jsou parazité. Ačkoliv jsou neschopní, mají velký životní elán, jakmile zavětří možnost příživnictví. Vyskytují se na celé zeměkouli bez výjimky.

Tenhle politický úvodník se mi příliš nepovedl. Povede se mi toho vůbec velmi poskrovnu.

*

V poslední době nahovoří se toho mnoho o práci v tělesné výchově a sportu. Skoro se víc hovoří, nežli ve skutečnosti udělá.

O rekreační tělovýchovu neměl jsem nikdy zájem. Sněz navečer jablíčko, Pán Bůh ti dá zdravíčko! Závodní sport zná většina lidí pouze z vnější výsledkové části. To je, jako kdyby byl znám život člověku pouze v tom, co dělá o Štědrém dnu. Vrcholné sportovní události jsou v tělovýchově tím co pralinka nebo růžička na dortu. Většina sportovního života i vynikajícího závodníka se odbývá v propocených trenýrkách a sešmajdaných střevících za každého počasí před prázdnými ochozy a tribunami.

Zdrcující většinu atletických zájemců přivádí na hřiště sen o vyznamenání na stupních vítězů. Jakmile poznají, že většinu času musí prodlít v dřině v pramálo okouzlující atletické dílně, jejich nadšení rychle vyprchává. Není tomu ostatně obdobně s každou lidskou činností?

*

Nejúžasnější na ženě je, když se brání a současně jako by říkala: Víc! Která je však taková!? Většinou to je, jako by člověk padal na pytel rejže!

*

Dnes, po roce, navštívil jsem opět chirurgickou kliniku prof. Pavrovského na Karlově náměstí. Uplynul pouhý rok, změnili se všichni pacienti, většina lékařů i ošetřovatelek, pouze pokoje, chodby a okna zůstaly stejné.

Čekal jsem na svého dobrodince, docenta Peška. Rád vidím jeho krásnou, inteligentní tvář a rád poslouchám jeho zvláštní zabarvení a modulaci hlasu, které bych poznal mezi miliardou jiných hlasů. Vrátil se právě z operačního sálu a měl zapadlé, velmi unavené oči. Připadal mi jako člověk, který právě bezúspěšně bojoval se smrtí. Je to zcela výjimečný chirurg i člověk. Je schopen učinit daleko víc než valná většina ostatních chirurgů, dennodenně pere se se smrtí a je schopen toho, co málokterý lékař u nás i v cizině. Je stejně zručný jako důmyslný a pracovitý a lidský. Pouze zázraků není schopen. Když jsem se dnes díval do jeho unavených a smutných očí, bylo mi ho upřímně líto. Dělá desetkrát víc, než je jeho povinností a než je v jeho silách, je nesmírně unaven a pere se pořád se smrtí jako s úhlavním nepřítelem. Jak obdivuhodný to člověk!

*

Byl jsem bilanční účetní a ekonom, nedovedu si však udělat osobní rozpočet. Mnohokrát jsem se o to bezvýsledně pokoušel. Vždy jsem měl pocit svěrací kazajky, pocit cizí chůze, cizích gest, cizího rytmu. Pro vrchní jsem byl kavalírem, pro rodinu sucharonem, pro přátele bordelářem a pro ženské křenem. Jak také nazvat muže, který pro šťastný úsměv nějaké pitomé ženské vyhodí zbůhdarma spoustu peněz? To, oč jde, dávají totiž zdarma, a začnou-li se zahrnovat dary, vycení si svou píču tak, jako by ji měly celou ze zlata.

Naprosto nechápou, že o tu jejich bědnou skulinku se přímo nejedná. Že jde mnohem spíše o iluzi, že všechno okolo je mnohem důležitější, zajímavější a zábavnější než ten pitomý koitus.

I dávat dary je egoismus non plus ultra. Očekáváme za to protihodnotu. Pominu-li nejpřízemnější snahu chtít si jimi někoho koupit, i touha vidět někoho šťastného, nebo alespoň potěšeného v důsledku několika pitomých pětek, které jsme na to vynaložili, není zdaleka nezištným počínáním, jako by si to dárci rádi namluvili.

*

Strávil jsem před léty dva měsíce v Itálii za zcela vyjímečně příznivých okolností. Peněz i času jsem měl, kolik jsem chtěl, byl jsem už úplně zdravý a poměrně mladý, třicet let, tedy nikoliv už úplně pitomý, ani ještě docela rezignovaný a skeptický. Věděl jsem leccos o umění, dovedl jsem se dívat, a přesto jsem z této výjimečně šťastné pohody nevytěžil víc než malou báseň "Magnólie".

Většinu inspirace těžil jsem vždy z kalných momentů svého života, takže mne přátelé malíři a spisovatelé nazvali "zmaristou". Jednou v baru snažil se mne loutkař Trnka obrátit na optimistickou víru. Myslel to bezpochyby upřímně, ale poslal jsem ho do prdele, což by byl učinil bezpochyby i Karel Hynek Mácha, čímž se samozřejmě nechci srovnávat s pěvcem Máje. Možná, že duši máme stejnou, nebo podobnou, jenomže on měl nádherný hlas a já příjemný jako šoustavé placky.

Našlo by se ještě mnoho rozdílů. On žil v příliš malé a já v příliš velké době, a konečně on zemřel ve věku sedmadvaceti let, kdy já teprve začínal psát. Abych se však vrátil k té Itálii. Obohatit svět o nějaké turistické žvásty po tom všem, co bylo o Itálii napsáno, mne zaplať Pán Bůh vůbec nenapadlo. Vzpomínám si, jak jsem jednoho podvečera seděl na náměstí sv. Marka v Benátkách, přede mnou káva a vybraný cognac, hejna holubů, oslnivá běloba a jasná modř slavné katedrály, opojně teplý jižní vzduch, Campagnilla, na bezoblačném nebi nádherný stříbřitý aeroplán, cítil jsem v žilách kolovat zdravou krev, smysly jsem měl lačné a neunavené. A co mne napadlo v této sváteční chvíli? "Můžeš si, ty pitomče, naložit tenhle den do láku! Co můžeš vlastně? Zbourat Campagnillu a sežrat ji i s tím letounem nad ní? Můžeš zadržet tuto chvíli leda v sentimentální vzpomínce a chlubit se holoprdelníkům, že jsi dřepěl v Benátkách nebo se stejně tupými cestovateli, jako jseš ty, si vyměňovat své nicotné pocity a dojmy: Je to krásné a příjemné, vidět Itálii, není to však příliš vzdálené šťastné vzpomínce na to, co jsme kdy lahodného sežrali."

Nenapsal jsem nic o Itálii, ačkoliv se mi nesmírně líbila, protože jsem takřka fyzicky cítil, že o tom slunci a barvách, o té krajině, architektuře, sochách a obrazech bylo toho už tolik řečeno, že o všem při dvouměsíčním snobském pobytu nelze nic nového dodat, co by nebylo vzápětí hodné zapomenutí.

Jsou ovšem lidé, kteří jedou na dva týdny k fádnímu bulharskému přímoří a vyprávějí o tom, jako kdyby se vrátili z jiné planety. Šťastní lidé. Šťastný tur domácí!

*

Když jsem byl mladší, často jsem se nudil. Očekával jsem neustále popudy k zabavení zvenčí, a nenalézal-li jsem je, propadal jsem trudnomyslnosti. Od té doby, co jsem rezignoval na většinu zábav a rozptýlení, nenudím se nikdy. Buď spím, nebo klímám, nebo pumpuji v nějaké obměně vodu (tak se dívám na většinu lidské práce), nebo pozoruji, což považuji za velmi důležitou práci (a ostatní lidé za civění), nebo přemýšlím, neřestně rád přemýšlím, a konečně píši, což obojí splývá. Patnáct let jsem krmil a ucpával kamna, nežli jsem se jakžtakž naučil psát a nežli jsem se dokázal při psaní oprostit od vžitých literárních forem, z nichž ani jediná mi nevyhovovala. Za svobodu, kterou jsem si vybojoval, zaplatil jsem i platím tak vysokou cenu, jak jen možno. Nic netisknu, nikdo mně nerozumí. Jdu zcela osamělou cestou, jedinou, kterou chci a musím jít.

Neočekávám uznání a schválení od nikoho. Celá moje literární činnost vyvěrá z konfliktů se životem, společností, s osudem i Bohem. Nevole, odpor i nezájem čtenářů vyplývá z toho, že se dotýkám oblastí, které oni z nevědomosti, pohodlnosti, zabedněnosti i zbabělosti pokládají za tabu. Je to ten nejhroznější nesmysl. Reprodukuji život, jaký ve skutečnosti je. Mohu za to, že neodpovídá jejich posrané představě, kterou si o něm učinili? Dovoluji si kašlat na všechno, co mne nutí ke kašli. Prd je skutečnost, i když je podle názoru Dr. Gutha-Jarkovského něčím politováníhodným, protože se nehodí k večerní toiletě.

*

Jak se utváří politické přesvědčení.

Když mi bylo pět let, přestěhovali jsme se z Plzně do Prahy do jednoho z prvních pětipatrových činžáků v Podskalí. Kolem byly ještě rozpadávající se baráky vltavanů. V našem domě byla pyšná mosazná zdviž, ale jenom na padesátníky, tak jsme se věčně šplhali do pátého patra pěšky. Byla to sice výborná předsportovní průprava, které jsme s bratrem později vděčili za úspěchy v bězích, ale fuška to byla nemalá, vyběhnout nesčíslněkrát denně až k půdě, u níž jsme bydleli. Kvůli té mosazné zdviži, kterou jsme nejezdili, dostali jsme nesčíslně facek a kopanců od podskalských kluků, provázejících své perzekuce pohrdavými slovy: “My vám dáme, hajzlové, mosaznej vejtah!” Nakopáno dostal s námi vždy dokonce i syn domovníka, který bydlel v suterénu a z toho výtahu neměl nic jiného než dřinu, protože ho musel se svým fotrem pořád glancovat Sidolem, aby ta hloupá a takřka nepoužívaná kára byla pořád v plném lesku. Z těchto prožitků v mládí vyvinul se ve mně duševní stereotyp, že kdykoliv spatřím výtah, mám současně pocit, že mne někdo kope do zadku.

*

Gramofonová hudba se nesmírně zlepšila po technické stránce, ale vyprchalo z ní takřka úplně kouzlo poezie. Prodejny gramofonových desek staly se skladištěm hudebních konzerv, prodavači a prodavačky jsou všude stejní, tj. hloupí, neteční a zcela nezaujatí svým zaměstnáním.

Dříve tomu bylo jinak. Každý obchod byl zařízen jinak, každý specializován pro jistou značku desek nebo druh hudby a každý krám měl svou osobitou atmosféru. Desky se kupovaly a vybíraly s mnohem větší rozvahou, skutečný znalec a milovník dlouho rozvažoval a vybíral, dávno před tím, než se vydal za nákupem. Nákup samotný byl svátkem, nikoliv náhodnou koupí mrkve. Chtěl-li člověk skutečně nejlepší květinovou árii z Carmen, nenechal to nikdy na zdání prodavače. Byl předem informován, kdo a kdy ji nazpíval, v jaké byl pěvecké formě, jak se povedla technická stránka nahrávky, pomalu zužoval výběr kandidátů, a odnášel-li si konečně nahrávku se španělským tenoristou Michaelem Fletou, jehož hlas s jistotou dovedl rozeznat mezi tisícem jiných zpěváků, byl to skutečný výběr, osobně široce zdůvodněný.

A přivezl-li si svůj poklad domů a vložil zbrusu novou lesknoucí se a šelakem opojně vonící desku do gramofonu, byla to tak sváteční a výjimečná chvíle, jako kdyby seděl v potemnělém hledišti milánské Scaly a se zatajeným dechem naslouchal dávno očekávanému vystoupení Bohem nadaného a celým světem obdivovaného pěvce.

To ovšem patří minulosti. Z ekonomických důvodů takřka již dvacet let neobjevila se na gramofonovém trhu v Československu jediná deska s pozoruhodným pěvcem. Vyškrtli z lidského vědomí vrcholy pěveckého umění. Kulturträgři.

*

Takřka vše může literární výtvor postrádat, krásu, gramatiku i formu, ale nikoliv naléhavost a morálnost. Morálnost třeba nepochopitelnou a naléhavost jakéhokoliv druhu; bez nich jedná se vždy o potrat, byť se i jednalo o dopis tetičce.

*

Většině lidí stačí vnitřní motor pouze k plnění více či méně stupidních existenčních povinností, k chodu rodinné mašinérie a ke konzumování bezduché zábavy nebo slabomyslného koníčka. Nemají si s nikým co říct, leda kde se dostanou silonové plavky, jaké intriky mají okolo sebe v zaměstnání nebo co se jim líbilo v televizi. Životní nebo společenští partneři revanšují se jim podobnými kydy. Tu a tam přisolí se to anekdotou, drbem nebo pochlubením se. Ráj na zemi s tímhle materiálem je neuskutečnitelný!

*

Dělat lehkoatletického trenéra není snadnou věcí, jak svědčí následující příhoda:

Jedna má svěřenka ohlásila přestup do našeho oddílu, který vyvolal veliký rozruch v atletických kruzích, protože její bývalá jednota odmítla dát k přestupu souhlas, označila mne za šíbra a lanaře a poslala ostrý protest ústřední sekci.

Protože pracuju už 35 let v lehké atletice, věděl jsem, že spor se dá vyhrát nikoliv pouze poctivými argumenty, ale především získáním většiny při projednávání v trenérské radě, komisi mládeže, registrační komisi a nakonec v samotném předsednictvu. Byl jsem si vědom oddysey, do níž se pouštím, ale nezbylo mi nic jiného.

Vypravil jsem se kromě jiných také za Karlem Kněnickým, docentem a vedoucím katedry na Institutu tělesné výchovy, který byl mým dlouholetým přítelem a druhem ve Vysokoškolském sportu i reprezentačním družstvu a který je vlivným a váženým členem předsednictva.

Karlovi je pětapadesát, protože ale věnuje prvořadý zájem udržení mladistvého kadávru, vypadá na pětačtyřicet. Když jsem k němu přišel, měli v pokoji alespoň 35° C, on byl v trenýrkách a slušivém francouzském trikotu, který si přivezl ze svých častých cest do zahraničí, a překvapeně se mne ptal, co chci.

Protože mne nevybídl, abych se posadil, ani abych si svlékl zimník, začnu mu ve stoje vyprávět, oč se jedná, zatímco potůčky potu stékaly mi po zádech do podvlékaček. On si také nesedl, stál a během mé řeči si neustále uvolňoval ramena, jako kdyby stál na startu finálového závodu v běhu na 400 metrů a vzápětí měl zakleknout do bloků.

Když mu to dopovídám, přestane s uvolňováním, položí mi ruku na rameno a říká otráveně: "Dej mi s tím pokoj, já mám vlastních starostí až po krk a ty mně přijdeš s takovou volovinou. Představ si, že na mezinárodní styk je letos o půl miliónu míň, do roka mám skládat profesuru, na katedře mi řádí mezi kantory chřipka a nakonec, vždyť mají v té Boleslavi pravdu. Malejm oddílům se musí, kamaráde, pomáhat, a né jim brát talenty! Já se ti divím, že na mně s tím vůbec chodíš!"

Když domluvitl, zíral jsem chvíli bezradně, co mu mám odpovědět, až už mu to bylo samotnému trochu trapné a dodal: "To je přece všechno úplně jasný!" Chvíli jsem sbíral myšlénky, mám-li se obrátit na patě a beze slova odejít, nebo mám-li mu vynadat, a nakonec jsem se rozhodl pro to druhé. Říkám mu:

"Milej Karle, upřímnost za upřímnost. Děláš ze mne úplného vola, tak já ti zase řeknu něco, co jsi už hrozně dlouho neslyšel, protože co rozpustili Strakovku, nikdo s tebou otevřeně nepromluvil. Říkáš mi, že na mezinárodní styk je o půl miliónu míň. Na to seru, protože jezdím jen do Malé Chuchle a tam to stojí šedesát halířů. Do roka máš složit profesuru. Stejně napíšeš nějakou kravinu jako nebožtík Smotlacha o zálibách kojenců ve visu a tahu a nepochybuju, že ti tu profesuru dají. A konečně to, že Boleslav má pravdu a že se malejm oddílům nemějí brát talenti, je jen dokladem tvýho naprostýho atletickýho úpadku od té doby, co jsi navlékl v nejvyšší federaci červený kabát. Ty si to nesmíš na žádné straně rozházet, ty se musíš usmívat a uklánět na všechny strany podle hesla: Mladí vpřed a staří na svá místa! Každý děláme v atletice, co můžeme. Já jezdím už tři roky do zapadlé prdele u Bělé za talentovanou holkou a ty zase objíždíš letadlem světové metropole a radíš se s atletickými veleknězi v Londýně nebo Istanbulu, mají-li se olympijské hry roku 1992 konat v Habeši nebo v San Domingu. My dva se, milej Karle, nemůžeme lidskou řečí domluvit. Ty jsi atletickej arcibiskup a já bosonohej františkán. Tobě záleží na atletický církvi a mně na atletický víře. Nevadí! Každý dělá, co může."

Teď jsem mu pro změnu zase já položil ruku na rameno a zakončil jsem: "Tak ti mnohokrát děkuji, že jsi mne vyslech , a teď si můžeš dál uvolňovat ramena!"

Od té doby jsem se se svým bývalým druhem neviděl. Říká prý ale o mně, že mám úplně v hajzlu nervy. Něco na tom bude.

*

Evě Procházkové ještě není šestnáct let. Měří 175 cm, je hubená jako lunt a má hezkou hlavu s tmavými, chlapecky ostříhanými vlasy, milou tváří a živýma, neustále se pousmívajícíma očima, radost pohledět.

Když za mnou přišla posledně na hřišti, byly ty oči nezvykle smutné. "Jdu ve škole od pětky k pětce," prohlásila. "A kdybych se neučila," dodala, "jakmile ale jsem vyvolána, nedostanu ze sebe slovo!" Šel jsem ji po tréninku vyprovodit. Byl vlhký předjarní večer. Bydlí v ztichlých secesních domech naproti zrušenému vyšehradskému nádraží. Vyprávěla mi o svých duševních zmatcích, neporozumění rodičů, učitelů, přiznávala se, že sama vlastně neví, co chce.

Snažil jsem se jí porozumět, chtěl jsem ji zklidnit, uvědomoval jsem si však prázdnotu slov v jejím dívčím zmatku. Rozšafný blbec řekne: "Vono to nebude tak zlý, třeštění patnáctileté holky!" Samozřejmě, nic není tak zlý... Vzpomněl jsem si v té chvíli na švýcarského obchodníka, břichatého pana Hösliho z Zürichu, který k nám přijel po únoru 48 a s profesionálně smutnou účastí řekl:

"Also, wie geht's, Herr Hantsch?"

Já na to: "Was soll ich Ihnen erzählen. Sie sehen es doch!"

Pokýval chvíli smutně hlavou, jako by chtěl dodržet povinný dvouminutový smutek, pak přešel do bujaře optimistického tónu a řekl:

"Na ja, hauptsächlich aber, dass wir weiter die Geschäfte machen!"

Odvětil jsem mu užasle:

"Wieso 'wir'?! Villeicht 'Sie', nicht?"

Ten pan Hösli byl vůbec borec a myslitel! Rozdával u nás kalendáře, ve kterých byly prupovídky, které si sám vymýšlel a které byly dokladem jeho hloubavého ducha; kupříkladu:

"Esset nur Hösli's Obst
und Ihr bleibt gesund!"

nebo

"Geschäft - ist eine Dienstleistung!"

Na tuto moudrost si často vzpomenu. Pokud vím, je mnohonásobný milionář. Jsou holt lidé, kteří by se usloužili pro pár miliónků k smrti.

*

Na závěr sešitu měly by přijít něci apartního. Bohužel mne nic takového právě nenapadá, tak to bude jen zmatená nuda jako na předchozích stránkách. Na výzvu v minulém sešitě Událostí týkající se zakoupení sešitů, psacích per a duběnkového inkoustu nikdo neodpověděl. Zakoupil jsem si to tedy sám a dělám sám sobě mecenáše. Když jsem kupoval tyto básnické nezbytnosti, vzpomněl jsem si na toiletní papír. Zatímco můj básnický papír má ČSN 50 6210, toiletní 50 6431 (aby čtenáři zvýšili své odborné znalosti a věděli, jakou normu volit pro duši a jakou pro zadek). Podařilo se mi sehnat pět papírů duševních a pouze jeden klosetní. Z toho jsem usoudil, že se asi přece jenom víc sere, než píše, jinak by to bylo obráceně. Kubánský rum mi také nikdo nevěnoval. Tak piji za své tuzemský, který má na etiketce také slovo "jemný". Chutná jako politura na nábytek, oblbí ale jako kubánský destilát. Rád bych dokázal činy svoje sympatie ke kubánskému lidu konzumem jejich rumu (7 deci 130 korun) nebo doutníků (1 kus 8 korun). Pro zmíněné lidové ceny zůstávám však jen platonickým ctitelem hrdinné Kuby.

SEŠIT ČÍSLO PĚT

Redakce "Událostí" vítá srdečně čtenáře tohoto již třetího sešitu zajímavostí ze salonů, pracovišť, alkoven i pisoárů a ujišťuje je, že se i nadále vynasnaží zachovat si váženou lhostejnost, která je jim prokazována. Jediný možný případ zájemce, ministerstvo vnitra a jeho nenápadné filiálky ve zrušených špeluňcích živnostníků, mocný ochránce čistoty tisku a jeho morálních hodnot, má ve své proslulé bibliotéce v Bartolomějské ulici jeden sešit "Událostí", bohatou žeň z let 1948-51, a chová s dojemnou pietou tento unikát, aby neporušen zůstal zachován příštím generacím.

Při této příležitosti mne napadá staré přísloví, které se trochu zmodernizovalo, takže se dnes říká: "Co nechceš, aby ti jiní činili, dělej ty jim." Už jsem jako dědeček Brázda, pořád jsem ve vzpomínkách. V 51. roce bylo třicáté výročí založení KSČ. Celý Koospol šel oslavit spontánně tuto radostnou událost do Slovanského domu. Řečník se jmenoval soudruh Karban a vypadal jako majitel pouťové střílny. Měl dvě a půl hodinový projev, ve kterém nás tak zaujal, že jsme ani nedutali, a byli bychom ho poslouchali až do rána. (Tak lapidárně se o tom vyjádřil dobrák, který ho přivedl.) No a v té nádherné, populárně podané retrospektivě, ptal se nás soudruh Karban rozechvělým hlasem, bylo-li možno žít za té slavné "demokracie" Masarykovy, když za obyčejný cyklostylovaný leták bylo až patnáct dní arestu?!?! Ve chvíli, kdy pronášel tato patetická slova, bylo za to bráchovi patnáct let!! Jsou to tak věci na tom světě. A když pak takový člověk umře, nad jeho rakví se říká: "Byl to vzácný a čistý člověk, poctivec až do morku kostí!" Člověk je ze všeho někdy takový magor, že už opravdu neví, kde má hlavu a kde má zadek.

*

Ptali se mne:

"Tak co vlastně jsi? Idealista nebo materialista?"

"Vždycky jsem materialista, soudruzi!"

Na jejich tvářích se rozhostil blažený výraz, jako kdyby je Marlène Dietrichová hladila po bříšku.

Zeptal jsem se:

"A můžu se Vás soudruzi něco zeptat?"

"Samozřejmě, soudruhu, od toho jsme tady!"

"Byl Leninovým ideálem komunistický stát?"

"To bezpochyby byl, soudruhu!"

"Tak tedy byl idealista, nemyslíte?"

Zesmutněli a slíbili mi odpověď po konzultaci v poradně marx-leninismu. Čekám na ni dodnes.

*

Bude-li chtít jednou někdo vědět, jak jsme žili, bude nucen při čtení literatury našich dnů černé považovat za bílé a naopak.

*

Je jaro. Nejlépe se to pozná na hřišti, mezi mladými atletkami. Loni ještě děti, dnes už slečny. Je dvojí druh mladých atletek v mém družstvu. Jedny jsou v něm kvůli atletice, druhé pro ozdobu. Nedávno se řady mých atletek rozmnožily o další ozdobu. Říká se jí všeobecně "slečna v červených teplácích". Těžko říci, čím vlastně zneklidňuje všechno mužské osazenstvo hřiště. Má zvláštní krásu, hraničící s ošklivostí. Každým pohybem, ba každým pohledem se kroutí, takže vyvolává neodolatelnou představu soulože. Věc stejně příjemná jako nepříjemná. Na to hřiště to nepatří, nedá se však nic dělat. Je to čára přes rozpočet, dostat takové děvče na hřiště. Nelze k němu přijít se slovy: "Slečno, vy jste příliš sexuelním typem a zneklidňujete nám celé hřiště!" Mohla by plným právem namítnout, má-li si kvůli morálce nechat narůst hrb. Člověk jí ale nejen nic neřekne, ale věnuje se jí víc než ostatním, ačkoliv ví, že z ní do smrti bude atletická nula. Je to holka, která vědomě i nevědomě koketuje i se skokanským stojanem. Zdá se to její přirozeností. Je to k posrání. Buď by člověk musel být slepý, nebo by musel utéct před světem jako svatý Antonín. Neuteče však, přijde na hřiště a je hrozně zklamán, nepřijde-li děvče v červených teplácích. A přijde-li, je opět nespokojen sám se sebou, že od ní nemůže odtrhnout oči. A čím chladněji a věcněji se člověk na ni dívá, tím větší vyvíjí ona aktivitum aby jej zneklidnila.

O těchto věcech se v odborném časopise nepíše, ačkoliv jsou mnohem naléhavější a bezprostřednější, než projev soudruha Hendrycha o tělovýchově na zasedání ÚV KSČ.

*

Nádherná stať z deníku Giovanni Papiniho "Z mé dílny".

Královský anarchista

V minulém století poznal jsem jednoho anarchistu trpasličí postavy, který byl tak zapřisáhlým anarchistou, že jej dokonce i nejaktivnější anarchisté označili nakonec za reakcionáře. Založil proto na vlastní pěst "Amorfismus" (zavržení každé formy), stranu, skládající se pouze z něho samotného, která měla rozmetat jakoukoli stopu společenských svazků.

*

Během jednoho léta oněch dávno minulých let zjistil jsem, že tento "amorfista" chodí jako já denně do národní knihovny a vypisuje cosi z velkých a tlustých knih, které mi připadaly asi tak ze 17. nebo 18. století.

Jednou večer potkal jsem ho při odchodu dole u schodů a nemohl jsem potlačit zvědavost zeptat se ho, jaká bádání v knihovně provádí.

"Objevil jsem," povídá mi, "že pocházím z jednoho polského královského rodu, a shledávám doklady o stáří a vznešenosti naší rodiny."

*

Dopis časopisu "Kultura 1962".

Otiskli jste žertovnou parodii sportovního referátu, která vyvolala souhlas i nevoli. Zasmál jsem se a rozmnožil bych řady těch, kteří řekli "ano", nebýt vnitřního hlasu, který mi říká: "Hochu, počkej trochu!"

Zkoušet únosnost ledu na krasobruslařích zdá se být oprávněné. V srdcích mnohých čtenářek po přečtení článku ledová plocha povážlivě zapraskala. Abych mluvil současným jazykem, naskýtá se však otázka, zdali vše není jen laciný efekt. Buďto se vandruje do všeho, nebo jen občas do něčeho. Jsem přesvědčen o tom, že kdyby si soudruh Šotola dovolil podobným způsobem zavandrovat do něčeho bytelněji organizovaného, nežli je přehršle našich a zahraničních krasobruslařů a nadšená, ale neorganizovaná horda sportovních fandů, že by asi redakce dlouho uvažovala o otisknutí a nakonec by článek autorovi s politováním vrátila pro nedostatek místa. Myslím však, že soudruh Šotola je nejen humorista, ale i realista a že vandruje jen tehdy, když to vyvolá rozruch a je to bez rizika.

Jsem poslední z těch, kterým krasobruslařský šampionát pomátl hlavu jako svého času božský Maurice Chevalier desetitisícům dívek od šestnácti do šedesáti, které s ním po příjezdu do Prahy před nádražím málem převrátily auťák. Děvčátka v národních krojích, předávající krasobruslařským divům a divám upomínkové dary a pugéty a přijímající od nich obligátní polibky, mající snad symbolizovat políbení davu, působící však dojmem hrané srdečnosti, to vše mne popouzelo stejně jako soudruha Šotolu. Navíc i to, když jsem viděl na televizní obrazovce důležitě se točit soudruha horníka z Ostravy v parádní uniformě, který předával Romanovým pozlacený kahan. A když pak soudruh reportér neopomněl tento pohnutlivý výjev doprovodit sáhodlouhým komentářem, vyzdvihujícím nezměrná pracovní úsilí našeho hrdinného ostravského lidu, bylo mně k zblití, jako kdybych pozřel zkažený presvuřt. Velmi jsem litoval, že se nedostavili ve svátečních úborech také horníci, řezníci, kuchaři, písaři, hasiči, duchovní, kotláři, Vltavané a baráčníci. Mohl z toho být překrásný Betlém s kantátou:

> "Nenajdete ve světě
> sýry jako v Madetě"

v zhudebnění Jana Seidla. Propásla se velká příležitost.

Napsal-li soudruh Šotola, že Dijkstrová vypadala jako macek, je to sice pravda, ale na pováženou, má-li se tak ošemetná věc veřejně a adresně publikovat. Když svého času vyšel v Literárkách snímek Drdy, Nezvala a Pablo Nerudy s břichama, jako kdyby každý z nich byl právě pozřel jeden třeboňský rybník, mohl se pod ně při stejně dobré vůli dát titulek: "Jsou to ale macíčkové!" Byla by to také pravda a moc lidí by se řehtalo a jedni by volali: "Hanba!" a druzí: "Jen houšť!"

A proč vám to vlastně píši? Je mi z toho nanic. Z oblbení krasobruslařského publika, z Šotolových slovních piruet, z diskuse okolo nich, krátce ze všeho!

*

Jsem odpůrcem všeobecné charakteristiky míst. Hnusí se mi oficielní vyhlídky i všechna místa pokládaná za sugestivní nebo pohádková. Svatovítský chrám, Karlův most, pražské panorama od Hradčan atd. lezou mi z krku a vyhýbám se jejich zprofanované kráse. Krása musí být objevena, zdůvodněna, vypěstována, nelze ji servírovat s hluchým srdcem. Žena, která se rozplývá blažeností při pohledu na Prahu z hradčanské terasy, je pro mne beznadějnou krávou a ztrácí kouzlo sexuality, byť měla poprsí jako Mae West a uměla kroutit zadkem jako Josefina Bakerová. Historická opona v Národním patří do muzea k vycpané gorile. Betlémskou kapli vystavěnou z bláznivé mánie Zdeňka Nejedlého, bylo by radno zbourat, protože to je monstrum, ba ještě míň: imitace monstra. Také pseudogotickou věžičku za Národním divadlem bylo by na čase hodit do bugálu, jako se to udělalo se sochou Franz Josefa, která byla uvnitř. Nevzhledný a ukoptěný železniční most je mi stokrát milejší, protože má svůj život, oprávnění, atmosféru. Mohl sice už být dávno nahražen vzhlednějším, pohlednějším a především účelnějším, ale i takový, jaký je, včetně pekelného randálu, když po něm přejíždí vlak, a to je takřka bez ustání, je blízký mému srdci, protože není zbytečný.

*

Psal se rok 1910. Potkal jsem muže v nejlepších létech. Nosil cylindr, jezdil v kočáře, byl hejtmanem a těšil jej život. Aby ne! Stál oběma nohama na zemi, měl vzkvétající rodinu a věděl dobře, co chce. Řekl mi: "Mladíku, zbytečně marněj čas! Člověk dneska musí bejt realista. Život? To je vlastně rakouská monarchie, věděj, náš dobrotivej císař František Josef. A nic víc! Jinak se úplně vyřazujou z naší společnosti."

Psal se rok 1920. Potkal jsem muže v nejlepších létech. Nosil buřinku, jezdil v Laurin & Klementu, byl poslancem a těšil jej život. Aby ne! Stál oběma nohama na zemi, měl vzkvétající rodinu a věděl dobře, co chce. Řekl mi: "Bratře, zbytečně marníš čas! Člověk dneska musí být realista. Život? To je vlastně demokratická idea československého státu, víš, volnost, rovnost a bratrství. Krátce TGM. A nic víc! Jinak se úplně vyřazuješ z naší společnosti."

Psal se rok 1930. Potkal jsem muže v nejlepších létech. Nosil velurák, jezdil ve studebakeru, obchodoval en detail en gros a těšil jej život. Aby ne! Stál oběma nohama na zemi, měl vzkvétající rodinu, věděl dobře, co chce. Řekl mi: "Příteli, zbytečně marníte čas! Člověk dneska musí být realista. Život? To je vlastně svobodné podnikání, víte, nabídka - poptávka, ztráta či zisk. Tomáš Baťa. A nic víc! Jinak se úplně vyřazujete z naší společnosti."

Psal se rok 1940. Potkal jsem muže v nejlepších létech. Nosil čepici SS, jezdil v mercedesu, byl treuhänderem a těšil jej život. Aby ne! Stál oběma nohama na zemi, měl vzkvétající rodinu a věděl dobře, co chce. Řekl mi: "Kamerad, zbytečně marníte čas! Člověk dneska musí být realista. Život? To je vlastně nové uspořádání Evropy i světa, víte, národní socialismus, náš milovaný vůdce Adolf Hitler. A nic víc! Jinak se úplně vyřazujete z naší společnosti."

Psal se rok 1950. Potkal jsem muže v nejlepších létech. Nosil placatou čepici, jezdil v Tatraplánu, byl soudcem z lidu, nositelem řádu Klementa Gottwalda a těšil jej život. Aby ne! Stál oběma nohama na zemi, měl vzkvétající rodinu, věděl dobře, co chce. Řekl mi: Soudruhu, zbytečně marníš čas! Člověk dneska musí být realista. Život? To je vlastně nesmrtelné učení marx-leninismu, víš, nerozborná jednota dělnický třídy, generalissimus Stalin. A nic víc!

Vždycky se psal nějaký rok.

*

V bibli stojí, že Bůh stvořil Adama a Evu a řekl jim: "Jděte a množte se!", což oni učinili, protože jinak nebylo by Kleopatry, smradů maďarskejch, Tomáše Bati ani Karla Marxe. Lidé se za svoje výrobní schopnosti čili potenci buď stydí nebo se jimi chlubí. Aby byl život pestřejší a zajímavější, někteří lidé jsou obdařeni mimořádnou potencí a jiní minimální nebo žádnou. Obojí je stejnou hříčkou přírody jako andělská tvář nebo prdelní ksicht. Být domýšlivým na svou potenci není menším nesmyslem než se chlubit vlastní hrbem. A posmívat se impotentům je stejným všiváctvím jako dělat si legraci z hluchoněmých či slepců.

*

V prosinci roku 1945 přiletěl jsem do Bělehradu. Většina oken byla rozbitá, mrazivý vichr mezi Dunajem a Sávou vymetal Teraziji, teplo bylo málokde. V kinu "Luxor" na začátku Balkánské ulice promítali americký velkofilm vyrobený těsně před válkou. Byl vyleštěný jako nová perka. Děj začínal v Honolulu na nádherné zaoceánské lodi, mužští hrdinové chodili v dvouřadových oblecích z bílého koverkotu a ženy byly neuvěřitelně půvabné a krásné, při dialozích hrála tlumeně svádivá hudba a u elegantních barových pultů vedly se duchaplné rozhovory. Zkrátka: erotika - exotika - romantika a dobrodružství. Když se o přestávce rozsvítilo, ukázalo se, že je nabito. Naprostou většinou diváků tvořili úplně rozdrbaní velice živí a zvlčilí chlapci ve věku od deseti do osmnácti let, zřejmě bezprizorní partyzáni. Na chodbě do mne šťouchl jeden z těchto dvanáctiletých hrdinů, až jsem se zapotácel, a místo omluvy nastavil hubu s cigaretou, abych mu připálil, protože viděl, že kouřím. Podle dr. Guth-Jarkovského byla to velká neslušnost a v první chvíli mně to také tak připadalo a málem bych byl dal tomu zvlčilému chlapečkovi pohlavek, vzápětí mne však napadlo, že ani německá armáda, nadto té v šlépějích kráčející Gestapo, ani Ustašovci, ani četníci, ani partyzáni, krátce vůbec nikdo v uplynulých hrozných letech nepostupoval podle zásad společenského katechismu a že by bylo pošetilostí vinit toho chlapce, který podle všeho strávil několik let v lesích a který nemá asi jediného příbuzného, z neznalosti zásad této fajnové knihy. Zapomněl jsem dodat, že mnohým z těchto chlapců chyběla ruka či noha. Když jsem se vracel po přestávce na sedadlo a přede mnou hopsal čtrnáctiletý chlapec o berlích, napadlo mne, že už jsem toho viděl toho dne více než dost a že je vyloučeno dívat se dál na ten vyglancovaný velekýč, jehož autorem byl opěvovaný Ernst Lubitsch. Od roku 1945 uplynulo mezitím sedmnáct let. Scéna z kina "Luxor" na začátku Balkánské ulice zůstala ve mně dodnes trčet bez pointy.

*

V jedné věci musím dát soudruhům úplně zapravdu, a sice v tom, že říkají-li, že jim na politice vůbec nezáleží, vědomě či nevědomky lžou. Bez politiky, odpovídající jejich podnikatelským zájmům, nemohli by jimi vůbec být. Poznal jsem zblízka největší evropské ovocnáře. Byli to bohatí a vážení lidé, dříči, proti kterým jsem si dlouho připadal být naprostým facírem. Neznali takřka nic jiného nežli obchod a kromě spánku věnovali mu veškerý volný čas. Chtít se jim vyrovnat v jejich pracovním fanatismu připadalo mi šílenstvím, a tak jsem mezi nima od první chvíle byl kukaččím vejcem. O většině z nich nedá se říct, že byli lumpové, ačkoliv na druhé straně bylo by stejně absurdním říkat, že byli lidumilové. Byli to nadmíru omezení tahouni, vyžívající se plně ve své napůl burziánské činnosti a plně spokojení vědomím vlastní schopnosti, všeobecné úcty, kterou v svém okruhu prožívali, a existenční jistoty ze stále vzrůstajícího movitého i nemovitého majetku.

Hlavní osoby evropského ovocnářského trustu byly v Německu a v Itálii. Žádná z nich nebyla fanatickým nacistou nebo fašistou, stejně však nikoho z nich ani ve snu nenapadlo byť jen malou chvíli uvažovat o všivárně cechu, jehož se stali stoupenci. Naposledy viděl jsem se s těmi pány na začátku roku 1945 při poslední valné hromadě firmy "Pragofruct", jejímiž byli hlavními společníky. Po bohaté večeři na černo u p. Havla vrátili jsme se všichni do "Pragofructu" na Havlíčkově, za války Senovážném náměstí, protože páni z Mnichova projevili přání vyposlechnout půlnoční rozhlasové zprávy. Nikdy předtím se o podobné věci nestarali, a kdyby některý zaměstnanec místo starostí o nesčetné problémy mezinárodního i tuzemského velkoobchodu byl projevil zájem o politické zprávy, byli by jej považovali za blázna a darmošlapa. Ve zprávách nebylo novinek. Na Německo se to hrnulo ze všech stran, z jihu, východu, i ze západu, a bylo i největšímu trulantu jasné, že už to nemůže dlouho trvat. Jindy pyšní, sebejistí a k obchodním otázkám plně soustředění páni byli tentokrát skromní, nejistí a roztěkaní. Seděli jsme v konferenční místnosti zahalení dýmem holandských doutníků a nad stolem vznášela se jediná napůl plačtivá a napůl zoufalá otázka: "Um Gotteswillen, was kommt jetzt?"

Většina potentátů trustu byla okolo pětapadesáti let. Mně jedinému nebylo ještě třicet a vypadal jsem mezi nimi jako syn v kruhu ustaraných rodičů. Nevím, co mne to napadlo, že jsem se jich pojednou zeptal, co jiného si představovali nežli tohle. Zůstali chvíli strnulí, jako by nevěřili svým uším. Využil jsem ticha velmožných mužů a krátce jsem jim řekl, co si myslím o nacismu, o fašismu i o jejich pramálo důstojném postavení pomahačů. Byla to pro ně nesmírná urážka, proti které se sborem pozdvihli. Vypadalo to se mnou bledě. Vynadali mi zrádců, bolševiků, drzounů a nactiutrhačů. Nyní jsem opět mlčel já. Jeden z nich, vedoucí podniku v Drážďanech, imponující nesmírným klidem a rozvážností, odpověděl však za mne: "Aber meine Herren! Tady vám člověk po strašně dlouhé době řekne konečně pravdivé slovo a vy se můžete zbláznit!"

*

Jsou věci, o kterých slušní lidé nemluví. Proč? Záleží na důležitosti, naléhavosti, na tzv. slušnost se kašle. Dnes v tramvaji jsem si řekl, že ta zastaralá a proskribovaná pouliční doprava je přece k něčemu dobrá. Lze v ní někdy hrát kolenový biliár s hezkou ženou či dívkou, něco, k čemu bychom se jinak třeba vůbec nedostali. Slušní lidé se v této chvíli rozčílí. Takové sviňáctví! Jak se to vezme. Naprosto mi to něčím podobným nepřipadá. Naopak, něčím velice kouzelným a naprosto přirozeným. Dotkneli se člověk kolenem kolena ženy, pozná okamžitě, působí-li jí to potěšení nebo nevoli. Komu to není příjemné, toho se už nedotkneme. Nejméně polovině to však nepříjemné není. A zde, beze slov, bez představování, bez krámu konvencí, pravidel a zvyků, bez balastu duševních boulí navazujeme přímý kontakt, pohybující se na hranici blaženosti a nečinící si nárok na přísahy, závazky a penze. Nikoliv každá žena, tím méně opačně samozřejmě muž, dokáží učinit z tého hry záležitost. Je k tomu zapotřebí jemnosti i temperamentu, cudnosti i smyslnosti, mnoha snů i veliké skepse, smyslu pro zázrak nečekané chvíle, vkusu, zkušenosti, talentu, krátce mnoha věcí, které v potřebné směsi jsou pouze v nemnoha lidech. Mohla by se o tom napsat nádherná báseň zrcadlící závratnou rozkoš, a přesto neurážející tupou počestnost čtenářů. Dalo by se na tom vydělat i proslavit se.

*

Vysoké nad Jizerou. Otcovo rodiště. Zde, uprostřed léta, v lenivé ospalosti odpoledne, ať jsem se podíval kamkoliv, ale především po silnici k Semilům vroubené řídkou alejí stromů, po které 2x denně projížděl kodrcavý autobus a kde opuštěna za městem stála osiřele moderní budova nemocnice, zde, protože neustále nemůžeme být spolu a odpoledne se líně vleče a lidí je zde pramálo, totiž jako by vůbec nebyli, zatímco vysocké krámy s opojnou vůní čerstvě pečených koláčů byly tiché, poznal jsem poprvé, že nás nic nezachrání a rozejdeme se, jako se dosud rozešli všichni do posledního, a staré oči, zde jako kdyby už oči šestiletých zrcadlily věky, neřeknou nic, ale jako by říkaly, že je to divné s těmi letními odpoledny, věčně opuštěnou silnicí k Semilům, řídkou alejí, sirotnou nemocnicí i s rozchody, a pak že není člověk než kusem papíru, který leží, který vítr zdvihne, odnese kus cesty a položí, na který prší ve dne a v dlouhých nocích.

*

Nakonec člověku nezbývá než pero a čtvrtka papíru. A i pero nakonec vypadne z ruky. Jedna cigareta bude určitě poslední a třeba ji nedokouřím.

*

Sešli jsme se se Zdeňkem v jedné vinohradské restauraci. Nerad sedím u jednoho stolu s cizími lidmi. Každé pronesené slovo stává se nestydatě veřejným. U malého stolku s námi seděl muž se ženou. Těžko říct, snad manželé, snad avantýra, ačkoliv byli už k šedesáti. Pořád se bavili. On jí s důležitostí vyprávěl něco o knihách přání a stížností a ona ho krmila obdobnými kravinami. Hovořili o tom s živostí jako kdyby od toho závisel běh světa. Nebylo bohužel možné přeslechnout jejich dialog. Neměli si vůbec co říct. Proto zoufale hovořili o knihách přání a stížností. Mlčet nedokázali.

*

Na vrátnici našeho hřiště vyslechl jsem nechtěně telefonický rozhovor vrátné, pětačtyřicátnice s ordinérním útočným ksichtem:

“Co říkáte? Langhans že umřel? A kolik mu bylo prosímvás let? Pětačtyřicet? A že mají devítiletýho kluka? No řekněte, není to nezodpovědnost, když tak starej člověk má ještě malý děti!?”

*

Jednou objeví, že jsem byl jediným skutečným spisovatelem ve své době. Vím to už dnes, jediný člověk to však netuší. Být spisovatelem je nesmírně těžké. Ve Svazu nejsou spisovatelé, ale flundry.

*

Žít Modigliani v Nelahozevsi, neměly by jeho obrazy cenu upotřebených barev a pomalovaného plátna. V Londýně, Paříži a New Yorku mají cenu zlata.

*

V sobotu a v neděli jsem shlédl dvě nádherná veseloherní představení. Úplné funusy. To první v Paravanu, druhé v Semaforu, ač jsou to dvě scény mladých, provozujících, jak se dnes říká, divadlo nového typu. Úplný podvod na návštěvnících, samozřejmě. V Paravanu, umístěném v malém a dusném sklepě v Louvru, dělali si legraci z Franz Josefa, v Semaforu zase školili chuligány. Praha se baví. Totiž chtěla by se bavit, a místo toho se nudí. Podle všeho tvrdošíjně a zatvrzele, protože jinak by podvodníci a hochštapleři z Paravanu a Semaforu byli už dávno zavřeli svůj krám.

*

Šel jsem po ulici a potkal jsem skupinu docela malých školáků. Když jsem je míjel, řekl mi jeden, který vypadal nejčilejší a nejkurážnější: "Dobrý den!" Říkám si: "Vida, a pak ať někdo řekne, že mládež v socialismu je neuctivá. Takhle vychovaní nebyli ani za Rakouska!" Sotva však ujdu pár kroků, slyším za sebou posměšně: "Dědečku!" Obrátím se, kolem není živé duše, jen řehtající se dětská společnost. Ptám se: "Komu to říkáš?" Šestiletá naděje socialismu posměšně křičí: "Vám!" Vrátím se, dám mu pohlavek a on začne řvát: "Ty chuligáne!"

*

Blaze těm, kteří dovedou s radostnou bezstarostností, jdou-li se ženou, do které jsou zamilováni, bavit ji a žvatlat o čemkoliv. Tenhle pocit nezažil jsem nikdy v životě.

*

Miloval jsem Tě. Samozřejmě a od chvíle, kdy jsem Tě poprvé spatřil. Nikdy jsem Ti to neřekl. Styděl jsem se za svou lásku, protože Ty jsi mne nemilovala. Láska byla pro mne celý život velkým břemenem a problémem. Ubírala se podivnými a neobvyklými cestami. Miloval jsem vždy bez odezvy a každá láska byla pro mne smutná jako smrt. Začal jsem umírat, sotva jsem začal milovat, a to bylo velmi brzo, už v deseti létech. Láska střídala lásku, ale všechny si byly podobné jako vejce vejci, i láska k Tobě, má poslední. Bylo by lépe nemluvit o tom. Co říci o jednostranných nepovedených láskách, než: Nech toho! Žít bez lásky je však hrozný úděl. Celý svět se miluje a rozčarovává. Ale miluje se! Já se jen rozčarovával. Nebylo na světě člověka, který by mi byl mohl pomoci, a o soucit jsem nikdy nestál. Věřil jsem v Boha, protože v lidi jsem věřit nedokázal. Připadali mi všichni příliš hloupí, vratcí, zaslepení a omezení, abych věřil, že je možné se na ně spolehnout. Přemýšlel jsem mnoho o nesmírné pomíjejícnosti všeho živoucího a nikdy jsem se necítil v životě doma, ale na návštěvě. Měl jsem velice hloupou tvář a mnoho lidí mi to ve své neomalenosti neopomnělo připomenout. Poznal jsem v životě pramálo ohleduplnosti člověka k člověku, částečně pro lidskou zabedněnost, částečně pro únavu, částečně pro necitelnost. Snažil jsem se nebýt jedním z nich, zranil jsem ale beztak jistě sám mnoho lidí. Měl jsem pronikavější pohled nežli většina lidí, viděl jsem i to, co oni nevidí, a to mne od nich odhánělo. Měl jsem si s nimi mnoho co říct, ale jen chvíli, potom jsem musel pryč, většinou do své samoty, protože mé nervy už nesnesly jejich přítomnost.

Nepsal jsem nikdy ze záliby, ale z nutnosti. Psaní, byť tak hrozně nedokonalé, bylo jedním z mála životních projevů, který jsem pro sebe pokládal za nezbytný. Byla to marná snaha po tom, domluvit se.

*

Umění. To je hrozně špatný výraz, postavený pro dorozumění se blbců.

*

Napsal jsem dvě knihy o lehké atletice. Ani jedna z nich není dobrá. Napsal jsem je tak, jak se o věci píše, nikoliv jak se dívám na sport. Takovou knihu by mi však nikdy nevydali. Nemám proto vůbec na co být pyšný. Abych mohl knihy vydat, musel jsem slézt na úroveň blbců.

*

Existuje ještě výraz výtvarné umění? Ovšem. Dokladem toho je kresba mé šestileté neteře Heleny: Námět? *"Anděl se kouká na lida!"*

Nechodí ještě zaplať Pán Bůh do školy. Až jí ukážou Alše, Švabinského a podobné natěrače a namluví jí, že jedině toto jsou malíři a mistři, zastydí se za své mazanice a začne kreslit a malovat jako tito packalové a bude konec s její malířskou upřímností.

*

Seděli jsme se Zdeňkem v malé vinárně pod podloubím na Staroměstském náměstí. Byla to jedna z oněch tichých staromódních vináren s kanapátky, potaženými červeným plyšem, kde sedával Viktor Dyk a kam vzdáleně zaznívaly hodiny staroměstského orloje. Nyní sem chodí míchaná společnost jako do jídelny při spartakiádě, amplión chrlí odrhovačky z rozhlasu po drátě, 80 % jídelního lístku je již v 7 večer přeškrtáno a vrchní i číšníci jsou nervózní a nevrlí, jako by trpěli hemeroidy nebo žaludečními vředy. Všechna útulnost a intimita zmizely. Biftek à la carte napadlo si dát před válkou leda bankovního ředitele. Dnes si ho dá každý metař s celou rodinou. Je jim ze srdce přán, proč by neměl bankovní ředitel jíst syrečky a metař bifteky? Jenomže biftek není ani demokracie, ani komunismus. Statistiky říkají, že přibýváme na váze a že lidský věk se prodloužil a že je v Československu o 823% víc ledniček než před válkou. Lidé jsou však stejně tupí, blbí a bezohlední, což samozřejmě státní plánovací úřad nezaregistrovává. Nevěřím, že až každý kanálpucr bude mít vysokou školu a až se bude snídat kaviár se šampaňským, bude to lepší s lidskou duší. Jakákoliv skromnost je dnes k smíchu. Lidé jsou oblbeni frázemi jako: "Více vyrábět, lépe žít!" Dřív byla bažením po zbytečnostech postižena hrstka blbců. Dnes celý národ. Co, vy ještě nemáte byt potažený siloplexem? No řeknu vám, něco báječnýho!

*

Jeden svěřenec řekl mi po závodě, který prohrál:

"Dělal jsem, co jsem mohl."

Odpověděl jsem mu:

"Teprve tehdy z Tebe bude opravdu běžec, až uděláš i co nemůžeš!"

Výjimečnost v každém oboru lidské činnosti je vždy za hranicí pochopitelna.

*

Neexistuje výuka jak se stát vynikajícím ani v umění, ani ve sportu. Nanejvýš se ví, co se nesmí dělat, aby se stal někdo vynikajícím. Démon geniálnosti vysmívá se lidskému pachtění po jeho dosažení.

*

Touha po ženě, po jejím obejmutí, po jejím svléknutí, po milostné hře s ní je jednou z nejšalebnějších věcí, jaké si lze představit. Dojde-li k tomu jen jednou, cítíme prázdnotu a neodolatelnou touhu pokračovat. Pokračujeme-li, touha se mění ve zvyk, opadává a nakonec se úplně ztratí. Měnit neustále sexuelní partnerky vede k požívačnosti a duševní prázdnotě. Manželská věrnost znamená zase definitivní rozloučení se s touhou.

*

Peněz mám málo a stejně nepatrně zdravého rozumu. To je sice stará známá písnička o mně, ale je třeba říci o ní něco bližšího.

Dnes jsem šel z nemocniční prohlídky. Trápí mne konečník a nervózní jsem jako kanár s vývrtkou v prdeli. Na zpáteční cestě jsem se zastavil na štamprle, později na dvou. Ihned na Karláku v zaplivaném šenku na becherovce a potom kus dál v exkluzívním "Labužníkovi". V Jungmannce na ruském pětihvězdičkovém koňaku. Výčepník byl starý elegantní muž, tak jsme si vyměnili povzdech, že před válkou stál martell 60 korun, tedy necelých 5 korun štamprle, a že už nikdo nedovede dát pravou i levou takovou bombu jako slávistický kanonýr, nebožtík Franci Svoboda. Zakončili jsme konstatováním, že letošní jaro stojí za hovno, včetně těch front na základní živiny.

Pokračoval jsem v cestě Jungmannkou a on mezitím se asi dal do řeči s jiným štamgastem o tom, že všeobecná životní úroveň se bezpochyby zlepšila a že si nikdo nepřeje, aby nás zase obsadili Němci. Šel jsem kolem hochštaplerského obchodu s roztomilými nicůtkami a líbil se mi monofilový průsvitný šátek, stojící pouhých 25 korun. Protože jsem včera dostal své trenérské požitky, t.j. 180 korun za právě uplynulý měsíc, nenapadlo mne nic lepšího, než že bych mohl udělat Martě radost.

Vejdu do toho krámu, vonícího elegancí a tichem, a přišla mne obsloužit blond milostpaní vybraného chování a vzhledu. Na můj dotaz po šátcích předložila přede mne asi tucet v krásných barvách, každý jiný, a kulantně se mne ptala, k jakému plášti to má být doplněk, přičemž mne taktně vyvedla z nevkusu, že k modrému pršáku hodí se modrý šátek, a vybrala rozkošně růžový, přičemž mě napadlo, že ženské módě přece jen rozumí lépe než já. Ve vitrínce spatřil jsem hezké bělozelené rukavičky z jemné kůže. Stály jen 30 korun, vzal jsem i ty. A potom jsem tam uviděl i velmi vkusné a roztomilé portmonky, co kus, to originál, jaký se nikde jinde neprodává. Koupil jsem tedy ještě nádhernou šmolkově modrou portmonku ve formě psaníčka, milostpaní ze všeho na můj pokyn strhala ceny, zabalila vše vkusně do hedvábného papíru, zaplatil jsem 149 korun a poroučel jsem se z krámu. Připadal jsem si jako uhelný baron. Uvažoval jsem o tom, zalesknou-li se sedmnáctileté Martě radostí oči, až spatří ty hezoučké voloviny. Rozhodně spíš, než kdybych jí napsal báseň, a i kdyby byla nakrásně dobrá jako od Máchy, jako že by nebyla. Šátek, portmonku i rukavičky jí budou závidět spolužačky na boleslavské dvanáctiletce, protože by je nikde nesehnaly a nikdo by jim je nedal. K tomu musí být člověk pitomec, jako jsem já, pro kterého šťastný záblesk v očích sedmnáctiletého děvčete je důležitější než vážně porušená finanční rovnováha. Ačkoliv jsem zestárl, nezmoudřel jsem. Mohlo by se dokonce říct, že jsem ještě blbější, než jsem býval, protože dříve se každý střízlivě uvažující mohl domnívat, že se nakonec ožením. Teď by mne leda podezíral, že mám s Martou nekalé úmysly. S tou kalností úmyslů to není zdaleka tak jednoduché.

Marta se mi samozřejmě líbí. Líbí se mi moc. Kdo se mi nelíbí, nezaplatím za něho ani bramborovou polívku. Marta za nic nemůže, ani já. Přitahuje mne a já jsem si to nevymyslel. Je to fakt, který mne stejně těší jako děsí. Protože ze všech mých faktů s výjimkou Berty a Margot nic nebylo, nebude nic ani z tohoto faktu, nehledě k tomu, že věkové rozpětí mých faktů se povážlivě zvětšuje. Martě je sedmnáct a mně pětačtyřicet. Kdybych byl ministrem a ona užívánílačnou sekretářkou, mohlo by z toho něco být, ale já nebudu nikdy ministrem a ona je velice střízlivým tvorem, který si nepotrpí na bláznivé avantýry. Je to jen moje osamocená hra, o které Marta nemá ani tušení. Tak tomu ostatně bylo v celém mém životě, že jsem si hrál a nenalezl jsem ke hře partnera. Lidé si nedovedou a nakonec ani nechtějí hrát. Chtějí poslouchat a vytvořit si rodinnou iluzi stability. Marta si vezme nějakého pitomce s pořádnou potencí a průměrnou existencí. Až ji přejde pel mládí a oči ztratí lesk, bude z ní kachna. Nemohu jí v tom pomoct a ona by ani nechtěla. Její duše není nádherná jako její stehna. Moje stehna nikdy nikomu neimponovala, Martina každému, mne nevyjímaje. Kromě toho má také pěkné zabarvení hlasu a moc milý úsměv. To je všechno, co se o ní dá říct. Všechny ty tři věci jsou velmi hledané a v jejich jménu se odpustí nespočetně jiných nedostatků. Mohlo by se říct, že to věčně nepotrvá. Totéž lze ale říci i o duši. Jak často bych vyměnil to duševní království za uhlířské štěstí! Tyto myšlenky jsou však nesmyslem a marností. Nejsme na koňském trhu. Nic nelze vyhandlovat. Básnické schopnosti jsou ostatně mnohem méně v kursu nežli krásná stehna. A ty Marta má, a proto jsem jí koupil rukavičky, portmonku a šáteček. Nikdy si to neuvědomí, zaplať Pán Bůh, protože jí to nikdy neřeknu, protože se nechci dělat ještě směšnějším než jsem.

*

Časopis "Kultura 1962" oznamuje vydání nových knih s následujícími sosy: "Snad právě proto dovede o hrdinech vyprávět tak prostě: *život a smrt, radost i tragédie, všechno je u ní v naprosto přirozených polohách.* Kniha črt, povídek a fejetonů o partyzánech je optimistická, *jejím vzácným rysem je humor, jímž jsou kořeněny zážitky a příběhy* z partyzánského života."

"Do této skladby shrnul Hrubín všechno své zralé mistrovství, citové bohatství a zralou životní filosofii, aby na pozadí prastaré konfrontace lásky a smrti vyzpíval nový zpěv lásky k životu."

Člověka, který píše takto o knihách, poslal bych doživotně k lopatě. Horší inzertní zmetky nelze si vůbec představit.

*

Má krásně modulovaný hlas a velice drahou mně dikci. Zvuk jejího hlasu mne přivádí do nadšení bez ohledu na to, co mluví. Z její dikce nejvíce výrok, který pronáší s klidem a bez nejmenšího studu: "Nejraději bych se na to vyprdla!" Právě proto, že tento výrok by nikdo nečekal s takovou samozřejmostí pronést půvabnou sedmnáctiletou dívkou.

*

Je to naléhavé. Proto béřu pero do ruky. Málokdy mám chuť do psaní. Většinu času váží pro mne pero metrák. Nejsem stvořen k tomu, abych bavil nebo poučoval lidi. Jsem nejnezábavnějším a nejpitomnějším člověkem pod sluncem. I tu pitomost mi však lidé závidí a snaží se, seč mohou, aby mne přetrumfli. Protože i já mám v podstatě soutěživou povahu, předstihujeme se v blbosti. Tak třeba v pětačtyřiceti jsem se zamiloval do sedmnáctileté. Něco stejně případného, jako když kmet začne hrát kuličky. Ono je dost lidí, kteří by mne následovali, ale vadí jim v tom střízlivost. Bojí se výsměchu dívky, rozhořčení společnosti, blamáže, výloh a spousty jiných věcí. Také poznámky v kádrovém dotazníku. Protože jsem od malička prohrál kdejakou bitvu, ztratil jsem strach z porážky. Fakt, že prohraji, je pro mne tak samozřejmý, jako den a noc. Stane-li se, že občas dosáhnu Pyrrhova vítězství, ačkoliv jsem zřízen jako po kohoutím zápase, mám v duši slastný pocit nečekaného vítězství. Kdybych měl hlavu jako Gagarin, zanechal bych marností a zbytečností a snažil se dostat v raketové konzervě na měsíc. Mne, žel, podobné zábavy nikdy nelákaly. Zajímá mne, co se děje v lidských duších, nikoliv v hvězdném prostoru.

Jsem současně hloupý jak puntštok a chytrý jako pes Voříšek. Ze všeho nejvíce zajímal jsem se vždycky sám o sebe. Ostatní dělají sice totéž, ale nikdy by to nepřipustili. Na jídlo si sice nepotrpím, ale na duševní stavy. Je to skoro jedno a totéž. Udělám-li Martě radost a spatřím za to její šťastnou tvář, je mi blaze jako gourmandovi, když před něho předloží ledvinky na madeiře. Z toho se ovšem nesmí usuzovat, že jsem altruista; mnohem spíš požitkář. Kdybych byl prověřený spisovatel nebo ližprdelský novinář, uvažoval bych teď o pointě. Kdybych nemohl na nic přijít, sáhl bych do bohaté klenotnice frází, které jsou t.č. ještě v oběhu. Třeba: "Každý kousek práce navíc - představuje větší chleba krajíc!" Nebo: "Se Sovětským svazem na věčné časy a ne jinak!" Protože se ale moje Události budou číst ještě dávno po tom, až po těhle frázích nezbude ani mastnej flek, mohu je klidně opomenout, aby vydavatelé za sto let nemuseli zaneřáďovat moje knihy pitomými vysvětlivkami politické frazeologie. Co dnes s hesly: "Náš zákazník - náš pán!" nebo: "Na pumpy jsou Sigmundi!"

Jsou lidé, kteří se nehodí k ničemu na světě. Z těch se vždy rekrutují výrobci frází. Protože se štítí práce a v jejich hlavě se nezrodí živé slovo, dští ze sebe mrtvá slova - fráze a snaží se jimi zamořit svět. - Snáším to jedině na poutích a musí k tomu hrát orchestrion "Lucii Lamermoor". Proč jsou dnes v úpadku poutě? Protože pouťoví kanóni sedí dnes v parlamentě a ministerstvech. Mořskou pannu, habešskou studni, bleší divadlo či jízdu smrti zaměnili za řízení socialistické společnosti a výchovu socialistického člověka. Ono to přece jen jinak zní poslanec než boudař, ačkoliv je to de facto to samé.

*

Nudí-li se někdo, nebo má-li spleen, či je nespokojen, že se mu nic nedaří, nechť si zajde do kterékoliv nemocnice, projde několik libovolných pavilónů a nahlédne do pokojů s pacienty. Není-li zcela beznadějný ťulpas, moc rychle ho to přejde.

*

Mirek je můj svěřenec. Mnohému to bude podivný pojem. Obzvláště kdyby nás viděl ve skutečnosti. Jemu je 41 a mně 46. Před dvaceti léty jsem ho trénoval v běžeckém umění. Byl mým svěřencem a já jeho trenérem. Už ho netrénuji, ale mým svěřencem zůstal. Bydlíme dokonce spolu, to znamená, že on bydlí u mne, když po manželských i nemanželských odyssejích neměl, kde by hlavu složil.

Vzal si jedinou dceru největšího dejvického řezníka. Zdali to byla láska, nevím, ale partie to byla. Jenom na taxíky dal prý tchán jeho otci deset tisícovek, a když se potom mladý v nevůli rozešli, bylo z toho moc řečí, že si Mirkův otec polovičku ulil pro sebe a nic nevyúčtoval. Mirkův otec je starej železničář, a tak mu řekl, aby si políbil prdel, což bylo v tom případě obstojným argumentem.

Mirek je synem manuelně pracujícího železničáře. Vychodil gymnasium, pak pedagogickou fakultu a stal se odborným tělovýchovným asistentem. Kromě toho byl čsl. rekordmanem v běhu hladkém na 200 m a dostal dekret, že je mistrem sportu. To byly jeho trumfy. Jeho handicapem, stejně jako celé rodiny, bylo, že nikdy nesmrděli šestákem. Byli na svou chudobu sice hrdí, ale koukali dostat se k lepšímu bydlu.

Rodina jeho nastávající smrděla sice šestákem na sto honů, v jejích análech nebylo však možno kromě mohovitosti ničím se honosit. Je sice pravda, že shromažďování majetku zasvětili celý svůj život, ale koho by to neznervózňovalo, když se konečně domůže blahobytu, slyší-li okolo sebe samé: "To víte, nakeťasili si!" Tak jako Mirkovi rodiče chtěli, aby jejich chudobný synek udělal bohatou partii, tak si zase rodiče jeho mohovité nastávající hleděli toho, aby si vzala někoho lepšího, třeba ředitele, profesora nebo něco vyššího od uniformy.

Když Mirek začal docházet do rodiny, hostili ho jako afgánského velvyslance. Věčně byly debužíruňky, které chudému nymburskému rodáku připadaly jako věk blaženosti. Naopak rodině dejvického řezníka a uzenáře byly návštěvy slavného sportovce a pana profesora v jedné osobě dlouho marně očekávanou ozdobou jejich blahobytného, leč příliš prozaického života. Staré české přísloví praví:

"Když se ruka k ruce vine,
tak se dílo podaří!"

Škoda, že tenhle rozkošný románek lásky nebyl zfilmován a neskončil šťastným úsměvem v kostele nebo na svatební fotografii. Byl-li začátek mile starosvětský, jakoby vystřižen podle idyly Ignáta Hermanna, konec byl zase moderně dramatický, jakoby inspirovaný Emilem Zolou.

Zprvu si žil náš chudý venkovský chlapec, který se povznesl, jako Šukri Paša. Usídlili se v krásném bytě s šatnou a halou uprostřed Vinohrad, v salónu měli samé Mánesy, Úprky a Vacátkovy koňské zadky (kus bráchovi za pěkných pár desetitisícovek), jídelnu s benátským lustrem, že by se za ni nemusel stydět americký velvyslanec, Mirek byl na vrcholu sportovní slávy, jeho ženuška včetně papínka a matinky se v ní slunili, zplodili dcerku jako obrázek, radost pohledět, no zkrátka mladá, šťastná rodina, jaká má být. Když si v neděli vyšli, každý se za nimi ohlédl. On fešák, ona mondénní, děcko jako z alabastru a k tomu šťastný pár prošedivělých babiček a dědečků. Má tak někdo štěstí. Byl to ale vykuk, ten Mirek. Furt jako když neumí do pěti počítat, a nejednou udělá takovej zátah! A co vona? Fádní dcera obyčejného řezníka a keťase, a von si ji vezme vysokoškolskej profesor! Zlolajné huby jsou ale všude a nepřejí nikomu trošku štěstí a rodinnýho tepla.

Mirek byl spokojenej, že je zavopatřenej, a vona byla spokojená, že je spoluslavná. Jenomže život nejsou vdavky Nanynky Kulichovy. Mirek začínal stárnout. Ve sportu jsi v pětatřiceti létech dědkem a výsledky ti dávají neklamně najevo, že je nanejvýš na čase, aby ses odsunul. Z Mirka se stal trenér.

Vybral si vysokého Slováka, asi osmnáctiletého kluka s vysedlou bradou, tupým pohledem a zdrápaným obličejem, který měl takové legrační jméno. Jmenoval se totiž Pokoj. A toho Pokoje začal trénovat. A protože podle lehkoatletických příuček má být atlet a jeho trenér jedna duše a jedno tělo, začal ho Mirek vodit k sobě domů do rodiny. A protože ta Mirkova se už začínala v manželství nudit a bylo jí přes třicet a mínila ještě v životě něco užít a protože ten Pokoj byl kvítko z čertovy zahrádky a Mirek začínal pohodlnět a přibírat na váze, tak ti dva se sčuchli a začali to spolu patlat, jak se říká na Žižkově a dnes už ostatně všude.

Asi rok vedli spolu tu hříšnou lásku, ale tak dlouho se chodí s džbánem atd. Za chvíli jim otrnulo a začali si dovolovat, co by se ze začátku vůbec nebyli odvážili. Tak to tedy prdlo, nebo spisovněji: Mirkovi bylo sejmuto bělmo.

Přinesl mi jednou tu novinu se stejným překvapením, jako kdyby u nás přistáli Marťané. Nevím, jakou duševní útěchu ode mne očekával, já mu však řekl: "Co chceš, když jsi se oženil s tlačenkou!" (To mi dodnes nemůže zapomenout.)

DRUHÁ STRANA SEŠITU

REKVIEM PRO VÁCLAVA BARTOVSKÉHO

Nikdy jsem nevěděl
co jsou varhany
jejichž zvuk zalézá do závitů barokních sloupů
ve venkovských kostelích
když podzimní slunce
cech slunce
mlhou se dere do chrámové lodi
plné bezzubých stařenek v šátcích
nikdy jsem nevěděl
a proto jsme byli přáteli
nadutě cenil jste neúmyslnou nevědomost
nové poznání světa
odtud vaše plátna
vonící fermeží a úzkým ateliérem v Kodaňské
říkali tomu surrealismus
expresionismus a civilismus
samá planá slova
vůči obrazům
plných božsky nevědomého srdce
nemohu psát básně
pro svaz básníků
lidové týdeníky
ani pro svaz přátel močení
však víte

pro mne jste stále
vy jste já nejsem
jednou nebudeme
a přesto budeme znova
a přijde mladý malíř
a mladý básník
a řekne
naši bratři
kteří zemřeli před nesčetně léty
cožpak jsme my bratrů
nikoliv podle matrik
ale dle srdcí neměli dost
nebyl snad Cezanne náš bratr
a Seurat Navrátil Purkyně
Wlaminck a další
k čemu je jmenovat
muži byli stejně četní
básníci
je takové ticho
že by si je génius nevymyslil
již nikdy nepotkám
vaši usměvavou tvář
váš bezvadný klobouček
a vzorně vyžehlenou košili
to všechno jsou důležitě nedůležité detaily
pro mne co se týkalo vás
bylo všechno významné
možná že barva kravaty
nebo sen určuje spíše náš život
než všechno ostatní
není zdánlivě nedůležitých momentů bytí
proč bychom jinak
ve všedních dnech
byli spolu stoupali do kopců nad Smíchovem

teď ztichly venkovské varhany
v kuželích slunce
padajících do chrámové lodi
nese se šepot bezzubých věřících
každý musí věřit
i největší bezvěrec věří
ale hlouposti
pochopitelnému nesmyslu
nikdy jsme se nedomluvili o víře
vy jste věřil v život
já v život ve vesmíru
snad jsme nebyli daleko od sebe
a znovu tiše a nesměle
zazněly varhany
nejde o hraní varhan
jde o Boha
Bůh je a my nejsme
my jsme
abychom se dozvěděli že je Bůh
a abychom tuto velikou a hlavní
hádanku
vedle obrazů a básní
naplnili skutkem
byly dny a my měli pocit
že je jich nekonečně
kdy jsme měli důvěru v život
v umění
i ve vlastní síly
kdy jsme věřili
že namalujeme všechna plátna
a napíšeme všechny básně
které mají být stvořeny
ještě trochu málo
vy i já

jsme si odpočinuli
ještě jsme sbírali síly
k rozhodnému odrazu
dny byly nepopsatelně krásné
i v šedivosti zadních traktů domů
v okně vašeho úzkého ateliéru
a potom jsme dělali něco úplně jiného
nežli nač jsme si připravovali odraz
co bylo
nemohli jsme už udělat
a co bude
to je bláznivé létání
které jednou někomu přijde k dobru
někomu zcela neznámému
který nám ani mlčky nestiskne ruku
semeno rozprsklé do světa
nikoliv do rodiny
z našich setkání zbyla jen drť
slov myšlenek a přání a skutek

*

Nakonec je jedno, z kterého bodu začít. Všechno je důležité i nedůležité, to co pro jednoho je nudou a hloupostí, může být pro jiného nadmíru zajímavým a důležitým.

Vzpomínám si na slunné dny, záhony v plzeňských parcích a kodrcání jednokolejové plzeňské tramvaje, čekající na výhybkách na protijedoucí vůz. Kolik bylo poezie ve slunných všedních dnech, kdy se térovala ulice, jak opojně voněl dehet a jak majestátně vypadal rozžhavený parní válec. Jak nádherně voněly trafiky a obchod delikatesním zbožím a papírnictví. Jak všechno bylo krásné hltat a objevovat vlastními lačnými smysly.

Jednou jsme dostali pomeranč, vonící jihem. Vypadal

jako oranžové jablko a já si jej dávno předtím představoval jako placku potřenou ambrózií. Nikdo mne k tomu samozřejmě neponoukal, abych si vytvořil tak nesmyslnou představu.

Na žádné hádky si nepamatuji, ty začaly mnohem později, jenom na to, že maminka musela jednou měsíčně drhnout schody, v pátek a potom natírat bílou hlinkou. Sotva se natřely, byly špinavé až hrůza. Na našem dvoře byla schránka na dopisy a ulice se jmenovala Plachého. Nikdy jsem se nedozvěděl, kdo to byl, po kom nazvali tu naši krátkou ulici, končící u zdi Škodových závodů. Plzeň, to byly ostatně Škodovy závody, Měšťanský pivovar, Měšťanská beseda, divadlo, synagoga, kasárna pátého pěšího pluku, pivnice u Salcmanů, věznice na Borech, hřiště SK Plzeň a Olympie Plzeň a Viktorie Plzeň, parky, Lochotín, Škvrňany a koupaliště...

(nedopsáno)

SEŠIT ČÍSLO ŠEST

Události! Co jsou vlastně události? Pro toho, kdo nebyl několik dnů na straně, je událostí, když se vyprázdní, a každému to s jarou myslí vypravuje. Pro toho, kdo zplodil potomka, je událostí, když jeho abléger začíná říkat: Táta. Pro další, koupí-li si Spartaka nebo televizi, pro jiné, že se jim podařilo ve stometrové frontě získat půl kila hovězího nebo dokonce brzlík.

Neosobní události jako kdyby pro většinu lidí vůbec neexistovaly. Za tohoto stavu není s lidmi takřka o čem mluvit.

Chodím denně na lehkoatletické hřiště. Mluvit 35 let na hřišti pouze o atletice začíná mne už upřímně nudit. Je bezpodmínečně třeba rozšířit sortiment rozhovoru, nemá-li klesnout na úroveň pouhého hýkání. K tomu je ale nutno roztáhnout trochu duši. Uvědomit si, že je třeba vyjít občas ze sebe samého, je třeba pózovat, číst, naslouchat, přemýšlet a uvažovat. Žasnu, jak málo lidí je toho schopno. Jsem šťasten, setkám-li se s takovým člověkem jakéhokoliv pohlaví, vzdělání i věku, a jsem velice nešťasten, nepotkám-li delší dobu nikoho takového.

S čtrnáctiletou Alenou nebo devatenáctiletou Evelyn mám si toho mnoho co vyprávět. Se sedmnáctiletou Martou je to již horší. Má překrásné tělo a milý úsměv, ale zasutou duši, která se jen občas trochu poodhalí a jinak zůstává v netečnosti nebo nedůvěřivém odstupu.

Magda, které je devatenáct, je sdílná, ale oním bědným způsobem sdílnosti, který člověku připadá, jako kdyby na něho vylila kýbl svých krejcarových osobních radostí či strastí. Nic jiného ji nezajímá a ke všemu ostatnímu zůstává netečná a tupá. Nedovedu si představit utrpení mít takovou povahu neustále okolo sebe. Naprostá katastrofa musí nastat, překlene-li sexuelní přitažlivost dočasně duševní propast dvou lidí a vstoupí-li do rodinného společenství, které se zanedlouho musí proměnit v peklo černé a bílé.

*

Nadšení, které se nechá vyjádřit, není nadšením. Nadšení začíná teprve za hranicí pochopitelnosti a sdělitelnosti.

*

Ještě jsem nezačal žít a život je již takřka za mnou. Stejně by byl za mnou, kdybych byl začal. Žil jsem mnohem víc než většina ostatních lidí, ale docela jinak než oni. Věci pro ně bezvýznamné byly pro mne prvořadé důležitosti a naopak. V jejich tupé a bědné stádnosti nemohl jsem nikdy nalézt pochopení. Všichni se zde zařizovali nastálo, jako kdyby smrt neexistovala. Nevinım je pro jejich tupost, za kterou nemohli stejně jako Rilke za svoji jemnost. Protože věřím v Boha, jsem přesvědčen, že to bylo jeho vůlí, aby tomu tak bylo.

Dnes na Václavském náměstí došlo k elektrickému výbuchu a požáru v tramvaji. Sjelo se k tomu několik part hasičů a expresních sanitek. K tak neobvyklé a stěží vysvětlitelné tragédii dojde málokdy. Nikdo nepředpokládal, že by se něco podobného mohlo stát. V novinách se to odbude krátkou notickou, říkající míň než referát o budovatelském filmu z ghanské produkce. Půl republiky naslouchalo dnes rozhlasové reportáži ze semifinálového utkání v mistrovství světa v kopané Jugoslávie-Československo, ve kterém jsme se štěstím zvítězili 3:1. O hrdiny tramvajové tragédie na Václavském se nebude zajímat nikdo. Kašlu na to, vyhrajeme-li ve finále nad Brazílií, ale byl bych šťasten, kdybych se dozvěděl, že ti nešťastníci z Václavského se z toho maléru dostali se zdravou kůží.

*

Každému, kdo by zdvihl tento list, radím, aby ho nechal ležet, a každému, kdo by ho nechal ležet, aby ho zdvihl, protože nejsem s to vyslovit tisícinu toho, co bych měl a chtěl, a přesto cokoliv řeknu, je tisíckrát víc, než řeknou druzí.

*

Po skončení fotbalového mistrovství světa, tentýž večer, pozvala redakce čsl. rozhlasu bývalé internacionály, herce, významné sportovce z jiných odvětví a některé ženy našich čackých čutalistů k přátelské besedě, které se telefonicky mohli zúčastnit i posluchači. Poslouchal jsem asi hodinu tento gala-program, nad který nic trapnějšího a ubožejšího si nelze představit. Soudružka Nováková, manželka kapitána našich čutalistů, byla štěstím i hrdostí bez sebe, že její manžel odvedl kus poctivé práce. A k tomu se vyhrávaly šumařské šlágry, jeden český a jeden slovenský, narychlo upečené pro tuto příležitost. Jaké pouťové šarlatánství pod zn.: "Made in Czechoslovakia!"

*

S národohospodářstvím se to má jako s lékařstvím, podle všeho ale ještě o trochu hůře. Lidské znalosti ani důvtip nestačí na takovou motanici. Protože většina lidí o tom nemá ponětí, velmi snadno se nechá nabulíkovat nejnehoráznějšími nesmysly o možnostech blahobytu, který získá jedině bulíkovatel, ať už je bílej, rudej, červenej, černej, fialovej nebo modrej.

*

Aldington: Všichni lidé jsou nepřátelé.

Bichle jako hrom vydaná v třicátých létech, v pravém slova smyslu počteníčko pro dámy, páni i slečni. Začíná to solidní majetkovou základnou a lačnou, neukojitelnou duší anglického spratka z lepších vrstev. Je v tom poezie dětství, lačnost poznání, touha jít vlastní cestou, zázrak lásky, ten především. Ten mladý, nezávislý a mimořádně senzitivní jinoch (do prdele se senzitivností!) má prostou, krásnou a ušlechtilou touhu: hovno dělat, těšit se z dokonalého prsu své neméně dokonalé milenky bez předsudků, dobře se mít, jezdit po cizině a žít intenzívním vnitřním životem, to znamená obdivovat se přírodě, umění i zázrakům všední chvíle. Ale ten zlý a potměšilý život! Donutí jej nakonec, aby se oženil pro peníze a trpěl pak výčitkami svědomí. Ale to ho neznáte. Zachoval si své krásné ideály, jednoho dne si spočte, kolik vlastně má, a zjistí, že to úplně postačí k tomu, aby se od všeho úplně osvobodil. A tak náš mladistvý rentiér prchá z lživého prostředí horních deseti tisíc na malý rozkošný ostrov ve Středozemním moři, jehož prostí obyvatelé živí se sloužením a trachtýrováním takových snobů, jako je náš malý hrdina, a jejich milenek, které si také přejí živůtek a nikoliv život, a tím, že se "ti dva" zde sešli bez závazků, pout i balastu konvencí, končí v nádherném letním dnu jednoho z nejkouzelnějších koutů světa tento veskrze pozoruhodný román.

Prdel a hovno jsou pro tento druh literatury slabá slova. A rozum autora, oblbený širokou obcí lačného čtenářstva na celém světě a tyjící z vlastní ubohosti a blbosti druhých, může si říci: "Já na to vyzrál!" Vyzrál na to jako Fadějev v "Mladé gardě"! Pochopili, co se žádá, a seřízli si podle toho svá brka. Oba mají jedno společné, totiž že nevěří v posmrtný život. Kdyby v něj totiž věřili, ztrpkla by jim z představy očistce chutná sousta v mastných hubách. Konec.

*

Sport a grafologie.

Včera přišel na hřiště Karel Svoboda oznámit, že zanechává závodní atletiky. Je mu už či teprve 23 let. Patřil mezi nejlepší a nejnadanější dorostence, z kterých se čekalo, že něco bude. Bylo, totiž velká nula. Jirka Nezbeda, hlavní trenér na Vinohradech, mu rozmlouval jeho rozhodnutí zanechat předčasně lehké atletiky, a já, který ho objevil a trénoval řadu let, poslouchal jsem ten truchlivý dialog. Již bych byl do něho zasáhl ve prospěch Nezbedův, když se mi před očima objevil úhledný, bezvýrazný rukopis Karlův, ve kterém by ani Schermann nenašel stopu vášně, zaujetí, odvahy, touhy překonat sebe či druhé, rukopis, kterému nelze nic vytknout, aniž by na něm bylo cokoliv pochválit, rukopis vyvolávající intenzivní představu vlažné vody. V té chvíli jsem pochopil, že všechna slova by byla úplně marná. Vzal jsem si poučení, že bude lépe, budu-li méně mluvit a více si všímat rukopisu svých mladých svěřenců a svěřenek. Dozvím se o nich více, nežli vědí sami o sobě, a nebudu vkládat naděje do těch, kteří mají v těle místo krve syrovátku.

*

O vztahu k ženě a k ženám

Už toho bylo řečeno víc než dost a na nic podstatného

se nepřišlo, ledaže alespoň ti nejpoctivější řekli, jak tomu bylo v jejich případě.

*

Případ Veselý

Opravdu v padesáti by se nemělo začínat s atletikou, ani s trenérstvím. Je to úplně nepochopitelné, o nic pochopitelnější, než kdyby někdo v tomto věku začal skákat přes švihadlo nebo hrát kuličky. Říkám nemělo proto, že důvod, náš důvod, proč se atletikou zabýváme, chybí a že mezi jím a námi logicky musí dojít a docházet k nedorozumění. Všichni jsme hloupí a ješitní, tohle je ale hloupost a ještinost v krystalicky průzračné formě.

Nevím, kdo nebyl překvapen, když se ten tatík, se kterým se nikdo nerad bavil, najednou vrhl na trenérství. Mohlo by se namítnout, že je možné se na to vysrat a dělat, jako že to člověk nevidí. To se v podstatě také dělá, není možné ale ignorovat to úplně. Co chvíli se s ním člověk potká a z prosté konvence řekne něco, co ví, že by vůbec neměl říkat, protože jeho nitro křičí pravý opak. Konvenční slušnost se posmívá: "Říkáš, sralbotko, pravý opak, než bys chtěl a měl!"

Nejvíc mě na něm sere, že chce vyniknout a být pochválen. Božínku, a kdo by si tohle nepřál? Přesto však člověk přímo hmatatelně tuší levotu. Každému jinému jde při tom ještě o celou řadu jiných věcí, zde jde jen o to v první řadě.

Volnost-rovnost-bratrství. Pěkná věc! Soudruh Veselý to považuje za samozřejmost, mně to však samozřejmým nepřipadá. Mám za to, že existuje nějaká hierarchie hodnot, kterou nelze přehlížet, nemá-li se všechno změnit v pustý nesmysl.

V tramvaji jsem ochoten ho pustit sednout, na hřišti se s ním však bavit jako rovný s rovným nemohu. Nesnáším jeho atletické žvásty a nadávám si, proč už jsem mu dávno neřekl, že je nelze poslouchat.

Za svůj ksich a nekonec ani sebeblbější výraz své tváře nikdo nemůže, a přesto jsem se dosud nesmířil s divnou směsí hlouposti furiantství, patolízalství, mindráku a velikášství, která co chvíli zableskne v jeho očích. Nesnáším tenhle posraný pohledový koktejl.

Pokouším se vyjádřit něco těžko vyslovitelného. Asi s neúspěchem, ale každý pochopí, že jde o něco. V jiných variacích setkáváme se s něčím podobným na každém kroku.

Přijdu-li na hřiště, mám v důsledku toho pocit, jako kdyby tam bylo naděláno, já o tom věděl a nechal to být. A druhý den nanovo. Jsem nemocný a nerudný a přesto nemiluji vád a rozmíšek. Ještě, že náš plácek je dost velký a mohu se se svými frajerkami stáhnout do opačného rohu. Nesnesl bych jeho přítomnost celé odpoledne. Ztratil bych chuť k jídlu a dostal zácpu.

V Pragofructu jsem obzvláště nemiloval lidi, kteří svou neschopnost přikrývali nelidskou pílí. Veselý mi je připomíná. Snaží se být nepostradatelný a rozhodl se vysedět si to prdelí. Kdyby mu, nedej Pán Bůh, některá žába něco zaběhla, hodila nebo skočila, provalil by se jistě najednou celý vřed. Nezdržel by se jistě jízlivě triumfující poznámky: “Tak vidíte, vy - mudrci!” Alespoň bych mu mohl obratem říct: “Sedni si, vždyť seš blbej!”

Jde o hovno, ale jde to na nervy. Zbývá jediná věc: držet si ho od těla, a to se také dělá. Pošuk Mlejnek z Boleslavi je z podobného těsta. Má za sebou už ale desítky let podobné činnosti a kromě toho především bafuňaří. Tento patří do téže čeledě, má jen trochu jiný čumák a jinak zbarvená brka na ocase. Říkám si: "Doma z něho asi musí mít přenáramnou radost!" Konec.

*

Letní odpoledne. Na hřišti TJ Spartaku Žaluzie a koberce je rušno. U bariéry stojí padesátiletý trenér, který má místo saka teplákovou bundu, v ruce stopky a co chvíli volá na probíhající: "Zvedni hlavu!" "Neškubej rameny!" "Minuta třicet" (dívá se na stopky, pověšené na krku) "A teď do toho kopni!" a na procházející atletky: "Couráte se jako o funuse! Tomuhle říkáte aktivní odpočinek?"

Z pozadí se blíží starší pán menší postavy, asi čtyřicetiletý, jehož tvář má trochu upjatý výraz vlastní důležitosti, a zastavuje procházející atletky, které mlčky ukazují na trenéra. Po boku upjatého muže poskakuje drobné a štíhlé děvčátko asi desetileté.

Pán přistupuje k trenérovi:

"Čest práci, soudruhu! Vy račte být prosím vedoucím lehkoatletického oddílu Spartaku Žaluzie a koberce?"

Protože právě probíhají atleti, na které trenér volá mezičasy, odpovídá teprve po jejich proběhnutí: "Dobrý den, co si přejete?"

"Já jsem se prosím přišel zeptat, jestli by u vás mohla moje dcerka provozovat lehkou atletiku?"

Trenér mává na atlety na přilehlé straně hřiště. Pak se obrátí k návštěvníkovi a podívá se na čilé drobounké děvče, které z nedostatku jiné činnosti pokouší se o kotoul přes bariéru.

Trenér: "A kolik je jí let?"

Rodič: "Dvanáct, prosím!"

Trenér: "A kdy je rozená?"

"Rodič: "Roku 1951, prosím!"

Trenér (popuzeně): "Tak je jí tedy jedenáct a žádných dvanáct!"

Rodič (domýšlivě): "Ale vyspělá je prosím na dvanáct."

Trenér (otráveně): "Neptal jsem se vás, na kolik je vyspělá, ale kolik je jí let. Lituju, my bereme teprve od třinácti."

Rodič (žadonivě): "A nebylo by možné udělat výjimku, moje dcerka je totiž sportovně mimořádně nadaná?"

Trenér (udiveně): "To snad posuzujeme my, ne? A jak byste si to vlastně s tou atletikou vaší dcery představoval?"

Rodič (důležitě): "Aby dělala atletiku doplňkově."

Trenér (s vyvalenýma očima): "Doplňkově, jak to?"

Rodič (chlubivě): "Má dcera je totiž od devíti let členkou výběrového kursu v gymnastice s. Bosákové."

Trenér (netrpělivě): "Tak ať dělá gymnastiku!"

Rodič (snaživě): "To je právě to. Soudružka Bosáková jim doporučila, aby dělali doplňkově lehkou atletiku!"

Trenér (odmítavě): "Koukněte, o takovéhle případy nestojíme, škoda času, máme svý práce až po krk! Když soudružka Bosáková myslí, aby dělaly doplňkově lehkou atletiku, tak ať ji s nimi dělá!"

Rodič (dotčeně): "Nevíte, prosím, kdo je Eva Bosáková?"

Trenér (pohrdlivě): "Líp než vy, milej pane. Když si soudružka Eva Bosáková ještě čůrala do kalhotek, tak já už byl československým reprezentantem!"

Rodič (vyčítavě): "To je ale hrozný nedostatek spolupráce!"

Trenér (nakvašeně): "Koukněte, vážený pane, já s vámi pošlu některé svoje děvče k soudružce Bosákové, aby s ním dělala doplňkově gymnastiku, a počkáme si, co nám řekne!"

Rodič: "To by rozhodně nemohla dělat!"

Trenér: "Odpověděl jste si tedy už u nás sám!"

Rodič: "V socialistické tělovýchově by měly existovat úplně jiné vztahy!"

Trenér: "Prosím vás, a co v sjednocené tělovýchově děláte vy?"

Rodič: "Jsem, prosím, činný publikačně!"

Trenér: "Jak tomu mám rozumět? To něco nebo někam píšete zadarmo?"

Rodič: "To bych, prosím, nemohl. Mám přeci rodinu!"

Trenér: "A to máte drzost kritizovat ty, kteří denně a zadarmo stráví na hřišti většinu svého volného času? Ale abychom se dlouho zbytečně nebavili. Podívejte, já vezmu vaši dcerku, přestože je jí teprve jedenáct a chce atletiku dělat jenom doplňkově. A vy nám za to budete dělat jednatele v družstvu žákyň, ano?"

Rodič: "To bych, prosím, v žádném případě nemohl. Připadá mi to ale neuvěřitelné, ta neochota a nevůle k spolupráci. A nejpodivnější je, že mi totéž řekli v Dynamu Klosety i ve Slavoji Masna. A pak se má naše tělovýchova někam dopracovat!"

Trenér: "Kdybyste neměl s sebou svoji dcerku, řekl bych vám něco, co vám jistě už hrozně dlouho nikdo neřekl!"

Rodič: "Milado, jdem!" a na odchodu: "Tohle se musí napsat do novin, to je doslova sabotáž tělesné výchovy!"

Trenér: "Napište si to třeba na kredenc, na takový rozumbrady jsme akorát zvědaví!"

Rodič nazlobeně s děvčátkem odchází. To se směje a až k východu poskakuje z přebytku životního elánu po jedné noze.

Trenér ke skupině právě přistoupivších mladých atletek: "To je k posrání, bavit se s takovým hejlem!"

*

SEŠIT ČÍSLO SEDM

Poezie není konec konců nic jiného než nemoc duše.

*

Již dost bolesti, pocitu padání, matnosti a nepopsatelné úzkosti! Nic si nepřát a zbavit se závislosti na radostech z něčeho, nač nemá člověk vlivu. Proč ze sebe dělat zbytečně otroka? Nikoho neočekávat, po ničem netoužit, stát se co nejméně závislým na něze druhých lidí. Raději žádnou radost než paprsek radosti, vykoupený nekonečnými dny beznaděje. Všechno, co nemohu splatit sám, splatí za mne čas. Zničí pýchu, krásu a každou domýšlivost. Mezitím musím využít svůj čas, abych se učinil odolným. Je čas nepodléhat, ale vítězit!

Zájem a lásku třeba věnovat pouze těm, kteří jsou toho hodni, a to ještě *rozumně a s rezervou*, nikoliv bezhlavě jako dosud. Jinak to přináší rozvrat v duši, pocit nevyslovitelného zármutku a bolesti. Být silnějším nežli jsou druzí, projevit vůli jako běžec, který pokračuje, když druzí umdlévají.

Naučit radovat se z krásy bez touhy vlastnit. Krása jednak mizí a uvadá, za druhé držet ji v ruce, rozedře svými trny bolestně kůži. Neustále potřebuje vláhu, kterou jako by byla naše vlastní krev.

Je konečně velmi třeba dívat se spatra a nikoliv z prachu. Každý je tím, za koho se vydává svých chováním.

Proč klesat v prach před lidmi, kteří žijí z naší hloupé malodušnosti?

Stále a stále znovu bojovat sám v sobě se vším, co mne zotročuje a činí mi z života peklo. Osud je ke mně milostivý, ušetřil mne větších ran, a já si je stále a znovu zasazuji sám, rozedírám si srdce a chovám se jako člověk s nedostatečně vyvinutým rozumem. Neustále utrhuji rozumu nutnou potravu a dávám ji svému citu, zbytnělému až hrůza. Celý život mne dusil a já jej nedokázal odkázat do příslušných mezí. Přitom to ani není cit obzvláštního druhu, ale docela obyčejný požitkářský cit, touha po ukojení smyslů, která je v přímém rozporu se srdcem i rozumem.

*

Přestat být zamilován znamená smrt. Celý život jsem byl zamilován. Do šedého nebe nad obrovskou bání chrámu na Karlově, které jsem objevil v osmi létech. Do opojné vůně Rohrovy zelinářské zahrady v Plzni ve čtyřech létech. Do vlastní postele a večerního ticha ve dvanácti. Do zeleného trávníku fotbalového hřiště v deseti. Do chlapecké tváře Dolly Haasové v patnácti. Do sněhových závějí a dunajského vichru na Knez Mihailově bulváru ve čtyřiadvaceti. Do každého pohybu Berty od šestnácti do šestatřiceti let. Do kouzla stometrové závodní trati v sedmnácti. Do skic Petra Altenberga v šestadvaceti. Do říjnových mlh nad sarajevskými mešitami ve třiadvaceti. Do čtrnáctileté rekordmanky ve skoku dalekém ve třiačtyřiceti. Do poprsí Věry Chytilové v roce 1951. Do procházek po osamělých kopcích nad Smíchovem v roce 1935. Do luxusních výloh bulváru Prince Umberta v roce 1947. Do nohou Marleny od roku 1931 dodneška. Do sklenky Becherovky ve výčepech na okraji Prahy už delší dobu. Do časně ranních odjezdů vlakem do míst, která jsem si přál navštívit, vždy. Do ošklivosti karlínských ulic, ve kterých jsem objevil mnoho netušené krásy. Do veršů Rainera Maria Rilkeho a do velkého množství žen. Do snahy domluvit se s lidmi. Do italských pěvců, obzvláště Tito Schipy. Do přátelského srdce Borka Jeremiče. Do pocitu tělesné a duševní rovnováhy. Do cudné vilnosti žen. Do očí, které dosud nepoznaly vášně, do obrazů Utrillových a do melodií Roberta Stolze. Do ticha operního hlediště před zazněním prvních tónů ouvertury. Do šálku turecké kávy a do vybraných gramofonových desek, připadajících mi vždy znovu jako zázrak. Do myšlének Pascalových a do aktů Henri Matisse. Do džezového rytmu a do ujednaných, nečekaných schůzek. Do očekávaných dopisů a neočekávaných veršů. Do krásných rukou a obzvláště do krásné chůze neznámých žen. Do slov: Monte Carlo, Montparnasse a do římských fontán. Do francouzských parfémů a přátelství prostých lidí. Do ženského úsměvu a do růží, tmavěčervených na dlouhých stoncích. Do brankářského umění Františka Pláničky a šansonů Alberta Prejeana. Do důvěry v zítřek, pozítřek, do sirotných šancí vyšehradských, do varhan v Emauzích, do Michelangelových soch v Medicejské kapli, do prostitutek na Petrském nábřeží, do obyvatel baráku na Vyšehradě, do filmových žurnálů Paramountu. Do monotónní hudby bosenských sevdalinek a do pornografické četby. Nikdy jsem nevyšel ze zamilování. Jak je to divné.

*

Někdy se píše pouze proto, aby se pero unavilo. Je to otisk duše, jejímuž bizarnímu tvaru člověk se znovu a znovu diví. Jan Hanč, nikoliv básník a nikoliv spisovatel, ale písař. Ostatní se mezitím naučí podrobně ovládat vědy a řemesla, stávají se platnými členy lidské společnosti, zakládají rodiny, plodí děti, vyživují je: znám lidí, kteří začali poměrně pozdě a dnes už mají obdivuhodnou sbírku nálepek ze sirek.

*

Nikdy nepřijdu na to, má-li člověk potlačovat své touhy a vyhýbat se konfliktům, nebo se neustále pokoušet o jejich realizaci za cenu porážek, výsměchu a nepochopení. Celý život se potácím mezi ohleduplností a bezohledností ve vlastním nitru. Neustále mi vyčítá moje vlastní duše buď slabošství, nebo sprosťáctví. Nejsem to ani ono. Nejsem svatý a nejsem vrah. Velmi těžce sbírám odvahu k životním činům. Nejsem s to neustále a bez přestání bojovat. Často mne unáší kalný dravý proud jako vyřazený nočník, neméně často žasnu nad vlastní nečinností. Přemýšlím dost, někdy mám pocit, jako kdyby to byla až neřest. Měl bych jít omýt z prachu záchodovou mísu, vyklepat koberec, vyčistit umyvadlo, udělat pořádek v šuplatech, odstranit pavučiny, a místo toho přemýšlím. Chvíli o tom a vzápětí o něčem jiném. Mám divnou hlavu, mozek i nervy.

*

Před rokem jsem byl na smrt. Ležel jsem v nemocnici s protrženým střevem a dvacetkrát za den obkládal jsem se bavlněnou a papírovou jutou. Za okny byl věčně kalný lednový den a okenní tabule se otřásaly míjejícími tramvajemi. Střídali se lékaři i ošetřovatelky, jejichž bílá uniformita činila z nich něco jiného než lidi. Mojí jedinou radostí bylo kouření. To je ale v nemocnicích zakázáno. Byly z toho neustálé konflikty, především s primářem. Kouřil jsem v noci pod peřinou. Byl jsem tak zesláblý, že jsem se neudržel na nohou. Dvaašedesátiletý zřízenec, obr pan Musil nosil mne do pojízdného křesla a pak do vany s hypermanganem. To bylo příjemné, ležet v teplé vodě, pokuřovat a pomlouvat sestry a doktory. V takových chvílích drb dvojnásob hřeje. A potom se jednoho dne večer objevil u mne docent Pešek. Přijel až z Karláku. Doktor Seidl mu asi nabídl plášť, protože přišel v bílém. Zamiloval jsem si ho, sotva jsem ho poprvé spatřil. Měl jsem pocit trosečníka, který zahlédne maják. Měl krásnou hrdou tvář, prošedivělé vlasy, nevtíravý úsměv a nesmírně lahodný hlas. Primář Chalupník působil na mne naopak dojmem baziliška. Jednou byl pln úlisné vlídnosti, jindy odměřené oficióznosti, očividně nade mnou lámal hůl a jako kdyby ho jen rozčilovalo, že na něm chceme zázraky. Neměli jsme se zkrátka od prvního pohledu rádi. Docent Pešek do mne vliv víru, že se s tou polízanicí nechá ještě něco dělat. "Bude Vás to sice stát ještě hodně sil, než se z toho dostanete, ale budete zase běhat!" řekl doslovně. Ačkoliv jeho návštěva byla s primářem dojednána, dostal jsem druhý den při vizitě od dr. Reindla vynadáno jako málokdy v životě od koho. Dr Reindl byl mladý, energický černovlasý chirurg, který mne operoval a který byl očividně nejschopnějším i nejrozhodnějším chirurgem ve vysočanské nemocnici. Byl také mimořádně sebevědomý a pramálo ohleduplný ve styku s pacienty. Cítil se velmi uražen, že bratr sehnal docenta Peška na konzultaci. I když jsem si jeho, dr. Seidla i dr. Schwarzkopfa nesmírně vážil, připadalo mi nepochopitelným, proč se tak zbytečně rozčiluje. Můj případ byl zřejmě krajně povážlivý a mohl být přeci rád, vyjádřil-li se k němu starší kolega, jedna z největších kapacit v Praze. Dalších 14 dnů ve vysočanské nemocnici bylo napínavých jako cliftonka za korunu dvacet. Primář Chalupník mne odmítl podruhé operovat, že bych mu umřel pod nožem, a docent Pešek naopak byl toho názoru, že je nutno operovat co nejdříve, protože při střevním píštělu bych později operaci určitě nevydržel.

Dr. Reindla jsem se zbavil jednak tím, že jsem mu z postele z posledních sil vynadal stejně jako on mně, za druhé proto, že každým měsícem střídali se ošetřující lékaři a po něm se stal mým ošetřujícím lékařem mnohem vlídnější a přátelštější dr. Seidl. Kromě toho dali k nám na pokoj z příkazu primáře Chalupníka třetího pacienta, nějakého pana Šepla, se kterým jsme s dosavadním spolupacientem, výčepníkem Čihákem, vůbec nemohli vyjít. Než přišel Šepl, tak jsme se bavili, pokuřovali si, vyprávěli, a nebýt toho, že jsme oba vypadali jako oběti nacismu, on s těžkou operací slinivky a já střev, celkem nic nám tam nescházelo. S příchodem Šepla bylo po kouření i po zábavě, pořád jsme s ním byli v konfliktu a nálada na pokoji s posraným navrch. Náš třílůžkový pokoj neměl valnou pověst. Dávali sem pacienty, se kterými to šlo od deseti k pěti, a většinou se odtud odjíždělo v dřevěném saku. Koukal jsem proto odtud raději vypadnout ještě při plném vědomí. Nakonec zavolal sám profesor Borovský primáři Chalupníkovi, aby když mne nemíní operovat, převezli mne k nim do Fakultní nemocnice na Karláku. Tak jednoho dne přijela sanitka, sebral jsem svých pár švestek, hlavně krabičku od kakaa, sloužící mi jako kuřácký popelník, naložili mne na nosítka, rozloučil jsem se s vyzáblým Bohoušem Čiháků a jeli jsme napříč Prahou na Karlák. Špatně pérované lůžko v sanitce roztřásalo mi pořádně střeva, pokuřoval jsem si a koukal udiveně z tohoto podivného vehiklu kolem sebe. Když jsme stáli na červenou na Příkopech před vjezdem na Václavák a vedle nás nabitá tramvaj číslo 5, střetly se mé oči s očima zevlujících cestujících. Říkal jsem si, jak je to divné, být najednou takhle vyřazen z obvyklého života a nevědět, vrátím-li se do něj ještě vůbec. Byl jsem už syt pobytu v nemocnici a přitom jsem současně věděl, že pravá Odyssea teprve začíná. Největší obavy jsem měl z nového prostředí, lékařů, ošetřovatelek, spolupacientů a obzvláště z nemocničního režimu. Těšil jsem se jedině na setkání s docentem Peškem, a věděl jsem že buďto mne z toho dostane on, nebo žádný jiný. Všeobecná nemocnice na Karláku vypadá pramálo vlídně, jsou zde však vynikající lékaři. Dostal jsem se do pokoje s čtyřmi lůžky, z nichž prozatím bylo jen jedno obsazeno nějakým cestářem v důchodu s ukňouraným hlasem. Byl to lazar a chudák, ale šel na nervy. Okno vedlo k svatému Apolináři. To mne obveselilo, protože to je můj nejmilejší pražský kostel. Za chvíli se u mé postele objevil Láďa Junger, bývalý atlet, blonďák, který se nenaučil říkat er. Byl náhodou vedoucím lékařem oddělení, kam jsem přišel. Druhý den ráno po příchodu do nemocnice si pokuřuji a dívám se k svatému Apolináři, když se nad mou postelí objevil docent Pešek. Jen tak tak stačil jsem udusit cigaretu a již mne začali se sestrou převazovat. Z deky se vyvalil oblak kouře. Sestra Marie s velikou láhví benzínu v ruce říkala udiveně: “Pane docente, Vy kouříte?” Vzápětí se přišlo na to, že při rychlém uhašování cigarety upadl mi uhlík na deku, která začala hořet. Čekal jsem, že dostanu hrozně vynadáno, a odevzdal jsem se do rukou Božích. K mému nesmírnému údivu mi ale docent Pešek ani trochu nevynadal, naopak, domlouval mi, abych jen příště nepospíchal s uhašením, abychom všichni nevylítli do vzduchu. Víc noblesy a ohleduplnosti mi nemohl projevit, a měl-li jsem ho rád již předtím, měl jsem ho nyní rád dvojnásob. Ještě den předtím mi primář Chalupník nesmírně vynadal kvůli kouření a neopomněl sarkasticky dodat, že dovolí-li mi to na Karláku profesor Pavrovský, abych si tam kouřil, u něho že je to přísně zakázáno a moje počínání že považuje za provokaci. V noci po mém příchodu na Karlák přivezli záchrankou starého umouněného topiče jménem Lojza Netáhlo, který byl chudák špinavý, jako když ho vytáhnou z komína. Trochu ho omyli a ihned ho vezli na operační sál, protože měl zkroucená střeva. Asi v jednu v noci ho přivezli ze sálu, připoutali k posteli, a on chudák celou noc pronaříkal slovy: "Ježíš Marjá Josef". Byla to příšerná hudba, při které se nedalo spát. V pokoji byla tma, svítilo jen malé modré světlo. Nikdo z nás neměl u postele zvonek. Pokusil jsem se vstát a jít ke dveřím zazvonit na sestru. Udělal jsem však dva kroky na vratkých nohou s pocitem visacích střev a upadl jsem na zem. Byli jsme na tom pokoji všichni tři ohromní lazaři. Brali mi v následujících dnech krev na zkoušku, ve dne v noci do mne píchali antibiotika, dlouhé hodiny strávil jsem nehnutě při transfúzích a potom mi docent Pešek oznámil, že se rozhodl se svými kolegy provést mou operaci na dvě etapy, což bylo ohleduplné sdělení, že mne budou operovat ještě dvakrát. První operace trvala několik hodin, a když jsem procitl z narkózy, měl jsem pocit, jako kdyby mi seděl stokilový člověk na břiše. Takřka celý týden mne živili infúzemi do žil, přesto jsem si ale už třetí den po operaci zapálil cigaretu. A zase mne přitom samozřejmě zastihl docent Pešek. Udiveně se mne zeptal: "Vy už zase kouříte?" Když jsem mu řekl, že už jsem to nemohl vydržet, řekl mi dobrácky: "Vlastně byste ještě neměl kouřit, ale na druhé straně jsem rád, že se vám kouřit chce, protože kdyby vám bylo špatně, tak byste si určitě nezapálil." Sotva jsem se vzpamatoval z druhé operace, při které mi sešili roztržené střevo a prohlídli celé okolí, zeptal se mne docent Pešek, zdali si už troufám na třetí operaci. Moc se mi na ni nechtělo, ani ne tak pro operaci samou, jako pro ty nadmíru nepříjemné pooperační stavy, řekl jsem mu však, že na ni půjdu, kdykoliv uzná za vhodné. A tak za tři a půl týdne vezli mne znovu nahého jako Adama s prostěradlem přes sebe na operační sál. Nejdříve jsem ležel na vozíku v předsíni, potom mne převezli do operačního sálu. Posledně už tam na mne všichni čekali, tentokrát přišel jenom narkotizér, dal mi na hubu gumový obojek s kyslíkem, přivázal mi ruce i nohy a odešel. Operační stůl je pekelně tvrdý. Nemohl jsem se pohnout, z gumové masky šel protivný pach gumy a takhle jsem tam ležel od za pět minut dvanáct do půl jedné. Díval jsem se na ohromný operační lustr a měl jsem dojem, že každá minuta trvá věčnost. Pak konečně přišli v gumových zouvácích s rouškami okolo tváří a čepicemi jako členové Ku-Klux-Klanu a doktor John mi dal do levice injekci, po které vzápětí jsem byl v limbu. Zpátky na pokoj přivezli mne až v půl šesté. Měli tedy se mnou pořádnou práci. Byla-li noc po druhé operaci hrozná, byla tato ještě hroznější. Měl jsem pocit, jako kdybych měl v břiše křeč, která ani na chvíli nepovolila. Ráno jsem byl vyčerpán k nepopsání. Celou noc mi sestra každou půlhodinu měřila tlak a druhý den nastala opět odyssea s infúzemi. Ráno v osm mi to vpíchli do žíly a do jedné v noci do mne vkapávali baterie tekutin. Druhý den po operaci rozhnisalo se celé okolí operace do té míry, že z každého slova i pohledu docenta Peška jsem viděl, že je z toho sám celý perplex. Byl u mne několikrát denně, rozvrtal mi celé břicho dreny a proléval je různými roztoky a několik dnů hrozilo akutní nebezpečí zápalu pobřišnice, z kterého bych se byl asi nevymotal. Vyprávět někomu, jak těžko se prožívá po střevních operacích období, než se dostaví plynatost a potom obnovení stolice, není v schopnosti mého pera. Nakonec jsem to ale překonal a i hnisání začalo ustupovat. Přicházela za mnou rehabilitační sestra, masírovala mi na kost vyhublé nohy a začal jsem s jejich pohybem vleže v posteli. Když jsem se na ně poprvé postavil, podpírán z obou stran, neudržel jsem se na nich déle než několik vteřin. Cvičil jsem každý den několik málo minut a byl potom vždy tak unaven, že jsem vzápětí upadl do několikahodinového spánku.

Začínalo jaro. Brzy ráno za svítání hlasitě zpívali ptáci v nedaleké seminářské zahradě. Jarní slunce svítilo do pokoje vysokými okny. Vystřídalo se mnoho pacientů v našem pokoji. Pan Bejček z Jílového byl ze všech nejsympatičtější. Jednoho dne přišel v montgomeráku hubený a v tváři docela žlutý muž, nějaký Tomášek z Černošic. Pozorně se svlékl a za chvíli ležel v posteli. Bylo mu asi osmapadesát a vypadal na mladšího, přes tu velkou žlutost v tváři. Ležel na Zbraslavi a dr. Stibral, vypadající jako káně skalní, nechal ho převézt na Karlák. Nevěděl ten Tomášek, bývalý kloboučník, co mu vlastně je, tušil ale, že to špatně skončí. Po několika dnech ho operovali a čtrnáct dnů jsme ho neviděli. Potom ho znovu převezli na náš pokoj. Byl ještě hubenější, unavenější a často si stěžoval na bolesti. Byl ale ještě docela dobře při sobě. Pak to ale pomalu začínalo s ním jít s kopce. Další tři týdny měli jsme příležitost dívat se na umírání z první ruky. Začínal ztrácet jasnou hlavu, blábolil, chvílemi dělal z bolesti na posteli takové prostocviky, jaké jsem v životě neviděl. Nebo pojednou slezl s postele a vrávoravou chůzí a se skleněným pohledem, přidržuje se pelestí, došel k nemocničnímu ušáku na druhé straně místnosti, chvíli tam seděl zkroucen křečí a potom se podobným způsobem potácel stejnou cestou nazpět k své posteli.

Zhasínalo se každý večer v devět hodin. Všechno ztichlo, pootevřenými dveřmi unikalo trochu světla z prázdné chodby a v pomalu větších a větších intervalech bylo slyšet bzukot trolejbusů, sjíždějících z Vinohrad Benátskou ulicí dolů k Vyšehradu.

Byly to smutné, ale poetické chvíle. Sestry: vedoucí paní Anna, její zástupkyně Lenka, pak Jitka, Zuzana, Jana, Marie, Pavla a Marta.

Jednoho dne přišel Láďa Junger, naložil mne do pojízdného křesla a vyvezl mne na nemocniční dvůr. Viděl jsem rozkvetlé stromy, procházející se pacienty, dýchal jsem krásný jarní vzduch a mžoural po slunci. Když mne v podvečer přivezl nazpět, řekli mi spolupacienti, že mezitím pan Tomášek zemřel. Kolem jeho postele byla postavena plátěná plenta, jejímiž ohyby byla vidět postava, obalená čistým prostěradlem. Nastával namodralý jarní večer, kterého se pan Tomášek již nedočkal. Vzpomněl jsem si, jak před několika málo týdny, když byl ještě při smyslech, těšil se, že po návratu z nemocnice bude sedat v Černošicích na zahradě pod rozkvetlými stromy.

Za týden potom udělal na mně docent Pešek na chirurgickém stole v ambulanci ještě jednu drenážní perzekuci, při které jsem řval bolestí jako tur, aniž bych přivedl docenta Peška při práci z klidu. Pracoval bleskurychle, nástroje mu lítaly v ruce jako žonglérovi, se sestrou mluvil strohým, dirigentním hlasem a se mnou s přátelským pochopením mezi tím, jako například: "Jen řvěte, já bych řval na vašem místě ještě víc!" Připadal mi jako loutkař, střídající hlas princezny a černokněžníka. Kterak by člověk nemiloval takového člověka, který je jistě kapacitou evropského formátu a kromě toho tak vlídný a ohleduplný, že by člověk marně hledal druhého?

Posledního dubna přijela dopoledne sanitka. Když jsme vyjeli z nemocnice...

SEŠIT ČÍSLO OSM

Co nám zbylo, je pero a papír. I to není tak jisté, ba dokonce je to velmi nejisté, protože v době, kdy se lže na každém kroku, není radno psát pravdu na papír. Dejme tomu, že nepříjemnosti ze svěření se papíru, pokud jej bláhově nechceme kolportovat, rovnají se přibližně možnosti výhry ve Sportce. Nemohou v každém příbytku čenichat papíry, když člověk nedává najevo, že vůbec nějaké má. Nikdo, kdo nezažil tyto poměry, nedokáže si je představit. Nikoho nesmí mýlit, že přesto jezdí tramvaje po kolejích sem a tam, že se prodává a kupuje mléko a že v podvečer jsou osvětleny foyer divadel a kin.

V těchto divadlech a kinech se hrají jednak bezzubé kusy klasické, nebo stejně bezzubé kusy ze současnosti. Tak jako za protektorátu nalhávali si lidé, že je zajímavá Mína z Bernheimu nebo Rozbitý džbán, tak si dnes namlouvají, že je zajímá Romeo a Julie nebo Revizor.

Nenapíši to jedním dechem, ani na desatero nadýchnutí. Možná se vůbec netrefím do terče, obzvláště když si teprve uvědomuji, jak vypadá. Pět ran za korunu.

*

Hovořit o detailu znamená vystavit se námitce, že nevidím celek. Hovořit o celku je pro mne věc nemožná. Chce se mi nesmírně mluvit, a když začnu, chce se mi mlčet. Zcela obyčejná známka nervozity. Když jsem byl chlapec, prožil jsem napřed mnohokrát každou schůzku s děvčetem, a když k ní došlo...

(nedopsáno)

*

Není každý takový sentimentální blbec jako já. Jednoho červnového rána vypravil jsem se na Smíchov. Jitro okolo Vltavy, včetně Petřína, mělo takový radostný a nadějný opar svěžesti, jak si jej pamatuji ze sedmi let, když jsme malým kodrcavým parníčkem jeli na první školní výlet. Každý z nás, nebo alespoň většina, měla kromě chlebů s máslem salám a několik korun na limonádu, což plně postačovalo k naší blaženosti.

Šel jsem v tom krásném letním ránu všedního dne na Smíchov. Ve všední den je vše mnohem živější, přirozenější a krásnější. Vidí se nakupující lidé v krámech, každý něco dělá, nikdo se nenudí a je radost se dívat na živou mašinérii všedního dne. Člověk by málem řekl, že jsou to nejkrásnější a nejsamozřejmější chvíle lidstva. Trafika voní opojně tabákem a čerstvou tiskařskou černí novin, z pivovaru vyvalují těžké soudky ležáku a kladkou je vytahují na vůz. V remíze trolejbusů myjí a opravují vozy. Drogerie s tisícem omamných pachů byla pro mne od mládí vidinou ráje, stejně krásně však voní nové linoleum a voskované plátno. Po železničním mostě s velkým rachotem pomalu se vleče dlouhý nákladní vlak a dole pod mostem u nábřeží u budky s nápisem "Půjčovna loděk" se nostalgicky pohupuje deset zeleně natřených šináglů, marně očekávajících v tuto dobu návštěvníky a nájemce. A ještě dál vyšehradská skála a naproti Císařská louka s dlouhou řadou impozantních topolů, s tenisovými dvorci a zelenými budkami prodeje drobného občerstvení. A minuty míjejí svým pomalým, usmívajícím se tempem letního rána, kdy jako kdyby se neumíralo, nikdo netrpěl nouzí ani nesvobodou.

Stačí ale se zamyslit nad mnoha těmi, kteří byli přímými a nadmíru čilými současníky podobných bezelstných letních jiter a kteří už dávno zmizeli navždy našim pohledům, jejichž hlas už nikdy neuslyšíme a jejichž zmizení vzali jsme na vědomí, aniž bychom se nedokázali s ním smířit. Je mnoho živých, se kterými se rozešli ať už z toho či onoho důvodu a kteří už nejsou nedílnou součástí naší skutečnosti. To se však převážně stalo naší vůlí, nehledě k tomu, že na těchto skutečnostech je možné cokoliv měnit. Jen na mrtvých, kteří všichni odešli bez naší vůle a proti ní, již nic měnit nemůžeme, leda to, že sami se dřív nebo později přidáme k nim. Mrtvých je neporovnatelně víc nežli živých, protože jsou ale už úplně zapomenuti, nikdo si tím neláme hlavu.

Zabývat se jen živými je nadmíru přirozeně nepřirozené. Zabýváme se něčím smrtelným a s naprostým ignorováním mrtelnosti. Naše nervy by nevydržely uvědomovat si neustále tuto důležitou skutečnost. Věnujeme mnohem víc pozornosti správnému uvázání kravaty nebo volbě vhodné jupky ke strakaté sukni než majestátu smrti, které jsme všichni bez rozdílu krásy, moudrosti i mohovitosti a důležitosti zasvěceni. A když zastihne někoho z našich nejbližších, kňouráme a svíjíme se, nežli se opět dostaneme do normálních kolejí, tj. k pozornosti na správný uzel vázanky a k přemýšlení o vhodné jupce k pestré sukni.

Dělám atletického trenéra. Ti, kteří za mnou přicházejí, nejprve neumí nic, potom, mají-li píli, lačnost něčeho dosáhnout a obstojný talent, stanou se z nich závodníci a závodnice. A potom, když se už nasytili této činnosti, nebo zestárli, odcházejí pryč a s drtivou většinou se už člověk v životě neshledá. A i kdyby se setkal, příliš by si toho s nimi nenavyprávěl, protože jediné pojítko, které s nimi měl, totiž atletika, už dávno pominulo, a těch, s kterými zůstal v lidském kontaktu a porozumění, je tak málo a nepatrně, jako kdyby skoro ani neexistovali.

Jdu tedy v letním ránu na Smíchov a dívám se na prázdné pohupující se loďky pod železničním mostem. Jsem spíše starý než mladý, většina iluzí se mi už dávno rozplynula. Jsem šťasten, že jdu, že jsem schopen se dosud pohybovat, přejít železniční lávku a dát se, kamkoliv mne nohy ponesou. Nejsem šťasten, ani nešťasten, ani nadšen, ani znechucen, jsem.

*

Jak by to bylo krásné mít komu psát, mít od koho dostávat dopisy, rozumět si s někým. Nerozumíme-li ani sami sobě, jak bychom mohli doufat, že porozumíme někomu jinému? Marně jsem se o to pokoušel celý život. Druzí byli vždy buď příliš střízliví, nebo příliš velcí fantasté, příliš šetrní, nebo příliš braví, příliš veselí, nebo příliš trudnomyslní, příliš chytří, nebo příliš moc sebevědomí nebo úplně bez sebedůvěry, příliš hovorní, nebo příliš tiší, příliš zvědaví, nebo příliš lhostejní, příliš hezcí, nebo příliš oškliví, příliš roztomilí, nebo příliš otravní, příliš specializovaní, nebo příliš velcí vševědové a já mezi nimi bruslil, sám nemálo pošahaný, a snažil se budovat chrám na písčité půdě.

*

Je mnoho střádalů, kteří skládají šestáček k šestáčku, korunku ke korunce, pak jsou z toho pětky, stovky, tisícovky. Párkrát v životě měl jsem v ruce pár tisícovek, dvakrát dokonce moc, většinou jsem ale měl jen dvacky a ty jsem neustále měnil, dalo by se dokonce říct, že nesmyslně.

Moje literární činnost nemůže být ničím jiným. Byla by to kapitální blbost. Mám-li nějakou přednost před většinou ostatních, tedy že mám svůj rytmus i své možnosti. Tyto nejsou mimořádné, mimořádná je pouze má znalost sama sebe.

A potom, snad, že jsem se nikdy nenechal oblbit společností, touhou po penězích, rodinou, slavomanstvím, "povinnostmi", sportem, uměním, odbornictvím, ženskými, politikou, sběratelstvím, krátce ničím. Není pochyb o tom, že ve všem uvedeném pěkně jsem lítal, abych ohmatal hloubky i výšky a mělčiny. Není to naprosto má zásluha. Pán Bůh, můj nejvyšší pán, tomu tak chtěl, zlíbilo se mu udělat ze mne houbu, nasávající veškerou blbost lidskou, takže zvlášť bujně nerozkvetla má blbost vlastní.

*

Mám v poslední době velké obtíže zažívacího rázu. Žádnou noc se nevyspím. Několikrát za noc musím si udělat sedací teplou lázeň, abych mohl pak na chvíli opět usnout. Je to veliký nápor na nervy a lékaři mi prozatím příliš neulevili. Nejsou si prozatím vůbec jisti, oč vlastně jde.

Plácám se pořádně následkem svých rozvrzaných nervů, všímám si však přesto všeho, nejen svého nefungujícího, nebo špatně fungujícího zadku. A o tom všem se pokusím alespoň ve chvílích poměrné úlevy psát.

*

Dostal jsem dopis od matky jedné své patnáctileté svěřenky v lehké atletice. Byl jsem z něho dost smutný. Nikoliv proto, že by nebyl dost upřímný a srdečný, nýbrž proto, že mi jasně dokázal, že většina lidí je schopna mít děti po fyzické stránce, po duševní však na tento úkol naprosto nestačí. Přikládají neúměrný význam podružným a zanedbávají hlavní problémy lidského života.

Fyzicky očekávám otázku: "Tak které jsou hlavní a které vedlejší problémy, ty hloupý mudrci?"

Většina lidí by nejraději z života udělala živůtek nebo živůteček. (Mne samozřejmě nevyjímaje.) Člověk touží, aby se mu ve všem dařilo. Ve zdraví, v schopnostech, v citu, v sexu, v rozumu, v existenci, atd. Tu a tam se mu samozřejmě něco podaří, ale přesto zůstává lidský život károu, kodrcající se po nerovné cestě, která vede k smrti.

Mít děti je jistě nemalou obětí časovou, finanční i dost velkou zodpovědností, kterou si ale jen málokdo uvědomuje. Každý by chtěl, aby děti realizovaly jeho cíle, plány, a především, aby přinášely radost. Té radosti zcela mimoděk přinášejí dost, hlavně svou roztomilou nevědomostí, osobitým reagováním na život vedle sebe a životním projevováním mládí. Na děti je radostný pohled jako na rozkvetlou ratolest.

Jenomže život, i ten nejobyčejnější, je velikou bitvou se sebou samým, s okolím, se zdravím, s existencí, s láskou i se samotou. Nemám to úmyslně vědecky roztříděno. Nepíšu také vědecké pojednání. Podobné spisy mne vždy upřímně nezajímaly, nudily a otravovaly.

*

Že mne to už dávno nenapadlo. Že mne to však alespoň ťuklo dnes. Narazil jsem si tolikrát zbytečně čelo, než jsem přišel na to, že sklo není vzduch a že dostat se na vzduch nebo světlo předpokládá najít nezasklenou díru.

Okolo lidí je všechno zaskleno, a tak mají často pocit zuřivé pitomosti, že nemohou ven. V kapitalistickém ráji touží jich mnoho po komunistickém ráji a naopak. Zdánlivě chytří jsou ti, kteří přizpůsobují své touhy skutečnosti. Nejsem spokojený zde a nepochybuji, že bych byl stejně nespokojený tam. Není to tak velký nesmysl a paradox, jak by se zdálo na první pohled. Není valného rozdílu, fackuje-li člověka, který se nemůže bránit, kapitalista, nebo komunista.

Marx rozdělil lidi na chudé a bohaté, na vykořisťovatele a vykořisťované. Každý hokynář dělí lidi na schopné a neschopné, div ne na poctivé a příživníky. Nejsem Marx ani hokynář a dělím lidi na fackující a fackované. O facky není opravdu v lidském životě nouze. Narodí-li se někdo se šerednou tváří, vysedlou lopatkou nebo ptačím mozkem, dostane facku ve chvíli, kdy je vytažen na svět. A nespočetně jich s hroznými fackami stejně nedobrovolně odchází, jako nedobrovolně přišli.

*

Ještě včera tloukli špačky
- ne, je tomu již dlouhá řada let -
a dnes jsou docenti

ještě včera neviděli trumpetu
- ne, to se mi jen zdá -
a dnes jsou virtuózové

ještě včera jsem se všem divil
- ne, divil jsem se odjakživa -
rodí se tak divní lidé

*

Celý život psal jsem milostný dopis, který jsem nikdy neodeslal. Je možno vůbec psát jiné dopisy?

*

Na starém hřbitově na začátku Košíř je rarita. Zlomený kamenný kříž mocným objemutím živého stromu. Živé dřevo zdolalo neživý kámen. Jaký zázrak!

*

Je-li člověk zdráv, může se prát. Je-li nemocen, je neuvěřitelně bezbranný, pere se sám se sebou, spotřebuje k tomu veškerou energii, které se mu nedostává v boji s životem okolo něho.

*

Nejlepší spolubydlící je žádný spolubydlící. Vzal jsem k sobě Mirka, když neměl kde bydlet. Nosí za to mou aktovku, vzal si můj kufr, zničil mi šlendriánem vzácnou dečku na stůl, nic po sobě neuklidí, zapomíná za sebou zavřít, když nikdo není v baráku, každou chvíli nechá někde klíče a klepe mi o půlnoci na okno, abych mu otevřel, vodí mi do bytu návštěvy, o které nestojím a které mi jdou na nervy, krátce jsem bohatší o jednu trpkou zkušenost.

*

Už je opět konec srpna. Den za dnem se krátí náš život. Noví školáci usedají ve školních lavicích, které za chvíli opustí s prázdným úděsem v srdci, že se už nikdy do nich nevrátí. Blaze těm, kteří nic nevědí o šepotu povinně opuštěných školních lavic. Blaze těm, kteří se dívají stále dopředu a pro které neexistuje pranic z toho, co bylo a už nikdy nebude.

*

Již nelze odpustit tam, kde bylo padnout na kolena, již nelze říci rozhodné: "Dost!" nebo "Ne!" tam, kde jsme zbaběle a bezradně mlčeli. Úroky z učiněného bezpráví námi i na nás platíme s úroky nervovými otřesy, a jsou to úroky lichvářské. Kdo za to může, že jsme byli necitelní, hloupí, či zbabělí? Kdo za to může, že se nám nedostávalo odvahy ani sil? Zbabrali jsme svůj život osudem i vlastní zásluhou. V přírodě je tolik planých stromů a tolik vnějších i vnitřních lubů, že je všechny nelze ani spočítat. A přitom si mnoho lidí všímá spíš matematiky, chemie, šachu nebo motorismu či astronautiky, nežli života. Je to úplně nepochopitelné, že si lidé neuvědomují, čeho je vlastně zapotřebí. Dívám se a divím, jak lidé ignorují Boha. Nikoliv toho oficielního, katolického, protestantského, mohamedánského atd., ale Boha vůbec. Všechno, co nejsme my, je Bůh. Bůh je nesmírný a mimo všechny naše představy. Žádný člověk není bohem. Sebedomýšlivější palice, ověnčené směšnou gloriolou, jsou nepatrní plazové, kterým co nevidět dojde rozum i dech. Hitler i Stalin chtěli svými portréty zakrýt nebe a mnoho malověrných se domnívalo, že se jim to podařilo. Nadešla však nesmírná chvíle, kdy třířádkový lékařský bulletin nejotřepanější formou odtroubil jejich drzým táčkám s věčností. A pyšné organizace se sesuly v prach, aby učinily místo novým organizacím a novým omylům. Vnuk pijan se o ničem nepoučil z pijanství svého děda.

Snad dojde jednou k změnám lidských osnov. Snad jednou chytří a moudří a nenáchylní k zlému hněvu ovládnou lidskou společnost a nebudou asimilovaní hordou tupců a ničemů. Snad jednou bude více úcty ke smrti i k Bohu, snad věčně nebudeme naslouchat s přiblblým úsměvem Kolíne, Kolíne. Snad jednou nebude záležet na tom, co máme na sobě, ale v sobě (rumpsteak à la Turnedos ne!), snad jednou bude na světě méně hlouposti a zloby. Amen.

*

Kdyby člověk sahal po peru pouze ve chvíli potence, ztěží by se přišlo na to, že je také impotentní.

*

Potentní lidé mi byli vždy podezřelí. Rimbaudovi asi také, a proto nechal ve dvaceti psaní, a aby se vyžil, šel prodávat zbraně Menelikovi do Habeše. Přestat psát - to žádného socialistického spisovatele nenapadne. Píše tak dlouho, až úplně zblbne a dostane titul národního nebo zasloužilého umělce.

*

Psát dopisy ve strnulé formě a normě obvyklé korespondence je něco šíleně tupého. Posílat druhému kousek vlastního žhavého nitra je však nanejvýš problematické. Jednak se zděsí, za druhé si s tím nebude vědět rady a za třetí o to vůbec nestojí. A ten, kdo by o to třeba stál, tomu se opět nám nechce psát. Čili pěkně začarovaný kruh. Nakonec bláznovská samomluva je mnohem rozumnější než nejduchaplnější korespondence.

*

Napsal jsem knihu pro šestnáctileté a nemohu se na ni ani podívat. Tolikrát jsem to přebíral a tolik mi do toho zasahovaly pitomé palice z redakce, že je mi z celé publikace nanic. Ještě, že dostanu doplatek 1300 korun a budu za ně moci hýřit v n.p. "Sako".

*

Neexistuje střelec, který by se neustále trefoval do černého, ani malíř, nebo básník. Nemá snad proto střelec střílet, malíř malovat a básník psát?!

*

Ti, kteří nejvíce forsírují vlastní vůli, jsou nadmíru dotčení, střetnou-li se s někým, jehož vůle je zcela jiná.

Všem všechno vem, jen mé mi ponech, Bože.

Hle toť je láska, krutě veliká.

(Viktor Dyk)

Člověk se nemůže nechat zmýlit tím, že se stmívá a rozednívá, že se stmívalo a rozednívalo a že se bude stmívat i rozednívat. Minulé i budoucí bez nás. Pojednou jsme byli a pojednou opět nebudeme. Přežije nás spousta nevzhledných domů, přežije nás lidská hloupost i nevědomost. Když to všechno nasedá do tramvají nebo shání prezenty k Ježíšku, nese se to, jako by měli v kapse legitimaci na věčné časy.

Škaredohlíde!

*

Neexistuje tak špatný autor, aby nenalezl ještě hloupějšího čtenáře. - Prohlásil úžasně básník Jiří Kolář.

*

Přečetl jsem "Jeden úsměv" od Francoise Saganové, který ve Francii vyšel nákladem 150 tisíc výtisků a u nás byl připraven pro dalších 10 tisíc skopových hlav. Název "Jeden úsměv" není přiléhavý. Mnohem lépe by se hodilo pro tuto novelku "Kundí vánek", a každý čtenář (a hlavně čtenářka) by rázem věděli, oč jde.

*

Mohl bych napsat disertační práci "Události", nejlepší události, které je s to kdo napsat, ale nepřijali by moji práci. Říkali by, že nemám potvrzený výkaz o absolvování přednášek, aniž by mne byla Akademie navrhla pro udělení titulu h.c.

Píši tedy disertační práci, která nikdy nebude přijata. Dělám něco hrozně nutného a současně zbytečného. Nikdo mne nevyzval k tomu, abych mluvil, a já hovořím a lidé jdou kolem a nevšímají si toho, nebo se zastaví a ťukají se s potutelně zasvěceným úsměvem do čela.

Nemám nic úžasného, co bych sdělil. Mám dojem, že to všichni vědí, jako to vím já, ale není tomu tak. Nic nevědí příští čtenáři událostí, nebo vědí, ale hrozně málo, protože mají méně obludnou duši než já.

Naprosto nezáleží na tom, z kterého konce začnu, nebo začnu-li od prostředka a budu se vracet zpátky, nebo pokračovat z prostředka ke konci. Z děje Událostí budou všichni perplex. Není děje v Událostech po způsobu F.L. Věka a podobných logických slátanin. Události jsou nelogické jako život sám, a to jim jediné zachraňuje životnost navzdory lajdáctví a malému důvtipu autora.

Hledím s úžasem na život jako na překrásné nebo příšerné ženské nohy. Těch druhých je nepoměrně víc, nejvíce je však nijakých. Bylo mi dáno, abych se touto otázkou více zabýval. O každé pitomosti je v naučném slovníku spousta řádek, o něčem tak pozoruhodném, jako jsou ženské nohy, ani slova. Jednoho dne budou oficielně objeveny a bude se o nich přednášet v nižších, středních i vysokých školách.

Je zde však ještě mnoho jiných neméně důležitých věcí. Například lidská duše. Předseda strany sice na schůzi rezolutně prohlásil, že žádná duše neexistuje, dostane se však na psychiatrickou kliniku a přijde na to, že mezi nepoznatelným a dosud nepoznaným není žádného rozdílu, protože obojí je a není.

Bylo už dávno třeba promluvit, protože doba k promluvě není věčná. Což na tom, že ještě nic nevím. Mluvím o úzkosti a mlčenlivosti událostí, které chci vzkřísit nepsanými slovy. Z minulých dnů, z právě zmizelé vteřiny není nic, není-li zachycena jako událost. Všichni řeknou, že je to faktická ztráta času, a jdou kecat na mandl. Dělají užitečnou práci.

Na mých událostech samozřejmě nezáleží. A přesto je nutno, obychom i v literatuře nalezli konečně sami sebe a vykašlali se na všechny vynálezy a patenty kolem nás. Američan i Rus a Němec, každý řekne s hrdou samolibostí: "Já jsem", my se však prohlašujeme s provinilým úsměvem, bůhví proč.

Je-li člověk, aby zachránil holou kůži, dlouho a dlouho nucen říkat něco, čemu nevěří, a obává-li se nazvat věci a události pravým jménem, z toho nemůže být nikdy nic jiného nežli posera. Vědomí, že jsme z existenčních důvodů posery, vyvolává na našich tvářích ruměnec studu, kdykoliv jsme vyzváni, abychom promluvili.

Má disertační práce by nebyla přijata již z toho důvodu, že by se proti ní s rozhořčením hodným lepší věci určitě postavilo obrovské hejno poserů, řvoucích, že nejsou posery. Potom je samozřejmě těžké, abychom se domluvili.

Čím dál tím delší tresty jsou pronášeny za to, tvrdí-li někdo pravdu, o které je přesvědčen a která se neshoduje s všeobecně uznávanou, ale úplně nepotřebnou oficielní pravdou.

Pravda. Divné slovo. Je pravda holoprdelníků a pravda podnikatelů, pravda nacistů a pravda liberálů, pravda rodičů a pravda dětí, pravda milujících a pravda nemilovaných, pravda chytrých a pravda hloupých, pravda silných a pravda slabých, pravda národovců a pravda internacionalistů, pravda dříčů a pravda peciválů, pravda šikovných a pravda nešikovných, pravda krásných a pravda šeredných, pravda katolíků a pravda evangelíků, pravda věřících a pravda bezvěrců, samé pravdy a za nimi oprátky pro nevěřící Tomáše. Je z toho ze všeho člověku na blití. Sotva jsme se zbavili Habsburků, začala mela o peníze, pak se přes nás převalili nacisté a měli strašné práce s týráním a věšením lidí, kteří nevěřili ve věčné trvání Velkoněmecké říše, a když je konečně zdolali, začali se prát a potom nám únorový puč všem zavřel huby. Nevím, co je pravda. Vím jen tolik, že za pravdu, která není lživou oficiózní pravdou, je mnoho let arestu a že všechno hrdinství nestojí ani za fajfku tabáku. Mnoho lidí zbytečně zemřelo, když v naprosté bezbrannosti řeklo svou pravdu po zuby ozbrojeným nacistům.

*

Nebýt literatury, nevědělo by se pořádně, co se v lidských duších odehrává. Každé slovo, pronesené v literatuře z nutnosti a naléhavě, je oživením strnulého ticha, obklopujícího lidskou duši.

*

Literatura, ignorující jídlo a utápějící se v duševních patocích, není pravdivá. Jídlo není nejhlavnější, ale důležitou složkou lidského života, a nemůže být opomíjeno ani zanedbáváno.

Kdybych měl vylíčit podivínství starého Grófa, účetního na penzi, který účtoval ještě v důchodu, musel bych uvést, že obědval půl litru mléka za korunu deset a dvě žemle za šedesát haléřů a z celého jeho neuvěřitelně skromného jídelního lístku vyrostla by před čtenářem mnohem živěji postava skrblicky podivínského účetního na penzi nežli z čehokoliv ostatního. Rais i Herrmann vryli se proto tolik do srdcí prostých čtenářů, že dovedli ve svých románech i povídkách přiblížit čtenářům chuť i žaludek svých hrdinů, a tím je neobyčejně zlidštit. Stejně tak je oživující, vypíše-li se, jak se kdo oblékal, a zachytí-li se dialogem zvláštnost mluvy ve stavbě vět a výběru slov.

*

Vrchní účetní Skořepa byl mužíček zvící pouhých 150 centimetrů. Chodil oblečen věčně do temně šedého oděvu a na hlavě nosil v zimě v létě narovno posazený klobouk z chlupaté plsti. V drobném obličeji nad svislými ramínky trčely proti divákovi dvě velké nosní dírky, protože Prokop měl od mládí přeraženou nosní chrupavku. Jeho prazvláštní nos, dodávající tváři vzhledu smrti Kmotřičky, stal se nezapomenutelným každému, kdo jej třeba jen jednou shlédl. Při jedné diskusi s neodbytným, dobrých 150 kilo těžkým "továrníkem" Janákem, který pobyl několik let v Americe a nyní v Československu kupoval na úvěr "potřeby", to znamená vagóny s hnilobou částečně poškozeným ovocem, ujelo Prokopu Skořepovi nenávistné: "Ty vaše americké fórky známe!" Jeden a půl metrákový Janák se zle rozkatil, přistoupil k Skořepovi, ryjícímu nosem do velkého účetního journálu, a zařval: "Tak abych vám ten váš křivej frňák nenarovnal." Po pronesení této urážky vyskočil Prokop Skořepa ze židle a nedosahuje výškou ani k uzlu Janákovy kravaty, vykřikl památným hlasem: "Do mýho frňáku je vám hovno!"

Kolem páté v zimě, v létě, jako na podzim, odložil Prokop násadku, stáhl si glotové náloketníky, posadil si rovně svůj huňatý klobouk a vydal se na procházku a současně na večeři, ze kterých se vracel úderem půl sedmé. Nejdřív zašel Na poříčí do vegetárky, aby pojedl mražený celer nebo chřest na másle nebo štěpánskou omeletu s malinovou zavařeninou, potom se šel pomodlit vkleče několik otčenášů k sv. Tadeášovi a konečně půl hodiny prochodil na Václavském náměstí po korsu od City ke kavárně Štěrba, kde v hustém davu se promenovalo nespočetně mladých prostitutek. To bylo Prokopovou každodenní radostí. Zde by byl mohl, kdyby chtěl, mít za padesát nebo sto korun překrásné děvče, které by mu každý záviděl.

Jednou mi Prokop s pocitem bolesti vyprávěl, jak po roce manželství mu manželka řekla:
"Teď už jsem si na tebe trochu zvykla. Ze začátku jsem ale myslila, že se z té tvojí šerednosti zblázním." Myslím, že jí Prokop tato nelítostná ač upřímná slova nikdy neodpustil. Z toho důvodu pracoval také v Praze a domů, do Kolína jezdil pouze na soboty a neděle a vedl v Praze život, podobný spíše životu podivínského starého mládence, nežli rozšafného padesátiletého manžela.

Přes den, knihuje položku za položkou do těžkých a velkých účetních knih, neustále pocucával ibišová cukrátka, protože od mládí trpěl chronickým zánětem průdušek. Na oběd nikdy nechodil, nechával si však denně nosit starou Faustovou z kavárny v burze "lepší" kafe a velký koláč s tvarohem, mákem nebo zavařeninou z lístkového těsta.

*

Člověk si mnohdy neuvědomuje, jak důležitý je třeba čpící pissoir ve dvoře v životě člověka. V mládí jsme se přestěhovali, když jsme dostali vyhazov z pyšného činžáku Škodovky v Podskalské třídě, do baráku se spoustou železných a dřevěných pavlačí ve Vyšehradské. Pohled našeho příbytku vedl do dvora, kde byl zmíněný pissoir hospody, ze které dlouho do noci ozýval se hulákavý zpěv a neúnavné zvuky tahací harmoniky. Nezdálo se mi to nikterak strašným ani příznačným, ale vyléčilo mne to ihned v mládí z názoru, že život je elegance, romantika a podobné blbosti. Bylo to velmi zajímavé a smutné současně. Otevřelo mi to pořádně oči, zostřilo můj zrak i sluch a současně zavřelo to má ústa, abych se předčasně nezbavil svého objevu.

*

Recept na vaření kávy.

Vezmeme kávu ostré a kávu jemné chuti, obě míchané a rozemleté na jemný prášek. Nalejeme do džezvy čistou vodu a do vody dáme ihned cukr (1 kostku na malý šálek). Když se voda vaří, stáhneme džezvu z ohně a dáme do vody tolik vrchovatých lžiček jemně umleté kávy, kolik koflíků vaříme. Zamícháme a necháme přeběhnout třikrát var, mezitím vždy znovu kávu zamícháme. Pak necháme kávu tři minuty mimo oheň a naléváme do malých šálků z tenkého porcelánu. Před popitím kávy nabídneme hostům "sladko", tj. ovoce zavařené v cukru. Každý host si vezme pouze jednu lžičku sladka, které zapije douškem studené vody. Popíjení kávy stane se malým obřadem, který sloužit stojí rozhodně za to. Káva uvařená zmíněným způsobem, má nesrovnatelně lepší chuť nežli připravená pouhým spařením, je mnohem "kulatější" a silnější a má nahoře měkkou hnědou pěnu.

*

Nikdy se nenasytím vyprávění o životě. Jedině proto, že od nejútlejšího mládí cítím nutnost o něm vyprávět, považuji se za spisovatele.

*

Většina lidí prožije život, aniž se vypovídá. A přesto zůstanou lidé věčně lační vyprávění o životě a jeho různých kombinacích a formách.

*

Věnuje-li se někdo 35 let atletice a napíše o ní knihu, je všeobecně pokládán za oprávněného, aby o věci promluvil. Žiji-li 45 let, mám snad právo říci také něco o životě.

*

Nic z toho, co se stalo, se nestalo. (Pro ty, kteří strkají do všeho svůj zvědavý a podezíravý frňák.)

*

Aby se mohlo říci, co je čekání na Martu, muselo by se zvlášť popsat, co se děje v duších čekajících. Ale všech!

*

Být lehce nemocen je krásné, být těžce nemocen je strašné.

*

Je mnoho věcí, které bych si přál mít. Bezvadně ušité šaty z kvalitních látek krásných vzorků, dokonalé, čistotou vonící prádlo, spoustu zajímavých doplňků, neustále obohacovat a zdokonalovat vzorně uklizené doupě obrazy, sochami, pokojovými květinami, drapériemi, hracími přístroji, věčně plnou tobolku, ale především zdraví a sílu, bez nichž je všechno ostatní naprostým nesmyslem.

*

Než začala poslední válka a Československo bylo na programu, docela inteligentní a vzdělaní Francouzi, Angličané, Američané i Rusové si říkali: "Kvůli takové nicotné nacionalitě české máme si nechat provrtat kůži? Tři sta let byli pod nimi, tak ať pod nimi spánembohem zůstanou. Jen když bude klid!"

Bylo to, jako kdyby se někdo k někomu vloupal do bytu a napadený říkal: "Jen ať si krade v předsíni nebo v kuchyni, jen když mi dá v pokoji klid!" Dodnes mi myšlení států, lhostejných k našemu osudu, připadá neuvěřitelně krátkozraké a hloupé.

Nakonec největší smrtelné nebezpečí pominulo a nacisté byli potřeni na hlavu. Vyvstaly okamžitě jiné problémy.

Když jsem byl po válce v Osvěčimi, nejhorším koncentráku v poslední válce, a mladí lidé, vyrostlí po válce, po chvilkové pozornosti oddali se nezbednostem, říkal jsem si, že až doroste všude mladá generace, začne cymbál nanovo. Vědět a znát, v tom je velký rozdíl. Malé dítě ví, že kamna jsou žhavá, nezná však žhavost, dokud ji nepocítí na vlastních prstech. Nové generace vědí, co je to politické násilí, ale dokud ho přímo nepoznají, nejsou jim vědomosti k ničemu. Zní jim to jako pohádka o draku s třemi hlavami. Vědomosti jsou pouhými pomocníky poznání!

*

Stát se spisovatelem znamená objevit tajemství vlastního rytmu. Neobjevit toto tajemství znamená totéž jako lhát nebo falešně zpívat.

*

Nejsem zvlášť pyšný na osobní rytmus. Je kodrcavý, neurovnaný, neučesaný, škarohlídský, únavný. A přesto nemohu nežli jej vyznávat, jinak bych se rozprskl jako rozbitý atom.

*

Nejde-li člověk čtyři dny na stranu, přestanou jej zajímat nejkrásnější verše i nejlíbeznější hudba. Pouze proto je mnoho lidí tak málo pokorných, že na ně častěji nedochází tato nadmíru jednoduchá obtíž.

*

Jsou období, kdy neobyčejně mnoho přečtu, a jiná, kdy takřka jsem neschopen číst. Střídá se to ve mně jako dubnové počasí, a já toužím po stálosti léta.

*

Včera mě přišla navštívit dávná přítelkyně. Její otec byl v závěru života postižen sexuální zvráceností. Imaginární hrůza. Ona to však pojímala tak ryze věcně, že jsem zůstal stát s otevřenými ústy. Kdybychom se byli s přítelkyní vzali, jak jsme o tom svého času uvažovali, žili bychom vedle sebe jako dva cizinci. Berta má odolnou nervovou soustavu. Co je odolné, nebývá jemné. Chybí jí nejtenčí nervstvo, vytvářející vibraci při nejnepatrnějších záchvěvech duše.

SEŠIT ČÍSLO DEVĚT

Nedělní dopoledne na psychiatrické klinice. Nádherný srpnový den, celý prosluněný, padá zamřížovanými, bíle zamřížovanými okny, do ztichlých chodeb a pokojů. Dobrá polovina bláznů je na sobotu a neděli doma na čestné slovo. Ostatní tiše posedávají u oken, polehávají v poloprázdných pokojích, nebo naslouchají vzdálenému koncertu z rozhlasového přijímače v jídelně. Občas ozve se vytí sedmnáctiletého, nadobro pomátnutého chlapce, volajícího táhle: "Sestróóóóóó" nebo "Maminkóóóóóó!" Za chvíli opět všechno ztichne. U malého stolku s bílým ubrusem pod oknem a s výhledem do ústavní zahrady, plné překrásných starých stromů, sedí vysoký a impozantní bělovlasý stařec. 86 let. Přežil se, ale ještě je zde. Obdivuhodná je jeho osobní pečlivost, se kterou je ustrojen, i hrdost, kterou si uchovává přes značnou pohybovou nemohoucnost. Držení jeho těla je vzpřímené. Občas se zahledí do knihy v modré plátěné vazbě a potom jeho zrak hledí ven do zahrady. Bůh ti dej sladké vzpomínání.

*

Napsal bych Ti dopis, byl by však s největší pravděpodobností jen zdrojem nedorozumění. Ve skutečnosti jsem Ti psal celý život, i když jsem vlastně psal jenom sám sobě. Není proto nic podivného, že jsem se dostal na psychiatrickou kliniku, kde zkoumají, zdali jsem blázen, nebo do jaké míry jsem blázen.

V jídelně je televize. Impozantní stařec se tam včera večer došoural, za chvíli však byl zpátky. Dávali jednu z oněch rádoby bujarých, ve skutečnosti však nadmíru trudomyslných estrád, kterými mohou oblažit leda naprosté duševní ubožáky a chudáky. Když jsem se kmeta zeptal, co hráli a jak se mu to líbilo, mávl roztřesenou rukou a trhavě pravil: "Ttto ttten impppresário je aaasi odtttud!"

*

I tak to jde
i tak to musí jít
něco mne rve
a přesto musím žít

*

Opustil jsem sám, či opustili oni, nebo jsme byli násilím odtrženi, či jsme se sešli, abychom se museli rozejít, či co, co?

*

Nevím, kde na to běřou někteří nervy, že jdou celý život po tenounkém ledě, pod kterým co chvíli někdo nenávratně zmizí, a je utěší stavba garáže...

*

Sinclairu Lewisovi, ani F.X. Svobodovi, ani Franz Kafkovi, ani Aloisu Jiráskovi se nevyrovnám. Řekli svoje, a lidé z nudy řekli: Ano! Sotva otevru ústa, můj čtenář řve: Ne!

*

Ať to zní sebenesmyslněji, i v blázinci je samospráva s celou řadou funkcí!

*

Dnes mi řekl docent Pešek, kterého mám jinak nesmírně rád: "Nesmíte se tomu tak poddávat!" Jsou lidé, kteří se nikdy nepoddají, jsou lidé, do kterých stačí fouknout a svalí se. Nejsem hrdina ani posera. Vstávám, padám, padám, vstávám. V tom jsem zajedno s naprostou většinou lidí.

*

Šel ulicemi Starého města a všechno se mu zdálo podivně smutně okouzlující. V úzkých uličkách vnímal omamný pach jarního podvečera, starých omítek i ohřívaných večeří a všechno bylo modré, šedomodré, všechno bylo zítra, nikoliv včera, ani dnes ještě ne.

Divil se, že není schopen zformulovat slovy ani nepatrnou mnohost dojmů, která se jej zmocňovala. A příčinou všeho byla samozřejmě ona. Ona byla kvintesencí všeho. V ní byla osamělost vchodu do Týnského chrámu, zářivý třpyt klenotnické výlohy na hlavní třídě, avantgardní filmy i vše, co tady nikdy nebylo, ani v budoucnu nebude.

Byl velikým hlupákem. Nic nevěděl, nic neuměl a děsil se světa. Byl jen výborným rychloběžcem, nasával do sebe veškerou velikost světa a kromě toho byl pevně odhodlán nikdy se nevzdat své lásky, která byla od samého začátku prohraná.

Nedovedl si nikdy představit, že by se jeho život utvářel tak, jak viděl u svých rodičů. U nich to byl jen řád, povinnost, táhnutí káry, postav se na vlastní nohy, nesahej si na přirození, nech toho flákání, to už jsi to zase promrhal, Bože, ty nás utrápíš k smrti.

A pořád se něco hrozného tetelilo ve vzduchu v karlínském činžáku, kde byla kuchyně jeho ložnicí a pokoj jejich kuchyní. Aby byl separovaný. Někdy ale navzdory všemu bylo to útulné, byl to domov, navzdory všemu.

Bylo možné utéci se do jednoho ze sta pražských biografů (objevovat jejich osobité kouzlo uvnitř i na okraji města) a byl očarován zvláštním pachem jejich vestibulů, zhasnutím reklam, reprodukovanou hudbou

Sni o štěstí
nech si o něm zdáti
zítra možná
nebudem se smáti

a zvukovými týdeníky Fox nebo Paramount.

V letošní sezóně zlepšil už všechny dorostenecké rekordy v běhu na 60, 80, 100 i 200 metrů. Atletická veřejnost se mu obdivovala, pro ni to samozřejmě bylo míň než zahýkání osla. Četla Gorkého a Dostojevského a Sinclaira Lewise, denně byla na bidýlku v Národním a nenáviděla nevzdělané muže. Muže.

A byla muži, ne Muži obletována, protože byla krásná a dovedla se neodolatelně usmívat, takže po ní každý vztahoval ruce. Psal se rok 1933, Praha byla plná Ježkových foxů a rumb a doznívaly v ní Dvě srdce ve tříčtvrtečním taktu. Inteligence, hlavně básníci a malíři, šli doleva a v Praze byly slyšet moskevské první máje a sjednocená Itálie i černohnědé Německo s hákovým křížem. Byla to doba nabitá děním a těhotná událostmi. Bretonovy surrealistické básně a jejich nezvalovské odvary, fauvistické obrazy, superbulvární plátky Express a Telegraf, premiéry, E.F. Burian v Mozarteu a Král komiků Vlasta Burian, premiéra stíhala premiéru.

Jankovcovy polky a valčíky zaznívaly v podvečerních dnech, obzvláště v sobotu, z přecpaných hospod na Žižkově, v Košířích, Radlicích, po celé Praze. Byla to doba starostí, nadějí, akcí i protiakcí, štvaní politického i existenčního, ale také doba svobody, ať si říká kdo chce co chce.

*

Napsal bych dopis, kdyby bylo komu. Nemám snad dost adres v malém sešitku, do kterého si poznamenávám jména, adresy a telefonní čísla. Jméno za jménem, a přesto nikdo, komu bych mohl právě teď psát. Vpadl bych v bůhvíjaké situaci do jeho života, odpověděl by mi s rozpaky nebo se strojeným zájmem, nebo by, což je nejpravděpodobnější, neodpověděl vůbec.

Je srpen, člověk leží na psychiatrické klinice a nemá komu psát. Nemá se čím chlubit, aniž by toužil si někomu naříkat. Každý má - bezpochyby - svého dost. Není duševních ani hmotných přebytků, o které by se mohl s jinými podělit, a druzí je zřejmě také nemají, nebo mají, ale nikoliv pro mne. Ondra i Mirek sem za mnou chodí se svými pentlemi. Obě mi připadají stejně pitomé a nechápu, proč mne ti dva hňupové trápí tím, že je sem sebou tahají. Koukají se na mne s přiblblým úsměvem jako na čápa se zlomenou nohou a čekají, krávy, že je snad budu bavit. Ondra i Mirek jsou pěkní tlustokožci, když nechápou, jaká jsou pro mne muka s nimi o ničem konverzovat.

*

Co blbnete?

Družice není zázrak, ale pavouk, žížala i docela obyčejný osel!!!

*

Moudrost je jedině nepodlehnout všeobecné blbosti. Moudrost znamená nepřejímat pasívně jakékoliv pravdy, ale probojovávat se k nim navzdory únavě, pohodlnosti i vlastní omezenosti.

*

Stačí-li někomu k životu dobrá existence, úspěch v některé obmezené činnosti, úspěch u druhého pohlaví, rodinné štěstí atd., je to ubohost. Jakmile se toto nedaří, propadá takový člověk zoufalství. Je úmyslně slepý a nehodlá prohlédnout.

*

Nebyl jsem tři dny na záchodě a konečně díky Lafinolu jsem byl. Žádný monarcha nemohl být nikdy šťastnější po příjezdu do Monte Carla nežli já, když jsem opouštěl záchod. Všechny lidské hodnoty jsou velmi iluzorní.

*

Od doby, co jsem přišel na kliniku, napsal jsem mnoho dopisů. Dostal jsem prozatím jedinou odpověd. Jako by lidé, kterým jsem napsal, neměli chvíli volného času ani pranic, co by mi řekli. Čím více člověk cokoliv očekává, tím více musí se smířit s čekáním.

*

Rozhlas i televize v blázinci na Karlově jsou plné oslav z vítězství kosmonautů. Jděte nám k šípku s pověrou o nezbadatelnosti vesmíru! A blázinec samotný je plný lidí, které malá porucha navždy vyřadila z normálnosti. Jak málo stačí lidské duši k otřesu, ze kterého se už nevzpamatuje. Ačkoliv jsou tyto případy neskonale početnější než kosmonautické, o nich reportáž v rozhlasu nebo v televizi neudělají. Aby nekazili náladu divákům a posluchačům, i proto, aby nemuseli přiznat, že lidský rozum je v posraných plenkách.

*

O atletice tak i onak

Začátek podzimu v městě je něčím mimořádným pro vnímavou dětskou duši. Řada starých topolů na Císařské louce s lehce se chvějícími dosud svěže zelenými listy. Řekni něco o těchto obrovských topolech, zůstáváš němý a chvěješ se jako topolové listy. Všechno zdá se být zajímavé, pozoruhodné, zvláštní, okouzlující. Lehce stříbřitá mlha vkrádá se do slunných zářijových dnů, vonících lakem tužek a čistých papírů Albrechtova papírnictví na Vyšehradské třídě. Nákup školních potřeb je sváteční chvílí a okolo vánoc je krám plný nejlákavějších dětských knížek s kouzelně barevnými obálkami. Ze všeho nejkrásnější jsou ale pachy čerstvého chleba a pečiva u Jeníků, drsný závan vína a kořalek z výčepu u Vejvodů, mdle nasládlý pach z mydlářství, prodávajícího také zdobené svíčky, hračkářský krám paní Ganswohlové, zvláštní pach kávy a neznámého koření, vanoucí z krámů z Razimů, omamný pach tabáku a čerstvých novin z trafiky, studená vůně syrového masa a teplý van uzenin, vůně drogerií, vůně obchodu s linoleem, nasládlá pěna mýdla se zvláštním pachem ostříhaných vlasů v kadeřnictví...

(nedopsáno)

*

Svou vezdejší práci musíme konat k slávě mrtvých a k užitku těch, kteří přijdou po nás.

Joseph Conrad;
"Věrný Nostromo"

Láska, to je toliko chvilka zapomenutí a krátkého opojení a na její blaho si člověk vzpomíná jen s jakýmsi smutkem jako na nějaký prožitý žal.

Joseph Conrad:
"Věrný Nostromo"

*

Nikdo mi neřekl, že všechno už zde bylo. Rozednívá se a stmívá a v nás buď koluje zdravá krev a domníváme se že v naší moci je všechno, nebo krev stará a domníváme se, že v naší moci pranic není. Čím více víme, tím jsme smutnější, tím více si uvědomujeme, jak málo víme a jak jsme bezradní proti tomu, co nevíme. Nejkrásnější dny trávím na nemocniční posteli a celé moje myšlení je nerozlučně spjato s nervovým pocitem střev. Lásky, plány, ideály jako by ustoupily střevní neuróze. Přijde za mnou kamarád a vypráví mi o potížích své turistické cesty na mistrovství Evropy v Bělehradě a já jej poslouchám a říkám si: Tvoje starosti na mou hlavu! Stačilo by, abys měl roztřesený zadek jako já a mistrovství Evropy by ti bylo k smíchu. Vlezu do vany s teplou vodou, pocítím nádherné uvolnění střevního napětí a ihned začnu přemýšlet o tom, jak budou vypadat originál švýcarské stopky, o které jsem požádal svého přítele Regazsoniho z Basileje. Pak vylezu z vany, znovu se mne zmocní střevní neklid a švýcarské stopky jsou mi vzápětí lhostejné jako přítelova cesta na ME do Bělehradu. Bez zdraví je člověk bídný a ubohý nad všechno pomyšlení. Nemoc vysaje z člověka všechnu životní energii a člověk si není s to nic jiného uvědomit, nežli že trpí. A lidé okolo něho chodí buď se smutnými nebo lhostejnými tvářemi.

*

Seděl jsem v hotelovém pokoji vymalovaném červenými papoušky na zeleném podkladě a díval jsem se přes přízemní baráky čačackého korza na světlý pruh tmavějícího nebe nad srbskými horami. Byl konec září a teplý vzduch voněl praženou kukuřicí. Psal se rok 1938.

Borko Jeremič, pětatřicetiletý Srb s chvěním očních panenek, mi odpoledne řekl: "Němci jsou svině a bylo by třeba s nima pořádně zatočit." Konrad a Jenny Schmitgenovi, další dva společníci, byli "Aulandsdeutsche", to znamená německými vystěhovalci, kteří už třináct let žili v Jugoslávii a kteří teď, když nacisté začali roztahovat své perutě, sebevědomě zdvihali hlavu. O nich Borko prohlásil: "Jebem nim hitlerovskou majku!"

Začal jsem psát dopis. Měl jsem toho mnoho na srdci, čím jsem chtěl ztéci nepřístupnou baštu Bertiny osobnosti a říkal jsem si: "Jednoho dne tak jako tak musím zvítězit!" Při odjezdu z Prahy koupil jsem si tři stovky dopisních papírů, za jejichž kvalitu nebyl by se musel stydět žádný velvyslanec. Byly to luxusní papíry diplomatického formátu s velikou, úctu budící obálkou.

*

Touto formou bych toho mnoho nenapsal. Je to rytmus běžce dlouhých tratí. Musím letět, nikoliv se plazit. Dvacet let hledám už formu, odpovídající mému duševnímu rytmu. Nemohu psát jako Balzac, Flaubert, Tolstoj, Maurois, Hemingway nebo Saganová. To jsou spisovatelé vytrvalci, já jsem však sprinterský básník.

*

Jsem v blázinci. Slušněji se tomu říká psychiatrická klinika, lidově v Kateřinkách. Spíme v pokojích po osmi, záchody mají průhledné dvéře, na snídani, přesnídávku, oběd, svačinu i večeři zvoní ručním zvonkem, připomínajícím zvonění z pokoje s vánočním stromkem o Štědrém dnu. Jdeme do jídelny a postavíme se do dlouhé smutné fronty, vyvolávající představu chudoby. Okna jsou zamřížovaná a dvéře z kliniky zavřené. Pustí vás jenom zdravotní sestra nebo ošetřovatel, máte-li to povoleno. Čtyřikrát denně se rozdávají léky, kromě toho vám měří teplotu, krevní tlak, vodí vás na krevní zkoušky a elektrokardiograf. Jeden spolupacient vydává ze sebe racčí skřeky. Je tady jeden huhňavý šedesátník po mozkové mrtvici, který se třese po tom sáhnout na mladou ošetřovatelku. Jsou zde otřesení, roztřesení částečně i úplně pomatení lidé. Každý den dopoledne je lékařská vizita. Chodíme na vodoléčbu, asi polovina povinně a s nevolí cvičí pod dohledem rehabilitační sestry. Také chodíme do zahradního parku s gotickým kostelem sv. Kateřiny, který se obejde pomalou chůzí za 4 a půl minuty. Jsou tam lavičky pod starými stromy, jejichž mohutné listoví začíná se pomalu barvit nastávajícím podzimem. Rovněž v duších pacientů je podzim, s občasným krásným dnem, připomínajícím nostalgicky léto. Léčení je na dlouhé lokty a výsledky jsou více než skrovné. Není zde pranic zajímavého, co by se rád dozvěděl zdravý člověk. Duše prý neexistuje. Těžko tedy říci, čím se zde vlastně zabývají. Na nervy je přece neurologická klinika. Za zamřížovanými okny v podmračném dnu pohupuje podzimní vítr rozložitými korunami stromů.

*

Snad přeci přeci snad
uslyším od tebe slovo
na které čekám už dávno
tak přeci není ještě tak pozdě
promluv
čekal jsem nesmírně dlouho

*

Kdyby se to nepřebralo, byla by to strašná bída.

*

Na druhé straně vyjádří se tak lidská ubohost mnohem lépe než seberafinovanějšími literárními prostředky. Ztroskotal-li Čapek na "Dílu skladatele Foltýna", tedy proto, že chtěl zobrazit cizou, jinou ubohost nežli svou vlastní.

*

A kdybych moh' kdybych směl
třípatrové činžáky
ach ano
věčně v minulost svou měním přítomnost
netvařte se jako by nic
nic zeje hroznou prázdnotou
a v pokojích
třípatrového činžáku ach ano
něco se chvěje
na zčernalé malbě se to nepozná
čpí zvláštní vlhkost na schodiště
a tmavé dveře se štítkem
Josef Crnoch
jsou stále uzavřené

*

Nebylo to pouhou náhodou
že jsem nikdy neprocitl
po noci zvané svatební
mně ukázán byl život
z jiné strany
Nebylo to pouhou náhodou
že jsem věčně bloudil
po nocích bezesných
mně ukázán byl život
z této strany

Nebylo to pouhou náhodou
že jsem marně prosil
děsil se samozřejmých nocí
mně bylo nařízeno bylo
divit se a bdít

*

Fotbal

Je neděle v září
dvacet tisíc lidí obklopuje trávník
dřevěná tribuna voní dehtovým nátěrem
na vodárenské věži táhne na čtvrtou
davem v ochozech prodírá se muž
s tácem sladkostí vysoko nad hlavou
oříškové karamely
žvýkací guma
čokoláda bonbóny
jak asi dneska nastoupí
naši
samozřejmě naši moji naši
už se hlediště u tribuny zmocnil
nadšený neklid
a v úzké uličce se zakmitaly barvy
a bílý
oslnivě bílý míč byl vykopnut vysoko
převysoko
a za ním se vyhrnuli
s Pláničkou bohatýři
již napřed ulízaní a načesaní
sklízejí chválu
pohrávají si s míčem
pohybujícím se s klouzavou lehkostí
po koberci trávníku
teď jedno bodlo na zkoušku

Plánička chytá
jako by šlo o pouhou placírku
mezitím nastoupil už soupeř
nikdo se po něm nedívá
jako matka na své děti
tak je dvacet tisíc pyšno na své chlapce
v červenobílých košilích
a v blankytných stulpnách
kanonýr Svoboda
jemný mechanik Šoltys
auto-papino Tonda Puč
na křídlech Junek malý ale hbitý
nalevo Podrazil
v záloze Seifert-Pleticha a Vodička
s býčím krkem zvaný sapér
v beku vídeňáci
Reichert s Černickým
v góle Plánička
a někdy Štaplík

*

Nemíním vodit vás za nos, ale tím méně tahat vás za sebou po šňůře. Trochu se rozhlížím a mým přáním je, abyste se porozhlédli i vy, ale jinak, než vás dosud kdokoliv učil rozhlížet. Je třeba zapomenout na všechny poučovatele a já sám bych vás rád opustil, sotva se domluvíme, že na Prahu je třeba jít jinak, než tomu učí ve škole, v Turistovi a v místopisných příručkách. Praha je zázrak, stejně jako Paříž, Řím nebo Londýn či Moskva, ale ten zázrak je třeba objevit, nikoliv si jej nechat nalít do hlavy nebo spolknout jej v nezáživné formě všech poučovatelů. Pražský zázrak vězí mnohem spíš v nudné ospalosti letního odpoledne nežli v povinné prohlídce Husova pomníku nebo chrámu sv. Víta.

Sotva napíši tato slova, vidím úplně jasně hněvem zarudlé tváře profesionálních i amatérských poučovatelů, staro- i novomilců stověžaté matičky Prahy. Stověžatou matičku mám stejně nerad jako zlatou kapličku u Vltavy, protože to jsou sentimentální patoky, ze kterých se musí udělat nanic i člověku s poměrně zdravým žaludkem. Zmíněné přívlastky jsou jednak nesnesitelné svou neměnností a naprostou duševní pohodlností, za druhé jsou spojovány s břečkou dalších tirádních slov nesených v podobném duchu, až se z toho zdvihá žaludek.

K čemu se uspávat vědomím, že k věci nepřistupují v Paříži, Římu, Londýnu, Moskvě jiným způsobem. Právě z tohoto důvodu dal jsem se do psaní "Pamfletu o Praze", abych všem skopovým i neskopovým hlavám dokázal, že je na čase skoncovat s tupou stereotypností a otupující pohodlností. Nač se ostatně zbytečně dlouho zabývat babraly? Bylo nutné se o nich jen zmínit. Většího zájmu nezasluhují.

*

Na otázku, odkud začít s prohlídkou Prahy, je lépe neodpovídat. Tak hloupou otázku myslící člověk nevysloví. Nezáleží vůbec na tom, kdy a kde se začne. Třeba na místě nejfádnějším, třeba v Radlicích nebo v Karlíně. Rozhodně bez jakéhokoliv plánu. Staré stromy okolo kostela na Karlínském náměstí s věčně prázdnými lavičkami jsou stejně vhodným místem k nahlédnutí do tajemství Prahy jako úzká fronta přízemních baráků v Radlicích před konečnou stanicí osmnáctky. Zde i největšího tupce napadne, že život není žádná opereta a že není žádný malicherný rozdíl mezi tím mít a nemít peníze. Když jsem jako chlapec vídal šťastné a spokojené tváře elegantních lidí v Českém Yacht-klubu nebo v Lawn-tenisovém Clubu na Letné a vzpomněl si na přízemní, polosesuté baráčky v Radlicích nebo na fronty odporných třípatrových činžáků na Žižkově, nechápal jsem, jak se mohou členové Yacht-klubu nebo LTC tak bezstarostně oddávat svým kratochvílím, když...

Když jsem se o tom kdekoliv zmínil, všude usoudili, že jsem hlupák. Byl jsem nucen tomu uvěřit, když nikdo netvrdil opak. A přesto, jak jsem už tehdy tušil, hlupáci byli oni, protože si neviděli pro svou eleganci a sebeuspokojení ani na špičku nosu. Jejich zaslepenost byla obdivuhodná a podle všeho jediným důvodem, proč se cítili být spokojenými.

*

Nikdo mne neber do ruky s plným žaludkem. Ani z dlouhé chvíle, ani z povinnosti. Nemám a nechci mít nic společného s pokurvenými knihami. A těch je zdrcující většina. Při psaní platil jsem svým životem a můj čtenář nemá na vybranou. Buďto musí platit svým životem, nebo nemá práva bráti mne do ruky. Je to nadmíru srozumitelné a jasné. Knihu, kterou jsem napsal, nelze beztrestně dávat k narozeninám nebo k svátku. Ostatně moje kniha se nikdy neobjeví mezi knihovním salátem. Moje kniha nemá nic společného se spotřebitelskou ani velkoobchodní cenou. Je cenově nedostupná. Co na tom, že by si ji žádné nakladatelství nevzalo ani zadarmo. Zkuste bez komentářů prodávat Modiglianiho v JZD. Nenabídnou vám za něj ani libru tvarohu. Je vinen Modigliani, že nemaloval podle skopových hlav JZD? Blažíčka by tam beze slov prodal každý hňup. A kde je Modigliani a kde je Blažíček? Nemohl bych být ani knihkupeckým prodavačem, nadto autorem podle hňupovských představ nakladatelských nebo distribučních složek. Nikdy ze svého skrovného nadání nebudu mít nejskrovnější prospěch. Nemohu se prodat, i kdybych chtěl. Nedovedl bych se literárně prostituovat.

“A co tvé knihy o lehké atletice?”

To není literatura, to je jen klábosení o tom, jak se běhalo kdysi a jak dnes. To jsou jen kuchařské knihy pro běžce.

SEŠIT ČÍSLO DESET

Jezdil jsem denně tramvají číslo pět z Karlína na Smíchov do obchodní školy Gremia pražského obchodnictva u Anděla. Jednoho jarního dne vystoupil jsem z tramvaje už na Poříčí a místo do školy ubíral jsem se s taškou pod paží přes Hlávkův most na Letnou. Věděl jsem, že dělám něco nesprávného, nikdy předtím nenapadlo mne jít za školu, tentokrát však nechuť k nezáživným hodinám a očividně nepřátelským profesorům byla silnější než všechno přemáhání.

Byl jeden z oněch kouzelných dnů koncem dubna, kdy člověk do sebe lačně vpíjí nádheru pražského jara. Šel jsem jako tulák, který se rozhodl přetrhnout nesnesitelná pouta nepochopitelných povinností a služebnosti a který se s úžasem dívá kolem sebe jako slepec, kterému byl pojednou navrácen zrak.

Letenský park byl prázdný a plný zeleně a květin. Na samotném vrcholku u konečné stanice pohyblivého chodníku rozkládaly se nesčetné prázdné kurty lawn-tenisového klubu, které kropil hadicí starší kustod. Byl v košili, staré vestě a ve vápnem pošpiněných starých kalhotách. Vyprahlé kurty lačně vpíjely vláhu. Čerstvě postříkané měly tmavě hnědou barvu. Posadil jsem se na lavičku a sledoval kustodovu práci.

*

Nemocný se nenudí nikdy. Se zoufalou nadějí očekává chvíli, kdy alespoň na chvíli pominou jeho nesnesitelné bolesti.

*

Dnes už je mnoho odborníků ve všech oborech lidské činnosti. Ale lidského tepla jako kdyby valem ubývalo. Nikdo se o něj také nestará, odevšad dostává výhost a v mnohých případech se docela mylně a otřeseně spojuje s pojmem "maloměšťáctví". Jako kdyby záleželo pouze na splnění plánu a lidský život byl něčím soukromým, nad čím si není třeba lámat hlavu. Lidská mysl byla natolik obrácena k otázkám existenčním, že přemýšlení o smyslu života a o vztazích, nesčetných vztazích člověka k člověku, k okolí, prostředí, minulosti, jako by bylo zbytečným a škodlivým balastem. Těžko se dýchá v období takové lidské zabedněnosti. Jinde je tomu třeba jinak, ale u nás, a to již drahnou řadu let, je tomu bohužel právě tak, jak píši.

Projevuje se to i ve vztazích lékařů s nemocnými. Dříve to byli dva lidé: jeden pomáhající a druhý potřebný. Tyto pojmy zmizely. Dnes je to na jedné straně lékařský úředník, na druhé straně onemocnělé individuum s pořadovým číslem. Vztah mezi jedním a druhým veškerý žádný nebo takový, jako mezi kupujícím a prodávajícím v Pramenu. Osobní iniciativa nebo zájem lékaře o nemocného veškerý žádný. Stačí nejmenší postěžování a dotyčný je odeslán někam jinam na příslušné, většinou těžko snesitelné odborné vyšetření. Na vyšetření není nemocným, ačkoliv je, nýbrž prostě vyšetřovaným, který se se zalepeným, latinsky psaným nálezem vrátí k vyšetřujícímu lékaři. A ten rozhodne, má-li jej poslat na další jiná, neméně bolestivá vyšetření, nebo jej rovnou šafuje do nemocnice, kde dotyčný se stovkou jiných ubožáků čeká celé dopoledne na závažné rozhodnutí, bude-li mu přidělena postel v přecpané nemocnici, nebo pozvou-li jej za týden, za měsíc nebo za půl roku.

A dostane-li postel, ocitne se v ratejně o dvaceti postelích s vyhublýma a zežloutlýma tvářema. Každá z těchto nesčíslněkrát denně vypráví o svém neduhu, co všechno už s ním podnikli a chtějí ještě podniknout. Dny v těchto ratejnách vlekou se nekonečně. Lékařské vizity, ranní přestýlání, roznášení teploměrů, léků, snídaní, přesnídávek, obědů, svačin a večeří, převazy, kvílení bolestí trpících pacientů, převozy k vyšetřováním a operacím, a v devět večer se zhasnou světla, ať se chce někomu spát čili nic. Za chvíli ozve se celou místností chrápání usnuvších a od půlnoci se neustále vrzají a mlátí dvéře těch, kteří chodí na záchod. Když k samotnému ránu celou noc bdící pacient přece jen zaklímá, je před pátou probuzen budíčkem. Teploměry, převazy, mytí a přestýlání. Sestry jsou většinou nevlídné, až hrubé, lékaři nervózní a neúčastní, spolupacienti trpící, bojící se, vychloubající se, stěžující si i apatičtí, upovídaní, zlomyslní i dobromyslní, sympatičtí i nesympatičtí, jak který.

Člověk je zde jako na smetišti života, na které dozírají městští hygienici. A sanitky jako vývěva odčerpávají a neustále doplňují tyto pokoje neklidu, zoufalství a utrpení.

Lékaři, moderní ranhojiči, perou se se známými i neznámými chorobami. Mnohdy se spletou, jako by bylo divu při tom neustálém shonu a spěchu. K večeru všechno trochu ztichne. V celé čtyřpatrové nemocnici mají službu pouze dva chirurgové. Co chvíli přivezou jim úraz a pak okamžitě operují, takže často nepřijdou ani na odpolední vizitu, která je ale vždy pouze víceméně formální pro momentální případy náhle se zhoršivšího zdravotního stavu.

Člověk v nemocnici je doslovným zajatcem. Jednak své bolesti, za druhé strohého nemocničního řádu, za třetí z rozhodnutí ošetřujícího lékaře. Jeden a tentýž lékař je chválen a vynášen polovicí osazenstva a druhou stejně upřímně kritizován. Málokterá ošetřující sestra má natolik zdravé nervy a hbitosti a potřebné dobré vůle, aby byla s to obstojně obsloužit několik desítek pacientů, které má na starosti při ranní, odpolední či noční směně. Velmi a velmi mnohá dívá se na pacienty pouze jako na nutné zlo.

*

Sanitka veze mne jako na smetiště
i když se ten komplex budov s vrátným
a nesčetnými chodbami nazývá nemocnicí
nacionálie
víme, pro případ úmrtí
pak některý z nesčetných pokojů
ve kterém je náhodou prázdná postel
první seznámení se spolupacienty
jsou-li s to člověka vůbec vnímat
jakápak poezie
bíle lakované stěny a nemocniční řád
případy
snad se z toho dostane
a taky beznadějnými
béřou to všichni věcně
kromě pacientů
ve kterých je malá dušička
a kteří se děsí každého slova
jako malé děti
nemocnice

hnojiště života
odkud se vracejí letované nočníky
někteří lékaři se věčně mračí
a někteří i pro hloupost nadávají
jiní nezapomínají na úsměv
a vlídné slovo
účinkující mnohdy zázračněji
než všechny injekce a medikamenty

SEŠIT ČÍSLO JEDENÁCT

Myšlénky v nemoci

Stojím na startu k závodu v běhu na sto metrů. Vpravo, těsně u závodní dráhy, veliká tribuna, dosahující celé délky hřiště. Snažím se vědomě uvolnit svaly na celém těle. Vím, že se na mne dívají, protože patřím k favoritům. Je to nejnapínavější a nejvzrušenější chvíle sprinterského závodu, tyto zdánlivě nekonečné chvíle před závodem, nežli dá konečně startér své obligátní povely k provedení vlastního startu.

Kdykoliv se chci nyní vymočit, představuji si toto vědomé předstartovní uvolnění, bez kterého přes bolestný tlak k moči se nemohu vyprázdnit. A ke konci močení pocítím vždy prudkou stahující bolest, kterou překonávám s úpěním.

Ztratil jsem důvěru k lékařům. Prošel jsem v posledních dvou létech rukama tolika lékařů, že chtě nechtě musel jsem nahlédnout do jejich kuchyně, která nezná lesku tabule při recepci. Buď to jsou vyhranění odborníci, kteří všechno, co nespadá pod jejich kompetenci, předávají automaticky k dalšímu vyšetření jiným odborníkům. Vyšetřující metody správné funkce jednotlivých tělesných orgánů nemají daleko k představě středověkých mučíren. Zkusil jsem za poslední dvě léta už tolik mučení a bolesti, že se jim vyhýbám jako čert kříži.

Většina doktorů je špatnými řemeslníky. Provozují své řemeslo se stejným duševním zaujetím jako poštovní podúřednice, třídící balíky. Nestali se lékaři proto, že by byli zaujati tajemnou říší nemoci a bolesti, ale proto, že to je přece jen příjemnější zaměstnání než většina jiných. Jsou neuvěřitelně otrlí a duševně pohodlní. Je zřejmě nad jejich duševní obzor i představy, že nemocný není jen případem s pořadovým číslem, ale především člověkem s osobitou a komplikovanou duší.

Chvíle akutních bolestí střídají se s chvílemi zotavování z nich. Mojí nemoci říkají psychoneuróza. Nevědí si s ní ale naprosto rady a jejich rady ani léky nepomáhají. Bojuji se svou nemocí velký osamělý boj a není málo těch, kteří mne považují za změkčilce a slabocha. Nemám sil ani chuti, abych jim to vymlouval. Vím, že si naprosto nedovedou představit tělesné a duševní stavy, ve kterých se nacházím a které se rychle střídají jako oblaka na dubnové obloze. Nezáleží však pouze na mé nemoci. Záleží také na tom, do jaké situace se může člověk po tělesné a duševní stránce dostat.

*

O Prokopovi a Mařence

Pragofruct byla nevelká kra, na které bylo směstnáno okolo sta zaměstnanců. Jejich počet kolísal. Objevily-li se mraky na hospodářském nebi, klesl jejich počet v krátké době na polovinu, ukázalo-li se opět slunce, jejich počet rychle vzrůstal, takže malá kra na hospodářském oceánu uprostřed Prahy byla doslova přecpána lidmi.

Byla či nebyla to rodina? Byla, ale prapodivná. Vládlo v ní neustále napětí, čemuž nebylo divu, jsou-li lidé nacpáni na tak malém prostoru a hrozí-li jim co chvíli vyhazov. Nikde jinde nepoznal jsem ve svém životě větší počet štrébrů, to jest tupohlavých snaživců se skloněnou palicí a roztahujícími se lokty, jako u této firmy, jejíž modrý nápis z neónu svítil do noci na Havlíčkově náměstí mezi secesní budovou Plodinové burzy a zčernalou zasmušilou Jindřišskou věží na druhé straně.

Dům, ve kterém měl Pragofruct své sídlo, byl dvoupatrový, úzký do ulice a daleko se táhnoucí dovnitř do dvorů. Většina místností byla jako nudle a táhly se jedna za druhou. V přízemí bylo skladiště, plné jablek, pomerančů, švestek, luxusního vína a ostatního jižního ovoce, jehož pronikavou dráždivou vůní bylo prosyceno celé okolí tohoto ovocnářského domu.

Kanceláře byly v prvním patře a většina z nich měla vyhlídku na vysokou zeď bílého domu, vzdálenou takřka na dosah ruky. Tato stěna sousedního domu byla na náklad Pragofructu občas nabílena, aby si úředníci úplně nezkazili oči a ušetřilo se na elektrickém světle, nahrazujícím zde denní světlo. Nemíním ale psát dějiny Pragofructu. Chtěl jsem jen napsat vzpomínku na Prokopa a na Mařenku. Ani jeden z nich nepatřil k nejvýznamnějším zjevům Pragofructu, a přesto oba dva slučovali to, co bylo na této firmě nejcharakterističtější, pokud se personálu, tedy lidí týče, totiž jejich snaživost, strach, vzájemná nenávist a drobné všiváctví.

Prokop byl účetním. Titulovali jej sice občas vrchním účetním, ale v tomto nadsazení byl vždy mnohem spíš jedovatý úsměšek, nežli opravdová úcta k přednostovi malé čtyřčlenné účtárny. Hlavním účetním byl ve skutečnosti prokurista Dvořák, který také sám prováděl bilanci podniku a vedl veškerou administrativní činnost.

*

SEŠIT ČÍSLO DVANÁCT

Podmračné odpoledne na samotném konci června. Celá Praha se chystala na dovolenou a na prázdniny. Za několik dní se úplně změní její tvářnost, obzvláště za nostalgických letních odpolední bude vzácností potkat člověka na ulici. Ohromné kavárny budou zet prázdnotou a ve všech biografech budou k dostání jakákoliv místa. Před dvěma dny nám rozdali vysvědčení, poslední, které jsem dostal na škole Na hrádku po pětileté návštěvě obecné školy. Zlepšil jsem poslední dobou značně svůj prospěch, měl jsem skoro samé jedničky, což bylo radostným překvapením pro celou rodinu. Nyní odejdu na vyšehradskou reálku a již nikdy nevstoupím do této školy, ležící uprostřed zeleně rozložitých stromů mezi klášterem u Alžbětinek a vyšehradským nádražím s maloměstským, věčně opuštěným perónem.

Kromě toho jsem se také poprvé zamiloval. Tato první láska, kupodivu podobná dalším, přinesla mi mnoho nových pocitů a dojmů. Nic jsem od ní neočekával a zcela naplňovala mou duši touhou něco udělat pro mou drahou, co by pro ni neučinil nikdo. Byla nejkrásnějším děvčetem z celé třídy a nikdy mi nevěnovala nejmenší pozornost. Každý její pohyb i pronesené slovo vyvolávaly ve mně nepopsatelnou blaženost. Byl jsem ostýchavý až hrůza. Představa, že bych se jí vtíral, připadala mi znesvěcením posvátného citu, který jsem pociťoval při každé myšlénce na ni. Byla to láska naprosto jednostranná, ale má duše byla jí plna. Můj cit k ní neznal odliv, jen příliv.

Byla to slastně smutná láska, jako celá krajina, která mne obklopovala. Na jedné straně barokní věž alžbětinského kostela s temně červenou cibulovitou střechou, na druhé straně houkání lokomotiv, projíždějících s rachotem vyšehradské nádraží a vjíždějících na viadukt před železničním mostem. Zde dozníval velkoměstský ruch a přecházel ve ztichlou zasmušilost prostorů Slup, Albertova, Karlova a vysokých tereziánských šancí, vypadajících jako obludné převysoké domy z červených neomítnutých cihel bez jediného okna. A nad tím vším, pomníky přecpaným hřbitovem našich velikánů.

Cítil jsem se být cizincem mezi vlastními lidmi. S nikým nebylo možno promluvit ani o mé lásce, ani o prazvláštní atmosféře těchto končin, o svíravém pocitu loučení proti naší vůli, ani o půvabné vznešenosti štíhlé gotické věže kostelíka Na slupi, ani o věčné zamyšlenosti kostela sv. Apolináře na Albertově.

V kuchyni jsme měli krystalové rádio a na kredenci stály dva kameninové hrnky s kombušou. Dodnes cítím na jazyku její sladce navinulou příchuť. Říkalo se, že je to nápoj proti všem nemocem a každý tomu věřil, ačkoliv se vlastně nevědělo, kdo to tvrdí.

Měli jsme dvoupokojový byt, takovou úzkou nudli, všechno za sebou. Nejdříve předsíňka, pak kuchyň, pak první a konečně druhý pokoj. Byla to nástavba ve dvoře a výhled jsme měli na dvůr a zadní trakty domů, poseté pavlačemi všeho druhu. Na dvoře byl záchod hospody, ve které v zimě v létě kvílela harmonika, ozýval se hluk, zpěv a hulákání opilců. Nedíval jsem se na to ale mravokárně a hluk mne nerušil, protože v jedenácti létech nasává člověk do sebe každý životní projev, aniž by jej soudil, nadto odsuzoval.

Chodil jsem do kina Na Slovanech, veliké prázdné boudy, ve které k němým filmům vyhrával klavír a hrálo se na housle. Díval jsem se s lačností na život dospělých a blaženě očekával chvíli, až se budu smět všeho zúčastňovat jako oni.

Nejkrásnější chvíle jsem ale prožíval před usnutím se sluchátky krystalového rádia na uších, opojen hudbou, kterou vysílali. Snad bych byl bez tohoto rajského požitku ani neusnul.

*

Všechno
co vidím a slyším
mne skličuje
není to světobol
ale cizota
bázeň a strach
které se trvale usídlily u našich dveří
Není jediné myšlenky
do které by se nevmísily jeky a skřeky
cizoty bázně a strachu
kdo básníkem byl
dnes už jím není

SEŠIT ČÍSLO TŘINÁCT

Z čeho se skládá lidský život? Z drobných událostí, podobných událostem všech ostatních lidí, a přesto událostí pokaždé jiných. V mém životě jako by nebylo jediné zvlášť zajímavé události a současně jako kdyby jich tam bylo tisíce a tisíce. Pohlížím-li nazpět, vidím, že jsem vždy byl příliš cimprlich, buď že jsem měl slabší nervy, nebo že jsem vše prožíval příliš horečnatě, nebo že jsem byl slabšího rozumu, nebo že se mi nikdy nedostávalo dostatek rovnováhy, nebo že jsem byl buď příliš líný, nebo příliš pracovitý či bůhví co. Narodil jsem se Čechem, babička z matčiny strany byla Němkyní. Můj otec byl malý nervózní člověk a byl závodním inženýrem ve Škodových závodech v Plzni. Po něm zdědil jsem pravděpodobně vlastnost nadšení z pranepatrné příčiny a zoufalství ze stejně nepatrného důvodu. Nikdy jsem si s otcem neporozuměl. Myslím však, že to nebylo úplně mojí vinou, protože on měl zřejmě příliš práce sám se sebou a kromě minutových vzplanutí nikdy jej nenapadlo zabývat se duší svých dětí.

Sotva jsem trochu povyrostl a začal zkoumavě a kriticky pohlížet na svého otce, zjistil jsem, že v životě beznadějně bruslí. Teprve mnohem později dozvěděl jsem se leccos z jeho pohnutlivého života. Původně byl otec konstruktérem. Po první světové válce byla mu svěřena konstrukce obrněných vozů. Dodnes si vzpomínám na obzvláštní hrdost a pýchu, když nás jednoho dne s bratrem naložili do nového obrněného vozu s motory vzadu i vpředu (sestupovalo se do něho střechou uprostřed po železném žebříčku), sám se postavil do vyhlídky nahoře ve věži a s píšťalkou v ústech dával pokyny řidiči při zkušební jízdě. Seděli jsme uvnitř vozu jako v pološerém sklepě, ven odtud vůbec nebylo vidět, jen spodní část otcova těla, stojícího ve věži v pozorovatelně. Projeli jsme křížem krážem celou Plzní. Kromě jednotvárného zvuku z otřesů obrněné konstrukce a střídavého hrčení motoru nebylo však možno získat jiného dojmu. Přesto jsme byli s bratrem neobyčejně hrdi na tuto projížďku, protože žádný z našich kamarádů neměl nejmenší naději projet se jednou v lesknoucím se obrněném voze.

Jak jsem se později dozvěděl, dopustil se otec při konstrukci několika závažných technických chyb a byl proto z konstrukce přeřazen do administrativy a současně přeložen z Plzně do Prahy. Za to, že jej rovnou nevyhodili, mohl děkovat pouze svému strýci Háskovi, který byl členem správní rady a který alespoň tímto způsobem dostal jej z velké bryndy. V Praze se otec stal vedoucím jedné kanceláře statistického oddělení. Dnes si nedovedu představit nic nesmyslnějšího nežli otce ve statistice. Jeho nanejvýš neklidný a neposedný duch musel se nutně v zajetí nudných čísel, které měl pořádat, cítit jako ve svěrací kazajce. Vůbec se domnívám, že můj otec se nehodil vůbec k žádnému zaměstnání, a i to jsem bohužel zdědil po něm. Již v Plzni jako konstruktér věnoval se s mnohem větším elánem astrologii a spiritismu nežli svému zaměstnání. Poněvadž lidé, se kterými se stýkal, neměli ani z části jeho zapálení a entuziasmu, stal se mezi těmi prostými lidmi zanedlouho uznávaným vůdcem a autoritou, což zřejmě plně uspokojovalo jeho ješitnost. Cítil se býti povolán k něčemu mimořádnému, domníval se být básníkem, filosofem, věštcem a mudrcem. Jeho život v té době byl bez přestání křečovitou pózou, do které se utíkal, aby si nemusel přiznat naprostou životní neschopnost.

Jeho oblíbeným básníkem byl Jaroslav Vrchlický, kterého občas předčítal nahlas s neuvěřitelně falešným patosem, což jsme s bratrem jasně vycítili, ačkoliv nám bylo teprve kolem osmi let. Otec neustále prahl po tom, aby byl ctěn a znáván jako autorita, což se mu jedině dařilo v úzkém kruhu spiritistů, se kterými se stýkal a kteří se převážně sestávali z krejčích, malých úředníků, vdov a starých panen.

Matka otce nikdy nechápala a nebylo také divu. Moje matka byla velice krásnou ženou a byla dcerou ředitele panství, zatímco otec pocházel z perníkářské rodiny v Krkonoších. Maminčin otec, můj dědeček, byl impozantní stařec hrdého zevnějšku i chůze, který se svého času proslavil svou vítěznou pří s všemocným knížetem Metternichem, jehož panství v Plasích spravoval. Když kníže Metternich jednoho dne dědečka společně s jiným úřednictvem vyhodil na dlažbu s nařčením z krádeže, pustil se dědeček s knížetem do zdánlivě naprosto ztracené pře, kterou nakonec u nejvyššího soudu ve Vídni slavně vyhrál . . .

Poznámky o Janu Hančovi a "literatuře druhé možnosti"

"Kdyby se lidstvo skládalo z takových, jako jsem já," napsal o sobě Jan Hanč, "sotva by člověk byl pánem tvorstva."

Necítil se dobyvatelem, objevitelem, uzákoňovatelem řádů ani jejich pomocníkem. Žil, myslel, zaznamenával. Společensky se pohyboval mimo okruh spisovatelských profesionálů. Nikdy nevstoupil do ekonomické závislosti na svém autorství. V jednom z početných sešitů normalisovaného formátu, kam psal své "dílo ve zrodu", stále pokračující "Události", jejichž část vyšla roku 1948 v Umělecké besedě, čteme dovětek k jiné jeho publikaci, nazvané "Sprinty". Nebyl s touto svou knihou o tom, "jak se běhalo kdysi a jak se běhá dnes", příliš spokojen. Dodal: "Ještě že dostanu doplatek 1300 korun a budu za ně moci hýřit v n.p. Sako."

To už bylo v době, kdy se nedobrovolně stal "svobodným spisovatelem": po řadě těžkých operací už se nemohl vrátit do zaměstnání ve velkém průmyslovém podniku, kde byl ekonomem. Žil v této volnosti, zaplacené smrtelnou nemocí, ještě dva roky. Mimo nemocenské, později důchod, měl ještě jiný skrovný pramen výdělku, příspěvek za funkci trenéra v lehké atletice.

Říká o svých zápisech: "Sotva otevřu ústa, můj čtenář řve: ne!" Ptá se, zda vůbec jsou jiní básníci než "prokletí". Jinde píše: "Kdyby se to nepřebralo, byla by to strašná bída."

Psal zlomkovité i delší záznamy do posledních měsíců

života. Tři dny před smrtí mluvil v nemocnici o "spoustě věcí", které tam viděl a bude o nich psát, jen co se vrátí domů. Utišující léky patrně jsou odpovědny za to, že mohl myslet, ale sotva mohly určit, co si má myslet a k čemu se upínat. "Přebrat" svoje záznamy už nestačil.

Měl velmi přesnou, tvrdošíjnou a v jistém stupni nesnášenlivou představu o tom, co je a co není v literatuře a v životě "Kotrbov", co v nich je a co není lež. Ale definice této představy je rozseta ve všech jeho textech. Z jednotlivých výroků má k ní nejblíž tento záznam:

"Takřka vše může literární výtvor postrádat, krásu, gramatiku i formu, ale nikoliv naléhavost a morálnost. Morálnost třeba nepochopitelnou a naléhavost jakéhokoli druhu; bez nich jedná se vždy o potrat, byť by se i jednalo o dopis tetičce."

V jednom ze sešitů, který z jakéhosi důvodu zůstal popsán jen z malé části, čteme krátce za sebou tři zápisy, které blíže určují podmínky této "naléhavosti a morálnosti":

"Stát se spisovatelem znamená objevit tajemství vlastního rytmu. Neobjevit toto tajemství znamená totéž jako lhát nebo falešně zpívat."

"Nejsem zvlášť pyšný na osobní rytmus. Je kodrcavý, neurovnaný, neučesaný, škarohlídský, únavný. A přesto nemohu než jej vyznávat, jinak bych se rozprskl jako rozbitý atom."

"Střídá se to ve mně jako dubnové počasí, a já toužím po stálosti léta."

Narodil se 1916 (30. května), zemřel 1963 (19. července). Žil tedy svoje uvědomělá léta v době, která výsměšně vyzývala dokonce víc než "třikrát a vždy jinak vidět věci" (jak za starší generaci, podrobenou obdobné zkoušce jinde a jinak, říká Pasternakův verš). Ironicky zbavovala "osobních rytmů" i jakékoli "stálosti léta" právě ty, kdo byli schopni je v sobě objevit a vědomě jimi žít.

Pokud, patrně právem, vidíme samo jádro Hančovy "morálnosti" v jednotě soukromé a veřejné tváře, analogicky podle známé anekdotické rovnice z času války byly "dvě možnosti": buď se pod hrozbou smrti tato jednota dodrží, nebo se to nějak povede přežít. Povede-li se to přežít, zase jsou "dvě možnosti": buď se to za cenu sebeumlčení a vnitřní smrti povede přežít společensky a ekonomicky "na výši", nebo se to přežije stranou a dole. A přežije-li se to stranou a dole, buď se ze samého ponížení, uraženosti a nouze podlehne morální dezintegraci, cynismu a znecitlivění, nebo se rozpor mezi nedostatkem toho, čemu Hanč říká "udatenství", čili mezi "slabostí", která dovolila přežít, a svobodným viděním věcí a myšlením, jež naopak v logických důsledcích za daných okolností osobní "udatenství" vyžaduje, stává mučivým základním tématem života. Stane-li se jím, buď se na tom společensky, ekonomicky a v kompromisním, přizpůsobivém neškodně konvenčním smyslu slova "umělecky" vydělává tím, že se energie, obsažené v tomto rozporu a tématu, použije k literární práci vlažně ohleduplné vůči "obecnému vkusu" a vůči přáním dočasných autorit, nebo se bez přímé publikační ctižádosti, bez deformujících ambic v běžně přijatém, obecně evropském nebo specificky domácím smyslu "kulturních", zaznamenává průběh tohoto rozporu a tématu.

Uskutečnění této závěrečné "druhé možnosti" je v literatuře ojedinělý zjev. Má-li vzniknout, je třeba, aby jeho průvodce měl některé vlastnosti, které mu brání v snadné společenské dohodě.

V terminologii lidského průměru se užívá slova "příliš" jako vystupňování adjektiv, jež někdy jsou z blahosklonnosti zdánlivě či skutečně pozitivní, jindy mají tendenci káravou, pohrdavou či odmítající. Může to znít "příliš svérázný", "příliš citlivý", "příliš tvrdohlavý". Nebo to může znít "příliš zaujatý sám sebou", jak to se zvláštní zálibou říkají právě ti, které nikdy nezaujalo nic jiného než jich nejosobnější prospěch.

Žádný z těchto výroků není v případě Jana Hanče nepravdivý, pokud si blahosklonný rozhodčí nedělá iluze či nárok, že tím řekl celou pravdu. S obdobnou podmínkou by neměl nepravdu ani zjednodušující a kategorizující literární posuzovatel, který by zařadil Hanče mezi autory "okrajové".

Dostatečně důsledné setrvání "na okraji", ale ve významu podstatně širším než jen literárně historickém, dokonce je jednou z podmínek, aby vznikla tato "literatura druhé možnosti", literatura těch, kdo si mezi jinými znaky svého osudového určení velmi výrazně uvědomují, že si "nezvolili své otce" (jak tomu říká Hanč), a tak odmítají, aby se o nich předpokládalo, že budou "opatrovat dědictví", přizpůsobí tomu život i myšlení a podrobí se výtkám, které na sebe přivolávají prací podstatně jinou.

Příbuzenství se dvěma rozsáhlými a členitými skupinami, z nichž každá je z jiného konce společenského, povahového, vzdělanostního spektra, vyznačuje další vlastnosti této literatury. Na jedné straně je to jen z nepatrné části a v náhodném výběru publikovaná zásoba korespondencí, soukromých zápisků z kritických období života rodinných a obecních kronik. Samy dobové a místní obřadní fráze a jazykové návyky, jimiž jsou tyto "lodní deníky" nejdrobnějších plavidel života často zahlceny tak, že se v nich záznam zkušenosti ztrácí, nabývají zvláštních vlastností "nejskromnějšího umění". Jako Bořivoj, namalovaný dovedným lakýrníkem mezi dvěma okny hospody "U Bořivoje", sdělují jistou bezmocnost svých původců, neznalost jiných technik než těch, kterými se s naivní hrdostí pochlubili. Několik základních "věčných témat" dopisů, deníků a kronik poskytuje tak příležitost, aby na popsaných stránkách, jako na oné hospodské zdi, vznikla stejně základní antropologická stopa. Vlivů umění vyššího řádu může být mnoho, a přece sama neumělost si je podrobí a zanechá tak po sobě znak člověka jako tvora, který se podobných výtvorů nemůže ani odříci, ani jim dát vyšší, skvělejší výraz. Neměl jinou volbu.

Podaří-li se na některých řádcích nesčíslných dopisů, početných soukromých deníků nebo kronik zaznamenat individuální zkušenost nebo ojedinělou událost s podobnou nevyhnutelností jediné možné volby, jsme aspoň na okamžik velmi blízko toho, co se z literatury jako umění v eklektičtějších obdobích jejího životního cyklu vytrácí: velmi blízko identity subjektu, jeho životní zkušenosti či akce a jejich objektivisujícího, "grafického" vyjádření. I velmi významní "centrální" autoři posledních desetiletí chápou, jak se literatura vzdálila od této "trojjedinosti". Ale počínají si ve snaze o její obnovu často velmi nelogicky: napodobují dopisy, deníky či kroniky. Výsledek bývá podivuhodně humorný, dojemný i objevný, ale předpokládaného výsledku není dosaženo. Kultivovaný, v mnoha obměnách slohu zkušený autor, "zastupující" korespondenta své dopisové povídky, měl nepoměrně větší možnost volby, a na jeho textu, srovná-li se s prvotně autentickým "otiskem duše" či výkřikem z některého dopisu, psaného dostatečně výraznou povahou uprostřed dostatečně intenzívních událostí, nezbytně je to znát.

Stačí srovnat některé "Poslední dopisy od Stalingradu" s většinou válečných próz, nebo Deník Anny Frankové s některými prózami, jak byly na obdobné téma vytvořeny i u nás. Autoři vzdálených či bližších napodobenin jsou v ironicky trpké nevýhodě proti těm, kdo psali v bezprostředním ohrožení.

Na druhé straně, v umělé literatuře, mají texty důsledně okrajových autorů příbuzenstvo, které se opět dělí na dvě skupiny. Jednak jsou to ti, kdo taky vyšli z okraje a teprve velmi pozdě v životě nebo až po smrti stali se za změněného dobového klimatu i "centrálně" uznanými obnoviteli životního cyklu literatury. Pro charakter textů, o kterých mluvíme, je ještě příznačnější příbuzenství s druhou skupinou, s těmi, kdo v sobě nesou konflikt mezi kulturní umělostí a životní bezprostředností a vyjadřují jej buď tak, že na okraji svého díla vedou deníky, provázející jeho vznik (jako to s jedinečným výsledkem, pro vědomí o stavu člověka uvnitř civilizace v našem věku nepostradatelným, vykonal Thomas Mann ve svém "románě románu", v souhrnu textů, nazvaném "Jak jsem psal Doktora Fausta"), nebo tím, že aspoň zčásti unikají některým spoutávajícím účinkům tradičně kulturních forem, jimž sami v jistém stupni jako profesionálové svého oboru podléhají, a v denících či korespondencích navazují bezprostřednější dotyk s látkou života.

"Celý život jsem psal milostný dopis, který jsem nikdy neodeslal," čteme v Hančových záznamech. Tak je vyjádřeno, čím je v "literatuře druhé možnosti" nahrazena strukturální či jen formální vazba textů kulturně centrálnějších a tradičnějších.

Milostný vztah a jeho záznam v dopisech je zcela obecně trestí, metaforou či dramatizací proměn a peripetií lidského vztahu k světu. Koncentrovaně se v něm prolínají a střetávají tři základní stupně a způsoby vidění světa: iluze, prozření ke skutečnému stavu věcí, imaginativní vytvoření celistvosti z nespojitých částí skutečnosti. Přitom v intenzívnějších stupních milostného soustředění, podníceného iracionálními impulsy, trvá vysoká poznávací schopnost, protože trvá rozkmit mezi okouzlením a odkouzlením, mezi blízkostí a dálkou, mezi nedorozuměním, které zaviňuje iluze, a možností dorozumění od chvíle, kdy se na iluzi rezignuje.

V Hančových verších s titulem "Nápisy na záchodech" je tato konfrontační a poznávací oscilace zachycena v samém pohybu od uvědomění iracionálního "podzemního hladu" po racionálně společenské přání, jež tím uvědoměním bylo podníceno:

"Hluboko pod městskou dlažbou
s okénkem pod chodidly chodců
v místech
o kterých se nepíší básně
v štiplavém zápachu pissoirů
píše neznámá ruka
chvatně po půlnoci
na špinavou zvlhlou stěnu
bolestné poselství
o milostném hladu

je mnoho zoufalců
kteří vám nikdy nepoví
proč je to táhne k tůním
dokud snem světa zůstane býk
dokud se lidé
nebudou jeden druhého ptát
aniž by se navzájem posmívali
dokud bude nezaměstnanost
v lásce"

Je třeba takto odvrhnout běžný "kulturní" apriorismus, je třeba něčeho, co je zčásti do "kulturního dědictví" přijímáno pod titulem "primitivismu" a zčásti z něho vyřazováno jako "barbarismus", aby si jednotlivá fakta, jevící se jako "podúrovňová", buď vůbec zachovala místo ve vědomí či v literárním záznamu, nebo aby se jim ve vědomí a v tomto záznamu dostalo pozornosti uměrné jejich významu uvnitř reality. Existuje "kulturní" prudérie nejen v oblasti sexuální a erotické, ale i v hodnocení sociologickém a estetickém. Postupuje dotazníkovou metodou: "Co se nehodí, škrtněte." Pro autory, kteří chtějí co nejdřív být "kulturně" a společensky centrální, znamená to: "Co se nehodí, nepište."

"Okrajová" literatura, jako je Hančův "neodeslaný milostný dopis světu", s ironickými důsledky prožívá samo centrum lidské existence, různé fáze a zvraty "milostného vztahu" k lidem, k věcem, k světu jako celku mnohem bezprostředněji než poučený, slohově vyspělý centralismus. Většina veršů a prózy, jak je běžně vydávána a uznávána, zůstává elektrickou variací na literaturu předchůdců či silnějších vrstevníků. Původní v nich není určitý druh myšlení a práce s imaginací, opodstatněný druhem zkušenosti a úhlem pohledu, ale jen přiznaný či nepřiznaný výběr vzorů, bezděčná "Wahlverwadschaft". Vedle nich "okrajový" Hanč je literárně bezprizorný už proto, že organismus jeho vlastností a seskupení zkušeností při své "příležitosti" překročily mez, před kterou ještě je lze přizpůsobovat vzorům, "vlnám", autoritám, aby svou "nepochopitelnou morálností", "osobním rytmem" a dalšími podrobnými zásahy nerušily dostatečně obecnou a okamžitou přijatelnost textů.

Kdysi byla příležitost vyslechnout Hančovu odpověď na pokusnou námitku, že možná má pravda velmi pozoruhodný autor z dozrálé, už odcházející generace Francouzů (Malraux), radí-li autorům, aby na počátku napodobovali velké vzory, takže nepropadnou zmatku při hledání výrazu, a to, co je jejich, původní a nové, postupně se osamostatní, uchráněno stop namáhavosti. S bezděčnou či vědomou, ale vždycky pro něho příznačnou ironií Hanč odpověděl taky podle "vzoru": "Na tohle říkal náš drahý přítel Barťák (malíř Václav Bartovský): Když říká takhle, tak jo!" Jeho protinámitka byla zcela nepokusná a ne-

ústupná (pronesl ji zprudka, jako by i tentokrát šlo o základní životní otázku, obdobu té, která v dopise z listopadu 61 vyvolala jeho výkřik, že "na tohle by člověk musel mít v těle místo žluči roztok psychotonu"). "Jestli je geniální, ať nikomu nic neradí. Nemůže nic vědět."

V kontextu se záznamy v sešitech vyjadřuje tato odpověď Hančovo vědomí, že patrně jen geniální autor, tedy takový, v němž aspoň některé rysy a záchvěvy myšlení a imaginace vždycky jsou mimo deformující zásah osobně a společensky účelových úvah, nezmění se ve zbytečného epigona, v slušebného rétorika, v opakovatele věcí, lépe řečených jinde, jestliže se pro rychlý ryze literárně ohlas nebo pro záchovu životní úrovně, pro vyhovění tradicím nebo pro udržení kroku s každoroční novou avantgardou začne přizpůsobovat a kontakt toho, co ví a umí, s tím, co s otevřenýma očima každý den žije, omezovat na minimum. Je to smůla nebýt geniální, jestliže se přesto pociťuje iracionální impuls psát "milostný dopis světu". Ale přiznání této smůly, vědomé setrvání v obyčejnosti, jsme-li obyčejní, setrvávání na okraji, jsme-li okrajoví, to je patrně účinnější genialita negeniálních, méně směšná a přebytečná "genialita pro chudé" než psychický, morální, společenský přesun z končin, kde civilizace a kultura jsou, jaké jsou, do končin, kde se civilizace a kultura samy vykládají, nadýmají a slaví, než umlčení bezprostřední zkušenosti ve prospěch vyššího umění, které bez geniality vždycky je proti záznamu zkušenosti tak jako tak uboze nízké.

Už v roce 48, když vyšla část Hančových "Událostí", napsal Jan Grossman v Listech pro umění a filosofii o "periférii", která je prostředím záznamů, že "je toliko vnějším promítnutím periferie jiné - periferie duší... zakoušejících ruby civilizace, její bídu a zákulisí".

Zrakový klam, zaviněný iluzívními tendencemi převážné většiny průměrné literatury, ale i následky vlastního Han-

čova odporu k takovým tendencím, mohou vzbudit dojem, že jeho texty kladou na toto “zákulisí”, nebo na to, čemu v několika významových variantách říká “lidská ubohost”, příliš velký důraz. Ale sotva je smyslem jakékoli literatury, natož této “literatury druhé možnosti”, odříkat se důrazů nebo rysů, budících nepříjemná dojem, jestliže existenční nebo rysů, budících nepříjemný dojem, jestliže existenční zkušenost bezprostředně ty důrazy a rysy diktovala. A za druhé, kdyby oblast zvaná kultura odmítala slyšet (napřed ovšem k tomu účelu tisknout) hlas tohoto druhu, připravila by se tím o vědomí celého jednoho rozměru lidských životů, na který, zaujata vyššími fázemi vývoje nebo budoucností často zapomíná, zbavila by se příležitosti kontrastně vyniknout, nebo by prostě podala důkaz, že není tím, za co se vydává.

V tom je ta zkouška kultury a civilizace, vykonávaná Hančovými texty: jsou při svém zvláštním “primitivismu” v její oblasti neobyčejné tím, že obyčejný člověk, který je psal (s potěšením, ale namáhavě, naprosto ne s grafomanskou snadností těch, “kterým se to píše, když jsou bez talentu”), zůstal obyčejným člověkem. Lišil se tak od velkého počtu těch, kteří, trochu ve smyslu buditelských a učitelských tradic, trochu proto, že se jim to hodí i líbí, pokládají svůj vstup do literatury ze vzestup, který spíš privileguje než zavazuje, a taky podle toho jednají a zaujímají postoje. V této jeho odlišnosti bylo a skrze jeho texty zůstává potenciálně obsaženo ohrožení zavedeného společenského pořádku v autorské obci. Běžné hodnotící metody a měřítka jsou nad ním v nebezpečí, že propadnou bezradnosti, pokud nepodstoupí některé změny. Dovolil si umožnit na nevelké ploše svých textů širší prozření k reálnému stavu věcí, než kolik ho chtějí či umějí otvírat autoři profesionálně zdatnější a kulturně uvědomělejší.

Nezáleží na tom, zda takovou zkoušku podnikal vědomě.

Jeho záznamy se jí staly, protože jistým druhem umění myslet, rekonstruovat, zaznamenávat patřil do okruhu, který svou aktivitou a morálními postoji utvářejí původci "kulturních statků", ale ze subjektivních příčin, svým "osobním rytmem" a druhem "morálnosti" ocital se mimo něj. Tento rozpor byl o to intenzívnější, že onen okruh naprosto nebyl vyňat z Hančova "milostného vztahu k světu". Stal se tak u něho jedním rozměrem odcizenosti, která ve svých životně důležitých formách vždycky je pokračováním milostného vztahu jinými prostředky či jednou z jeho obtížných variant. Protože zároveň měl podivuhodnou schopnost sebeironie, tato odcizenost, ať se bezprostředně týkala autorského okruhu nebo kterýchkoli jiných společenských skupin či individualit, zastoupila u něho objektivizační postup.

Pokud jde o zárodečné počátky lidského dramatu a komedie ve světě, o společenské členění, averze, drobnohledné i morálně a sociologicky dalekosáhlé idiosynkrazie, byl při jejich literárním hodnocení a záznamu ve velké výhodě proti autorům společensky adaptabilnějším, ekonomicky zajištěnějším, odborně dovednějším. Měl s takovými překážkami "stálosti léta" v sobě i kolem sebe denně co dělat. Byly to první, co absorboval z různých společenských ovzduší. Dokonce svým chováním, někdy bezděky, často vědomě, vybízel ty, s nimiž se setkával, k "přiznání barvy". Tak měl příležitost slyšet svou i jejich odcizenost v konkrétním, situačně vymezeném, výrazově bezprostředním dialogu. Zároveň tak viděl a prožíval v sobě i v jiných, co bylo jakousi ontologií lidských vnitřních rozporů i společenských sporů v jejich počátečních fázích.

V pozdním vzpomínkovém záznamu čteme o Hančově otci. Skladba textu i písmo nesou stopy nemoci, únavy a námahy. Ale i toto potrhané předivo záznamu s jakousi směsí ironie a nostalgie převádí ty "dva, tři prosté a velké obrazy, první, co člověku pronikly do srdce", o kterých Camus říká, že "naše práce není nic jiného než dlouhá cesta, jež je oklikami umění znovu objevuje". Čteme o muži, jehož oblíbeným básníkem byl Jaroslav Vrchlický, kterého občas předčítal s "neuvěřitelně falešným patosem". Dovídáme se, že "neustále prahl po tom, aby byl ctěn a uznáván jako autorita, což se mu jedině dařilo v úzkém kruhu spiritistů, s kterými se stýkal a kteří převážně sestávali z krejčích, malých úředníků, vdov a starých panen".

Tady bylo zaseto téma či obraz "kultury", proměněné ve vlastní opak tím, že je jí použito na vytvoření a vyjádření morální a společenské převahy - téma či obraz, kolem něhož Hanč nepřestával kroužit. Ale vzápětí se v obdobném ironicky nostalgickém osvětlení objevuje podivuhodný znak civilizace. "Původně byl otec konstruktérem. Po první světové válce byla mu svěřena konstrukce obrněných vozů. Dodnes si vzpomínám na obzvláštní hrdost a pýchu, když nás jednoho dne s bratrem naložil do nového obrněného vozu jako v pološerém sklepě, vidět nebylo nic, jen spodní část otcova těla, jak stál ve věži."

Ale, jak znovu patří k charakteru Hančova tématu, tato příčina dětské "hrdosti a pýchy", v níž "kromě jednotvárného zvuku obrněné konstrukce a hučení motoru nebylo možno získat jiného dojmu", nebyla bez vady. Otec se při konstrukci dopustil několika závažných technických chyb a byl proto přeřazen do administrativy". "Neumím si představit nic nesmyslnějšího než otce ve statistice", poznamenává Hanč k jeho dalšímu zaměstnání. "Musel se cítit jako ve svěrací kazajce."

K takovým neutěšeným koncům tedy vedla tato privátní variace známého konfliktu "dvou kultur", jak se začalo říkat sporu mezi technologicky civilizačními obory na jedné straně a humanitními vědami i oblastí umění na straně druhé při nedávné polemice v Anglii.

V jiném Hančově záznamu "dějiny konfliktu" pokračují mírumilovnějším civilizačním výtvorem, výtahem, který urychlil vývin prvních příznaků konfliktu společenského.

"... Přestěhovali jsme se do jednoho z prvních pětipatrových činžáků v Podskalí. Kolem byly ještě rozpadávající se baráky Vltavanů. V našem domě byla pyšná mosazná zdviž, ale jenom na padesátníky, takže jsme se věčně šplhali do pátého patra pěšky... Kvůli té zdviži, kterou jsme nejezdili, dostali jsme nesčíslně facek a kopanců od podskalských kluků... "My vám dáme hajzlové mosaznej vejtah!" Nakopáno dostal s námi vždy dokonce i syn domovníka, který bydlel v suterénu a z toho výtahu neměl nic jiného než dřinu, protože ho musel glancovat sidolem... Z těchto prožitků v mládí vyvinul se ve mně duševní stereotyp, že kdykoli spatřím výtah, mám zároveň pocit, že mne někdo kope do zadku."

S úsporností, která se rovná prostotě některé velké poezie, se sebeironickým mluvním gestem, které privátní zážitek jakoby neviditelně objektivizuje, takže zůstává "otisknut" a není explikován, je v třířádkovém záznamu na "nízkém materiálu" vyjádřena nejpříznačnější a nejosudovější vlastnost lidstva: sebedefinice či seberealizace, ať individuální či skupinová, je totožná s počátkem sporu.

"Jakmile mám půl desítky, zastavím se ve výčepu Na Rokosce na rum. Vedle nálevního pultu čumí na mne vždy stejné oči štamgastů - pivařů, které jako by říkaly: Kořala!"

Tak využíval ironické "výhody" svého postavení ve světě "Jan Hanč, nikoliv básník a nikoliv spisovatel, ale písař", jak čteme v osmerkovém sešitě, jehož texty na počátku mají ráz pokusu o nový postoj k životu a postupně se mění v jakýsi testament.

Jeho draze zaplacená výhoda podobala se té, o níž ve svém životopise píše černý americký baseballista, před kariérou chudák. Měl nejnamáhavější úkol, hrál nadhazovače. Byl ceněn v celé Americe jako ze všech nejlepší. Píše: "Vždycky mi při hře bylo líto těch nadhazovačů, co se kdysi narodili bohatším rodičům a do lepších poměrů než já. Zrovna v těch rozhodujících letech, kdy se člověku vžívá dovednost velmi samozřejmě, nemuseli šetřit silami. Hýřili jimi a předváděli se. Já nadhazoval jen tak, jak hra potřebovala. Každé utkání bylo pro mne v těch letech i utkáním o to, jestli večer a nazítří ráno budu mít dost sil do práce, která mě živila. Naučil jsem se spoustě ekonomických nadhozů, pro každou situaci hry jiných. Účelem nebylo vyniknout, ale přežít a neprohrát."

I ekonomie textů je pro Hanče příznačná. Mohly by být literární školou, jak zaznamenávat odcizenost a první stopy společenských sporů v lidech a mezi lidmi, kdyby cena za výuku nebyla nedostupná - osud člověka, který si přeje "stálost léta", dorozumění, harmonii, píše proto "milostný dopis", ale kamkoli vejde, tam je černým nadhazovačem konfliktů, protože nedokáže uzavřít rezignující dohodu s "lidskou ubohostí".

Praha 1968 *Zdeněk Urbánek*

Ediční poznámka

Hančova pozůstalost, jejíž podstatnou část tvoří tento svazek, obsahuje sedmnáct sešitů a troje desky s rukopisy; desky i sešity jsou očíslovány červenou tužkou víceméně náhodně (patrně někým, kdo se pokoušel bezprostředně po Hančově smrti pozůstalost sepsat). Naše uspořádání je pokud možno chronologické, naráželi jsme však přitom na potíže někdy nepřekonatelné: přes deníkový charakter nejsou jednotlivé zápisy ani sešity datovány. Na dobu vzniku lze soudit jen z narážek v obsahu a přesnou chronologii leckdy vůbec určit nelze.

Jako první přetiskujeme jedinou Hančovu sbírku vyšlou knižně - Události (vyšly v roce 1948 v Umělecké besedě). V našem vydání přetiskujeme část textů této sbírky podle pozdějšího rukopisného znění (asi z roku 1961) rozšířeného o text "Verš Richarda Weinera", který v knižním vydání není. Zbytek básní je převzat z knižního vydání.

Sbírka, kterou - kvůli rozlišení - označujeme v našem souboru jako Události II, je časově nejstarší z rukopisné pozůstalosti. Je v malých modrých deskách nadepsaných Události, pečlivě přepsána na stroji a opatřena frontispicem Václava Bartovského. Pochází zřejmě z počátku padesátých let.

Do další části svazku jsme zařadili třináct deníkových sešitů. Sešity č. 2-13 pocházejí všechny z let 1962-63, tedy z posledních dvou let autorova života. Výjimku tvoří první sešit, který pochází z konce let padesátých. Protože však svou výstavbou předznamenává další deníky, rozhodli jsme se zařadit ho zde a porušit tak chronologický princip uspořádání.

V sešitech jsme vycházeli z rukopisné podoby a řídili se stejnými zásadami jako u prvních dvou sbírek.

Sešit označený zde číslem 5 je popsán i z druhé strany, jeho začátek (asi 60 řádků strojopisu) je věnován odborné atletické problematice, proto jsme jej do tohoto vydání nepřevzali, druhá strana tohoto sešitu zde tedy začíná až básní Rekviem pro Václava Bartovského.

Do souborného vydání jsme nezařadili několik účelových textů týkajících se bezprostředně úzce a odborně Hančova "druhého zaměstnání", tj. atletiky. Kromě toho jsme vynechali i sešit označený rovněž nadpisem Události, v němž je text bohatě doprovázen kolážemi z dobového i retrospektivního tisku a reáliemi z autorova života. Jeho přetisknutí přesahuje technické možnosti tohoto vydání, pokusíme se proto o jeho samostatnou publikaci.

Textová úprava přihlíží pokud možno k poslední pravopisné normě. Jelikož však Hančovy texty jsou většinou bezprostředně deníkové, s přepisy a stylovými "nedokonalostmi", a stírat tento jejich ráz by znamenalo učinit z nich něco jiného, rozhodli jsme se ponechat některé odchylky, pokud jsou stylově relevantní: např. archaizování (kvantita: béřou, myšlénka, lišiti se, žvást; tvary sexuelní, aktuelní, oficielní), nebo nespisovné rysy, zdůrazňující plebejský charakter Hančových zápisků (říct, pomoct, přeci, dvéře, hříště ap.). Jisté oprávnění k tomuto kroku nám ostatně poskytuje i silná Hančova averze k novým pravidlům pravopisu, která v Událostech několikrát ironizuje. Ponecháváme i nepřesné citace (název románu F. Saganové, Goethova Wanderers Nachtlied, písně V+W Nebe na zemi).

Na několika místech byl rukopis nečitelný a bylo nutné jej rekonstruovat.

* * *

Do tohoto vydání nebyly zařazeny Desky s prózou z r. 1960 a dva sešity s poezií. Důvodem je to, že v současné době nemají pořadatelé možnost revidovat text podle původního rukopisu. Rozsah těchto tří textů je cca 4,5 AA, rozsah přítomného souboru cca 13 AA. Bude-li to možné, budou tyto sbírky vydány dodatečně.

Eda Kriseová

KLÍČNÍ KŮSTKA NETOPÝRA
a jiné povídky

První autorčina povídková sbírka *Křížová cesta kočárového kočího*, jíž jsme označili jako objev české prózy, dostala *Cenu Egona Hostovského* za rok 1979. Tato kniha, skládající se z titulní milostné novely a osmi kratších próz, jen potvrzuje náš odhad spisovatelčina talentu. Opět jde o osobité dílo, slučující humor, většinou značně černý, se subtilně satirickým viděním světa dvou společností: znormalizované, a té v blázinci, kde se některé příběhy odehrávají. Dohromady vytvářejí překrásně napsané povídky zneklidňující podobenství o stále intenzívnějším pronikání bezcenných materiálních hodnot mezi lidi, jimž kdysi stál v čele filozof, a o stále obtížnějším rozlišení mezi zdravým rozumem a šílenstvím.

Cena $8.50 **Stran 220**

Ludvík Vaculík

MORČATA

Osobité dílo, v němž se názvuky kafkovské tradice (nebo spíše české skutečnosti šedesátých let) spojují s neomylně vaculíkovským, moravským humorem. Příběh o podivné bance, kde obíhá víc peněz, než kolik jich tam vlastně má být, konfrontovaný s intimní historií hrdinovy rodiny a jejích morčátek (jež zůstanou jedinými tvory, kteří si na konci románu podrží své lidské vlastnosti), sarkastický a něžný zároveň nese všechny znaky literárního díla naší doby. Ludvík Vaculík dostal v roce 1976, jako první na světě, literární **Cenu George Orwella**, udělovanou nakladatelstvím **Penguin Books** za nejlepší prózu komentující současné společenské otázky. O **Morčatech** napsal významný kritik Neal Ascherson v **The New York Review of Books:** *Je to nejen zatím nejlepší autorův román, ale jeden z velkých románů poválečné Východní Evropy.*

Cena **$4.50** **Stran 170**